Des anges passent

Debbie Macomber

Des anges passent

Traduit de l'américain
par Béatrice Pierre

Éditions J'ai lu

A Kevin et Marcia Hestead
pour l'exemple lumineux qu'ils donnent
de l'amour de Dieu.

Titre original :

A SEASON OF ANGELS
HarperPaperbacks, *a division of* HarperCollins*Publishers*, N.Y.

1

La mangeoire était vide. Leah Lundberg s'arrêta devant la scène de la Nativité que l'hôpital de la Providence exposait tous les ans. Le vent du nord la transperçait jusqu'aux os tandis que, le cœur lourd, elle regardait la crèche délabrée.

Il y avait longtemps que la robe de Marie avait viré du bleu au gris sale. Appuyé sur son bâton, Joseph oscillait à chaque rafale. Depuis le Noël précédent, un mouton avait disparu et l'âne avait perdu une oreille. Le plus surprenant était que l'étable résistât au poids de l'ange, jaunasse plutôt que doré, qui, cloué au sommet, soufflait dans sa trompette.

Cette initiative de l'hôpital remontait à cinquante ans, c'est-à-dire bien avant la naissance de Leah, bien avant qu'elle n'apprenne combien de larmes pouvaient jaillir d'une âme déchirée.

Un destin cruel avait voulu qu'une femme, qui travaillait nuit et jour comme infirmière dans une maternité, ne puisse elle-même avoir d'enfant. Elle avait reçu un don particulier pour aider les futures mères à accoucher ; toutes le disaient et nombreuses étaient celles qui réclamaient sa présence pour la naissance de leurs autres bébés.

Une main douce, un cœur compatissant, l'art de trouver les mots qu'il fallait, la patience... Un talent particulier. Elle savait encourager et réconforter ses patientes. Le travail avec elle devenait plus facile. Des centaines de fois, on l'en avait félicitée et remerciée. Mais ce qu'ignoraient la plupart de ces jeunes femmes, c'était que cette experte en accouchements n'avait jamais donné la vie.

Ses patientes quittaient l'hôpital, les bras chargés d'un précieux fardeau, leur vie comblée. Chaque soir, Leah s'en allait, seule, les mains vides.

Sans qu'elle s'en rendît compte, les larmes se mirent à ruisseler sur ses joues. Elle inclina la tête et ferma les yeux.

— Mon Dieu, murmura-t-elle, je vous en prie, donnez-moi un enfant !

Prière inlassablement chuchotée depuis dix ans. Sûrement Dieu avait-Il depuis longtemps cessé de l'écouter. Ou bien cela ne L'intéressait pas.

Essuyant ses joues, elle referma étroitement les pans de son manteau et se dirigea vers le parking réservé au personnel. Un sourire forcé se forma sur ses lèvres. Andrew souffrait de la voir ressasser leur échec ; inutile de lui laisser voir qu'elle avait pleuré.

Lui-même avait admis les faits avec sérénité. Ce qui le rendait malheureux, c'était de voir sa femme se ronger les sangs. Quant à lui, si Dieu décidait de leur envoyer un enfant, tant mieux ; sinon, eh bien, tant pis. La vie était belle quand même.

Leah ne s'y résignait pas et doutait de jamais y parvenir.

La prière de Leah s'éleva dans le vent, frôla les branches dénudées d'un maigre bouleau, tournoya dans le ciel jusqu'aux nuages où le tiède zéphyr du paradis vint la cueillir. Encore humide de larmes, elle échoua sur le bureau de l'archange Gabriel. Celui-là même qui, près de deux mille ans auparavant, avait annoncé à la Vierge Marie sa future maternité. Bien que, depuis, il ait exercé des responsabilités diverses, il gardait une certaine tendresse envers les humains et leurs multiples problèmes. Des êtres bizarres, vraiment, ces Terriens. Têtus, désobéissants, arrogants, ils enchaînaient sottise sur sottise, dont riaient à perdre haleine ceux qui vivaient derrière les portes célestes.

— Leah Lundberg, répéta Gabriel, le front soucieux.

Le nom lui était familier. Il feuilleta un énorme registre jusqu'à ce qu'il tombe dessus. Lâchant un gros soupir, il se laissa aller contre le dossier de son fauteuil. Leah était l'un des cas qui lui revenaient avec le plus d'insistance. Chaque fois, il avait lui-même déposé sa prière aux pieds de Dieu.

D'innombrables messagers avaient été envoyés sur terre pour régler cette affaire, mais leurs efforts étaient restés vains. Chacun en revenait avec un compte rendu identique. La prière de Leah ne pouvait être exaucée car un problème personnel s'y opposait. Elle était elle-même la cause de l'échec.

Si Gabriel avait pu s'asseoir en face de la jeune femme et discuter tranquillement avec elle, tout aurait été beaucoup plus facile. Parfois, les circonstances lui permettaient d'accomplir ce qu'on lui demandait, mais, en général, l'exaucement d'une prière demandait plus de travail. Les humains avaient tendance à croire qu'il suffisait de marmonner deux, trois phrases de supplique pour que le Seigneur Se charge de tout régler à leur convenance.

Malgré les siècles écoulés, ils n'avaient toujours pas compris l'évidence : Aide-toi, le Ciel t'aidera.

Seule une ridicule minorité admettait qu'elle avait un rôle à jouer.

Un autre exemple en était la requête reçue un peu plus tôt, celle de Monica Fischer, la fille d'un pasteur. Monica demandait un mari. A priori, cela n'aurait pas dû poser de problème; elle avait vingt-cinq ans et était ravissante, ou l'aurait été si elle ne masquait pas délibérément ses attraits. Toute entreprise de séduction se heurtait à un comportement puritain. Il venait à peu d'hommes, même parmi les serviteurs dévoués du Seigneur, l'idée d'épouser une prude confite en dévotion.

Cette prière laissait Gabriel perplexe. Que faire? Que faire aussi pour Timmy Potter dont il venait de recevoir la requête sous la forme inhabituelle d'une lettre? Les prières des enfants touchaient particulièrement Gabriel. Timmy avait neuf ans et demandait un papa.

Gabriel secoua la tête pour s'éclaircir les idées. Le mieux était de traiter un problème à la fois. Pour le moment, le plus urgent était celui de Leah qui, en outre, représentait un défi passionnant. Pour Monica et Timmy, il trouverait bien quelque chose plus tard.

Il se leva et se mit à arpenter son bureau. Marcher l'aidait à réfléchir. Leah avait choisi la période de Noël pour réitérer sa prière. Cela ne simplifiait pas les choses. En plein coup de feu! Les meilleurs messagers étaient déjà partis en mission et il ne restait de disponibles que quelques anges, très jeunes et inexpérimentés.

Bien sûr, il pouvait toujours faire appel à Miséricorde. Un cœur d'or et une patience à toute épreuve à l'égard des humains. Mais il y avait un petit problème avec cet ange.

Les objets terrestres le captivaient. Les objets mécaniques. En particulier, les ascenseurs, les scooters et Dieu sait quoi encore... eh bien, non, justement, Dieu ne savait pas. Les récits de ses frasques circulaient sur terre comme au ciel.

Un ange, surtout l'un de ceux qui dépendaient de Gabriel, se devait d'observer une conduite irréprochable. Cette histoire de grue sur le quai de San Francisco... mieux valait n'y plus penser.

Un bruissement d'ailes interrompit ses réflexions. Miséricorde apparut devant lui, les yeux brillants d'excitation, les mains jointes sans doute pour laisser croire à sa sagesse. Comparée à ses collègues, c'était une toute petite chose.

— Vous vouliez me voir ?

Gabriel sourit. Dieu avait devancé ses pensées.

— Je serais très heureuse de vous servir, s'écria Miséricorde avec un battement d'ailes enthousiaste. Je voudrais tant faire mes preuves !

— Es-tu capable de rester à l'écart de toute espèce de scooters ?

Miséricorde opina vigoureusement du chef.

— De motos des neiges aussi.

De motos des neiges ! Voilà une histoire dont il n'avait pas entendu parler. Tant mieux.

— Pas question non plus d'intercepter un Boeing 747.

— J'ai bien compris, Gabriel, murmura-t-elle avec un sourire innocent comme si ces incidents relevaient d'une succession de malentendus sans gravité. J'éviterai toutes les bêtises que j'ai déjà faites, c'est promis.

— Tiens, tiens. Et les autres ? marmonna Gabriel.

— Alors... vous me la confiez, cette mission ?

Gabriel se leva. Sa haute stature était impressionnante. Il le savait et en usait parfois. Mais en certaines occasions, envoyé sur terre par le Père Céleste, il avait dû commencer par apaiser de grandes frayeurs avant de pouvoir délivrer son message.

— La prière émane de Leah Lundberg, expliqua-t-il en prenant une expression soucieuse. Cela fait dix ans qu'elle nous supplie de lui donner un enfant.

Les yeux bleus de Miséricorde exprimèrent la compassion.

— Elle se sent les mains vides, je suppose.

— Durant les premiers mois de son mariage, sa prière ne nous parvenait que de temps à autre. Puis, comme elle n'était toujours pas enceinte, eh bien, nous n'avons plus su où donner de la tête. A un moment donné, on s'est retrouvés avec cinq anges employés à temps complet uniquement à son service. Un an plus tard, nous avons pu réduire l'équipe à un seul ange et, aujourd'hui, plus personne ne s'occupe d'elle de façon suivie. Elle prie de moins en moins et sa foi a nettement faibli.

Miséricorde cligna des yeux à plusieurs reprises.

— Voilà un cas problématique.

Gabriel hocha la tête. Miséricorde avait remporté quelques succès auprès des humains mais son expérience était encore très limitée. L'affecter à la prière de Leah présentait de gros risques. Cependant, il n'avait pas le choix.

— A quel rythme prie-t-elle en ce moment ? demanda Miséricorde dont les ailes se trouvaient provisoirement au repos.

— Une fois ou deux par an. Elle doute que Dieu S'intéresse à Ses enfants. Et sa foi n'est plus guère vaillante, expliqua Gabriel tristement. Enfin, pour ajouter à cette tragédie, elle court tout droit aux abîmes du désespoir.

— Mais elle se trompe. On écoute ses prières. Quelqu'un devrait le lui dire, lui transmettre un message d'espoir. Cette pauvre chérie n'a besoin que d'être rassurée... Envoyez-moi auprès d'elle, ajouta l'ange en tournoyant d'excitation. Je vous promets d'être sage.

L'archange hésita. Il avait le pressentiment que cette promesse deviendrait rapidement une citation célèbre dont s'esclafferait le Ciel tout entier. Un frisson parcourut les ailes de Miséricorde lorsque enfin Gabriel inclina la tête.

— Je vais t'accompagner pour t'expliquer l'histoire en détail. Mais sache que ta mission doit être accomplie avant le jour de Noël.

— Noël ? protesta Miséricorde. Ça ne me laisse pas beaucoup de temps.

— Fais de ton mieux, je te donne carte blanche.

Ce qui accordait à cet ange encore jeune des pouvoirs exceptionnels.

Sans se l'avouer, Gabriel doutait que la prière de Leah pût être exaucée. Cela faisait dix ans que des anges compétents s'acharnaient en vain sur ce cas. Miséricorde n'était qu'une jeune recrue de son corps expéditionnaire. Comment pourrait-elle réussir là où tant d'autres, aguerris, patients, rusés, avaient échoué ?

— Allons-y tout de suite, alors ! s'écria-t-elle, pressée de se mettre à l'ouvrage.

Gabriel jeta un œil aux piles de prières qui encombraient son bureau.

— Je n'ai que quelques instants à t'accorder.

— Je vous serai très reconnaissante de toute l'aide que vous pourrez me donner.

Gabriel soupira. Son temps était précieux mais d'un autre côté, qui sait ? Peut-être cette prière serait-elle enfin exaucée. Il avait assisté à de plus grands miracles.

— Viens avec moi, dit-il.

Miséricorde se colla à ses talons avec empressement. Quoiqu'il n'osât l'admettre, Gabriel éprouvait une tendresse particulière pour cet ange fantaisiste.

— J'espère pouvoir rendre service à cette femme, murmura-t-elle d'une voix où le doute perçait soudain.

— On peut toujours espérer, soupira Gabriel. Suis-moi, je vais te présenter Leah et Andrew Lundberg.

Il leva lentement ses bras immenses et aussitôt les nuages épais s'écartèrent, laissant une brume légère qui se dissipa peu à peu. La majesté du ciel s'évanouit et une scène terrestre se dévoila comme la première page d'un livre.

Leah Lundberg ouvrait la porte de sa maison et pénétrait à l'intérieur.

— Je suis rentrée, jeta Leah en rangeant son manteau dans la penderie.

Comme toujours, la maison était impeccable. Le mobilier, très moderne, rutilait. Elle aurait pu se mirer dans la laque noire de la table de la salle à manger. Son regard s'attarda tristement sur le canapé en cuir blanc qui avait coûté près de quatre mille dollars. Tout chez elle était ultramoderne et hors de prix. Un domaine immaculé qu'un enfant aurait ravagé en trois minutes.

Ses amies l'enviaient. Leurs maisons étaient de véritables champs de mines. Jouets et babioles jonchaient quotidiennement le sol. Elles vivaient au rythme des repas, de l'entraînement de football et des leçons de flûte. Leah aurait volontiers échangé son piano à queue contre un lit à barreaux et son tapis persan contre un parc pour bébé. Sa vie bien réglée, contre le chaos et la joie qu'un enfant aurait apportés.

— Je suis en train de préparer le dîner, annonça son mari de la cuisine. Que dirais-tu d'un steak accompagné de pommes de terre et de pointes d'asperges?

— Ça me paraît très bien.

Elle le rejoignit et glissa les bras autour de sa taille.

Instruments et appareils sophistiqués équipaient la pièce, beaucoup trop grande pour deux personnes qui prenaient leurs repas plus souvent à l'extérieur que chez elles. Andrew était architecte. Il avait dessiné leur maison à l'époque où tous deux imaginaient un avenir avec enfants. Leah se cramponnait à cet espoir qui, d'année en année, devenait plus ténu.

A la vue de ses placards aux parois immaculées, de son carrelage net et brillant, sa gorge se serra. Ce qui lui aurait fait plaisir, c'était une porte de réfrigérateur constellée d'empreintes digitales à la confiture et un sol rayé par les roues d'un camion et les crampons de chaussures de sport.

— Tu as eu une journée chargée? demanda Andrew.

Leah hocha la tête.

— Avant midi, nous avions mis au monde trois bébés. Deux garçons et une fille.

Leah avait perdu le compte des accouchements auxquels elle avait participé. Plusieurs centaines, sans doute. Ce qui ne l'empêchait pas de rester sensible au miracle qu'était chacun d'eux.

— Et toi? demanda-t-elle.

— La routine habituelle, murmura Andrew, absorbé par les préparatifs du dîner.

— On aurait pu commander des plats préparés.

— Ça ne m'ennuie pas.

Il se retourna et enfouit son visage dans les cheveux de sa femme.

— J'ai eu la décoratrice au téléphone. Nous avons parlé du sapin. Cette fois-ci, j'aimerais bien qu'on y mette quelques anges.

— Des anges? répéta Leah. Pourquoi pas? Ça pourrait être charmant.

— Maman a appelé tout à l'heure, reprit-il. Elle nous invite pour le soir de Noël.

Leah acquiesça en silence. Noël, c'était la fête des enfants. Au lieu d'accrocher, avec l'aide de petites mains pataudes, des bonbons et des sucres d'orge aux branches d'un sapin, elle convoquait une décoratrice qui leur composerait une œuvre d'art. Ce serait splendide, comme tous les ans, elle n'en doutait pas, mais elle aurait préféré une œuvre d'amour.

Quand donc, se demanda Leah, cesserait-elle de souffrir aussi cruellement? Elle serait sûrement une bonne mère et Andrew, un père aimant et dévoué. Que Dieu, dans Sa grande sagesse, n'ait pas jugé bon de leur donner un enfant lui semblait une extrême injustice.

Ses yeux s'emplirent de larmes. Elle tourna la tête mais Andrew ne fut pas dupe.

— Leah?

En quête de tendresse, elle se réfugia dans ses bras.

— C'est pire au moment de Noël, non? s'inquiéta-t-il.

Des centaines de fois, ils en avaient discuté. N'ayant rien à ajouter, rien de nouveau à partager, elle préféra ne pas poursuivre sur ce sujet.

— Le dîner est bientôt prêt? Je meurs de faim, s'écria-t-elle d'un ton délibérément guilleret.

14

— Tu en as assez vu ? demanda Gabriel à Miséricorde.

Plus qu'elle n'aurait voulu. Pleine de compassion, elle se détourna de la scène.

— Leah est très malheureuse.

— Il y a des années que ça dure et il en sera ainsi jusqu'à...

— Jusqu'à quoi ? coupa Miséricorde.

— Jusqu'à ce qu'elle trouve la paix.

— La paix ? répéta l'ange en repliant tristement ses ailes. La pauvre chérie, elle est en pleine guerre contre elle-même.

Sa perspicacité surprit Gabriel.

— Leah doit d'abord accepter sa stérilité provisoire et les liens invisibles qui la ligotent tomberont d'eux-mêmes. Alors, et seulement alors, elle sera prête.

— C'est donc ça, ma mission ? La guider sur le chemin de la paix ?

La peur étreignit le cœur tendre de Miséricorde. Gabriel demandait l'impossible. Elle désirait ardemment aider cette femme, soulager la souffrance de sa solitude et la désolation de son âme. Elle baissa la tête. Comment, avec son manque d'expérience, parviendrait-elle à abattre les barricades derrière lesquelles se débattait Leah, puis à la mener à la sérénité ?

— Tu as le droit de refuser, annonça Gabriel solennellement.

— Pas question, protesta Miséricorde avec une fougue qui la surprit elle-même.

Elle ignorait encore comment elle allait se débrouiller, mais d'une façon ou d'une autre, elle accomplirait sa tâche. De ses missions précédentes, il lui restait une certitude. Avec l'aide de Dieu, on pouvait tracer un chemin dans la jungle la plus touffue. Avec l'aide de Dieu, elle trouverait un moyen.

— Je ne peux pas t'accorder plus de trois semaines, en temps terrestre, lui rappela Gabriel. C'est à cause du Nouvel An. Tout à coup, les habitants de la terre décident de bien commencer l'année, ils prennent un tas de bonnes résolutions et se ruent dans la prière.

— Seulement trois semaines, répéta Miséricorde dont le regard se portait à nouveau sur Leah et son mari.

— S'il y a le moindre problème, préviens-moi, tu entends ? insista Gabriel.

Les plumes du petit ange se hérissèrent. L'archange laissait entendre qu'elle ne pourrait se débrouiller toute seule. Supposition injustifiée. Il était exact qu'elle avait rencontré quelques difficultés lors de sa dernière mission, qu'elle s'était fourvoyée une fois ou deux mais, en fin de compte, tout s'était terminé par un succès.

— La stérilité de Leah n'est pas due à une cause physique ? demanda-t-elle.

Avant de se lancer dans une pareille aventure, il lui fallait un maximum d'informations.

— Non, affirma Gabriel. Leah et Andrew ont consulté tous les spécialistes de la côte Ouest. Rien n'empêche physiquement qu'elle tombe enceinte demain.

— Et ont-ils pensé à adopter ?

— Ils ont fait les démarches nécessaires il y a cinq ans mais la liste d'attente est très longue. Une future mère les a enfin choisis comme parents adoptifs de son bébé et puis, juste avant la naissance, elle a changé d'avis et décidé de garder l'enfant. Ils ont été cruellement déçus et peu après ils se sont retirés de la liste.

— Comme c'est triste, murmura Miséricorde.

— En tout cas, les Lundberg s'aiment profondément.

— Voilà qui doit bien les aider.

Le gloussement de Gabriel la fit sursauter. L'archange ne cachait pas son hilarité.

— Qu'y a-t-il de si drôle? s'écria Miséricorde d'un ton irrité.

Mouvement d'humeur qu'elle se reprocha aussitôt. Gabriel était un archange, elle ne pouvait se permettre de le soumettre à un interrogatoire ni s'agacer de ses réactions.

— Rien du tout, répondit-il avec un grand sourire.

Cela aussi était étrange. Gabriel n'était pas du genre souriant. Et d'ailleurs, jusqu'à ce jour, Miséricorde l'avait cru incapable de sourire.

Il fallait en tout cas le convaincre que Miséricorde prenait sa tâche au sérieux.

— Je ferai de mon mieux, affirma-t-elle gravement.

— Bon, je te fais confiance. Mais toi, fais-moi une promesse.

Et voilà. Elle n'y échapperait pas. La longue liste des sottises accumulées en une très courte carrière de messager allait à nouveau lui être assénée.

— Oui? fit-elle en se raidissant pour affronter le sermon.

— Cette fois-ci, évite les scooters et les ascenseurs.

Miséricorde se détendit.

— Promis, juré!

2

— Quelle honte !

Monica Fischer était scandalisée. L'hôpital de la Providence aurait pu quand même renouveler les personnages de sa crèche. Les couleurs étaient délavées ; quant aux animaux, il fallait de l'imagination pour les identifier. Si la direction de l'hôpital tenait à fêter Noël, qu'elle le fasse correctement.

— Tu as vu la crèche de l'hôpital ? demanda-t-elle en rejoignant son père.

Il l'attendait avec le chœur devant le grand magasin Nordstrom, situé dans le centre-ville de Seattle.

— Elle me plaît beaucoup, dit-il avec un sourire rayonnant. Marie a connu des jours meilleurs, c'est sûr, mais je suis convaincu que cette étable délabrée ressemble à celle de Bethléem.

Il avait raison. Comme d'habitude. Bien qu'elle fît de gros efforts pour être aussi charitable en actions et en pensées que lui, cela semblait définitivement au-delà de ses possibilités. Et c'était bien là que résidait le problème. Elle ne pouvait s'empêcher de comparer chaque homme rencontré à son père et jusqu'à présent aucun n'avait franchi cette épreuve. Pas même Patrick avec lequel elle était sortie plus ou moins régulièrement ces deux dernières années. Et d'ailleurs, le moins l'avait emporté. Il lui avait téléphoné deux semaines plus tôt pour lui annoncer ses fiançailles.

La blessure était cruelle. Leurs sorties avaient convaincu Monica qu'une réelle entente se forgeait entre eux et pas une seconde elle n'avait imaginé qu'il fréquentait quelqu'un d'autre. Évidemment, jamais le mot amour n'avait été prononcé et aucune promesse n'avait été formulée; elle avait cru cependant qu'ils partageaient quelque chose d'exceptionnel et que les mots suivraient en temps voulu.

Pour aggraver les choses, Patrick avait conclu en promettant à Monica de penser toujours à elle comme à une grande amie. L'amitié? Elle voulait beaucoup plus. Il était temps qu'elle se marie et qu'elle fonde une famille. Comme une sotte, elle s'était trompée d'homme. A présent, il lui fallait rattraper le temps perdu. Elle se marierait, et vite! Un homme ici-bas lui était destiné, elle en était convaincue et elle avait la ferme intention de le dénicher rapidement.

— Tu es prête? lui demanda son père.

Monica opina de la tête. Elle aimait ces séances qu'organisait le chœur dans les rues animées du centre-ville. Un bref instant, la paix s'installait sur les remous de la foule.

Elle grimpa rejoindre les sopranos sur le dernier gradin de la tribune. Mesurant près d'un mètre soixante-dix-huit, elle dépassait les autres d'une bonne tête. Talons plats, cheveux tirés en arrière en chignon, vêtue d'un tailleur bleu marine très strict, elle ne portait aucun maquillage et jetait un regard méprisant sur les femmes qui en usaient.

C'était la première fois que le chœur se faisait accompagner de l'orchestre de la paroisse. Les musiciens n'avaient pas suffisamment répété, songea Monica, agacée. Leurs fausses notes allaient tout gâcher.

Elle-même jouait du piano et, à la demande de Michael Simpson, le chef du chœur, elle avait participé durant deux semaines aux répétitions, avec l'espoir que son application donnerait le bon exemple. Espoir déçu. Personne n'avait paru apprécier l'emploi du temps rigoureux qu'elle avait instauré pour le bénéfice de tous. Finalement, elle avait repris sa place dans le chœur, ce dont elle était très contente. Pour se faire pardonner, Michael lui avait confié le solo de l'un de ses chants préférés, « Douce Nuit ».

Chacun ayant pris sa place, Michael leva sa baguette. Tous les yeux se fixèrent sur lui avec un professionnalisme qui fit plaisir à Monica. Les voix s'élevèrent mélodieusement et se fondirent dans une harmonie parfaite. Celle de Monica s'éleva, limpide, vers les notes les plus élevées. Chanter la rapprochait du ciel. Plus encore que prier, ce à quoi elle se livrait fréquemment ces derniers temps, puisqu'il lui fallait un mari.

— Monica, c'est la grande jeune femme sur le dernier gradin, dit Gabriel en montrant à Charité la scène terrestre.

Il éprouvait une certaine tendresse envers ce messager qui, tout comme Miséricorde, présentait certains traits de caractère étonnants. Si la période de Noël n'était pas aussi bousculée, jamais il ne lui aurait confié ce cas difficile.

Malheureusement, il n'avait pas le choix et, parmi les anges disponibles, seule Charité avait une chance d'obtenir un résultat. Si seulement il pouvait être sûr qu'elle n'approcherait pas d'une télévision ni d'un cinéma... L'apparition de Charité sur l'écran d'un vol long-courrier pour annoncer des turbulences avec la voix de John Wayne continuait à le contrarier. Il l'avait sermonnée à de nombreuses reprises, mais sans succès.

— Je sais à quoi vous pensez, dit Charité avec un regard empli de bonne volonté. En ce qui me concerne, finies les acrobaties chez les humains. J'ai compris la leçon.

— C'est sûr ?

Charité jeta un œil sur Monica et secoua énergiquement la tête.

Gabriel regretta de ne pas partager son assurance. Il observa à nouveau Monica Fischer. Son nom ne lui était pas inconnu car son père, un homme selon le cœur de Dieu, l'incluait souvent dans ses prières. Monica était issue d'une famille très religieuse. Son père étant pasteur, elle avait été élevée quasiment à l'intérieur d'une église mais, curieusement, elle manquait de foi. Plus exactement, il lui restait à découvrir la différence fondamentale qui existe entre la pratique religieuse et la foi.

— Elle est ravissante, déclara Charité avec un mouvement enthousiaste des ailes. Il ne devrait pas être difficile de lui trouver un mari. Dieu lui a sûrement déjà destiné un homme, non ?

— Exact, répondit Gabriel à contrecœur.

Il ne tenait pas à en dire trop. Manquant d'expérience, Charité apprendrait la suite bien assez tôt. Ce que savait Gabriel risquait de la troubler. Elle finirait bien par découvrir les projets divins en ce qui concernait Monica Fischer. Mieux valait gagner du temps.

L'ange fixa sur lui un regard interrogatif.

— Que dois-je lui enseigner ?

Gabriel respira profondément avant de répondre.

— Je crains que Monica ne soit confite dans une espèce de piété excessive. En quelque sorte, elle vise bravement la sainteté et tente de l'atteindre par ses propres moyens. Elle ignore l'aide que pourrait lui apporter une foi sincère et modeste.

Charité soupira de compassion.

— Elle doit être très malheureuse.

— Non, répliqua Gabriel aussitôt. Ce sont les autres qu'elle rend malheureux. Monica s'est compliqué la vie en édictant une longue liste d'interdits et d'obligations. Le blanc et le noir. Elle s'est tellement encombré le cerveau de problèmes et d'exigences sans aucun rapport avec la vraie foi qu'elle a complètement oublié ce que signifie être un enfant de Dieu. Ses efforts démesurés sont en outre inutiles puisque tout a déjà été fait pour elle. Tout l'attend. Il lui suffit de demander.

Gabriel ne racontait là rien de nouveau. La terre était peuplée de gens qui cherchaient le salut par la pratique exclusive des rites religieux.

— La pauvre chérie...

Ce n'était pas l'expression qu'aurait employée Gabriel. Monica se donnait beaucoup de mal pour conduire ses congénères à Dieu mais bien souvent son comportement de bigote les poussait dans la direction inverse.

— En tout cas, elle chante bien, remarqua Charité.

— Elle n'est pas dépourvue de talent, effectivement.

— Il me semble que je n'aurai pas trop de problèmes.

Charité paraissait bien sûre d'elle. Peut-être devait-il lui en dire un peu plus. Il retint un soupir. Non. Il était préférable de ne pas entamer l'enthousiasme de son messager. Dieu savait qu'elle en aurait besoin. Elle découvrirait le reste bien assez tôt.

— L'homme que Dieu lui a destiné est-il prêt à prendre femme ?

Gabriel ressentit un brusque pincement de remords.

— Oui, il en a très envie. Mais tu n'as pas à t'occuper de lui. Ton travail, c'est Monica. Elle a besoin de toi.

— Je ferai tout mon possible pour lui venir en aide.

— Bon, alors, tu es prête ?

Il avait hâte d'envoyer Charité sur terre. Prolonger cette séance risquait de l'amener à trop parler. Cette mission serait une expérience instructive pour l'ange comme pour la femme qu'on lui confiait. Lui-même n'avait plus qu'à espérer.

— J'y vais ! s'écria Charité, impatiente de quitter la splendeur céleste pour circuler incognito dans un monde assombri par le péché.

Gabriel la suivit des yeux tandis qu'elle se laissait glisser mollement vers la terre. Les humains avaient raison au moins sur un point, songea-t-il. Les chemins du Seigneur étaient mystérieux et ne le seraient jamais autant qu'en cette occasion. Gabriel avait une certitude : après cet épisode, ni Charité ni Monica ne seraient les mêmes.

Monica voyait avec plaisir la foule se rassembler autour du chœur. Les gens qui sortaient des magasins, les bras chargés de paquets, jetaient un regard au passage et la fatigue s'effaçait momentanément de leur visage. Quelques-uns s'arrêtaient et se mettaient à chanter. Des pères hissaient leurs enfants sur leurs épaules. Monica se réjouissait de la transformation que leur petit groupe apportait dans cette rue livrée au matérialisme.

Son regard repéra une tête qui dépassait de la foule. L'homme se frayait un chemin avec une impatience proche de la brutalité. Agacée, elle l'examina. Les cheveux trop longs, une barbe de deux jours, un imperméable beige dans lequel il semblait avoir passé les trois dernières nuits. Malgré la distance, elle remarqua le bleu intense de ses yeux. Il contournait chaque obstacle avec un grommellement qui pouvait difficilement passer pour un mot d'excuse.

Elle le suivit du regard jusqu'à ce qu'il sorte de son champ de vision. Quel homme déplaisant, jugea-t-elle en constatant le remue-ménage causé dans l'assistance. Un Scrooge des temps modernes qui, comme le personnage de Dickens, estimait que célébrer la naissance du Seigneur n'était que du temps perdu.

Le petit orchestre joua les premiers accords de « Douce Nuit ». Monica sut adapter sa voix aux notes les plus hautes. Lorsque vint l'instant de chanter le solo, elle livra son âme à la musique et la laissa s'envoler librement. C'est alors que, venue de nulle part, une autre voix jaillit et se mêla à la sienne.

Jetant de brefs coups d'œil à droite et à gauche, Monica chercha à repérer qui osait lui voler son moment de gloire. Elle n'aurait pas dû s'en soucier, elle le savait, mais c'était plus fort qu'elle. Le plus surprenant était qu'aucune des autres sopranos ne semblait chanter.

Elle poussa sa voix une octave plus haut ; la seconde voix l'y suivit, angélique et pure, d'une intensité qui recouvrait complètement la sienne. Autre surprise, personne ne paraissait remarquer quoi que ce soit d'étrange. L'assistance la fixait avec admiration tandis que le chef du chœur souriait, visiblement épaté par sa prestation.

Lorsqu'elle se tut, la petite foule l'applaudit chaleureusement. Agacée d'avoir été doublée pendant son unique solo, Monica se retourna pour voir d'où venait la voix mystérieuse.

Pivotant avec plus d'énergie que voulu, elle perdit

l'équilibre. Ses bras battirent l'air désespérément et, avant qu'elle pût se raccrocher à ses voisines, elle bascula en arrière et se retrouva dans les bras d'un homme qui semblait s'être posté là à dessein.

— Eh bien, qu'est-ce qui se passe ?

C'était lui. L'homme qu'elle avait remarqué quelques minutes plus tôt, celui qui se faufilait dans la foule avec une impatience grossière.

— Ah...

Fascinée par le beau visage de l'inconnu, Monica ne put en dire plus. De près, ses yeux étaient d'un bleu plus sombre, métallique, où brillait un éclat à la fois ironique et désabusé. Les petites rides des tempes n'étaient pas dues aux sourires. Elles traduisaient plutôt le poids d'expériences, probablement pénibles, et un certain désenchantement. Ses joues étaient creuses et ses lèvres avaient un pli amer. Il examina la jeune fille avec autant de curiosité qu'elle en manifestait à son égard.

— C'était pas la peine de courir un tel risque, railla-t-il. Si vous vouliez une entrée en matière, il suffisait de demander.

Suffoquant d'indignation, Monica se débattit jusqu'à ce qu'il se résigne à lui laisser prendre contact avec le sol. Il attendit cependant qu'elle ait retrouvé l'équilibre avant de la lâcher complètement.

— Au cas où vous auriez envie de me remercier, ne vous gênez surtout pas.

Désarçonnée, Monica cligna des yeux deux ou trois fois. Jamais parler n'avait présenté autant de difficulté.

— Merci, parvint-elle enfin à articuler d'une voix enrouée. Je ne sais pas ce qui s'est passé mais, apparemment, j'ai perdu l'équilibre.

Un sourire impudent éclaira le visage de l'inconnu.

— C'était vous qui chantiez à l'instant ?

Elle acquiesça puis la curiosité la poussa à demander :

— Vous avez entendu deux voix ou une seule ?

— Une seule.

— Mais il y en avait deux. C'est ce qui m'a troublée. Une autre voix s'est jointe à la mienne. Une voix de soprano, très puissante. Vous l'avez sûrement entendue, voyons !

— Écoutez, ma petite dame, je n'ai entendu que vous et, bien que la musique religieuse ne soit pas mon truc, ça m'a paru rudement bon.

Elle rougit de plaisir. Sa voix était juste et claire et elle aimait chanter. Mais c'était tout. Se targuer d'un grand talent aurait été pure vanité et la vanité menait tout droit au diable et à ses turpitudes.

— Merci, répéta-t-elle.

— Vous voulez un coup de main pour remonter à côté des autres ?

Monica leva les yeux vers le gradin et secoua la tête. Le programme était presque achevé et, en regagnant sa place, elle risquait de gêner ses camarades.

— Bon, alors, je m'en vais, dit-il. J'ai hâte de raconter ça à Lou. C'est pas tous les jours qu'une jolie femme se jette dans mes bras.

— Je ne me suis pas jetée dans vos bras, protesta-t-elle d'un ton sec en tirant sur les manches de sa veste.

— Ce n'est peut-être pas le terme approprié mais en tout cas, vous vous y êtes retrouvée, jolie comme un cœur, les yeux dans les miens, la bouche avide de baisers.

Monica se hérissa.

— Mais non, voyons !

— C'était pas agréable d'être dans mes bras ?

— Comment ?

Monica le dévisagea avec stupéfaction. Cet individu était-il arrogant au point d'imaginer qu'elle s'était délibérément jetée dans le vide dans l'espoir qu'il la rattraperait ? Il était grotesque, vraiment, et elle prit grand plaisir à le lui signaler.

Il accueillit son exposé avec un petit sourire ironique.

— En tout cas, à vous voir, c'est bien des bras et des baisers d'un homme que vous avez besoin.

Monica prit cette remarque pour une menace. Lèvres pincées, elle recula subitement.

— Vous êtes répugnant !

Il leva les mains.

— Je ne suis qu'un badaud innocent. Je passais par là par hasard avec pour seul objectif de noyer mon chagrin dans une bière fraîche lorsque vous m'avez sauté dessus.

— Vous alliez au Blue Goose ?

Elle comprenait à présent son impatience à se dégager de la foule. Cet homme était un alcoolique en état de manque.

— Ma petite dame, si vous aviez eu la même journée que moi, vous aussi vous auriez besoin d'un verre.

— Ne faites pas ça, supplia-t-elle en se rapprochant.

Il la regarda fixement. Les pans de son imperméable s'agitaient dans le vent glacial qui transperçait Monica jusqu'aux os. Il ne paraissait pas s'en soucier.

— Qu'est-ce que je ne dois pas faire ? demanda-t-il, agacé.

— Boire. L'alcool ne règle aucun problème.

— Ma p'tite dame...

— Je m'appelle Monica Fischer, dit-elle en lui tendant la main.

Après une brève hésitation, il s'en empara.

— Et vous...

— Désolé de vous avoir rencontrée, marmonna-t-il.

— Je vous en prie, laissez-nous vous aider, mes amis et moi, dit-elle en désignant le chœur juché sur les gradins qui entonnait le dernier chant.

— Écoutez, tout ce que je veux, c'est un moment de paix et une bière fraîche. Je sors de vingt heures de planque et...

— Vous êtes de la police?

A son regard qui dérivait vers la porte du Blue Goose, elle comprit que la conversation commençait à le lasser.

— Je suis détective privé, répondit-il enfin. Ça vous va comme ça?

— J'imagine que vous êtes très fatigué.

En panne d'arguments antialcooliques, elle cherchait à gagner du temps.

— Oui, et chaque minute qui passe empire la situation. Au revoir, Marcia.

Il s'éloigna à grands pas.

— Monica, corrigea-t-elle en courant derrière lui.

Après tout, elle lui devait bien ça. Sans lui, elle se serait sûrement blessée.

— Marcia, Monica, comme vous voudrez, grogna-t-il sans se retourner. Au plaisir.

— Quelqu'un vous a-t-il déjà parlé sérieusement de l'orientation qu'a prise votre vie?

Elle avait beau être grande, pour se maintenir à sa hauteur, il lui fallait faire deux pas quand lui n'en faisait qu'un.

— C'est un sermon que vous entamez là ? Croyez-moi, le moment est mal choisi.

— Alors promettez-moi de ne pas boire.

— Écoutez, s'écria-t-il en s'arrêtant brutalement. J'essaie de demeurer poli mais je sens que ça ne va pas durer. Ce baratin a épuisé tout ce qui me restait de patience. Je suis une grande personne, mes faits et gestes ne regardent que moi et je n'ai aucun problème avec l'alcool. Aussi, si ça ne vous ennuie pas, fichez-moi la paix maintenant.

— Vous vouliez boire une bière, non ? insista Monica. Seul un alcoolique a besoin d'un verre à cette heure-là.

— Bon, d'accord. Pour vous faire plaisir, je prendrai un café. Voilà. Vous êtes contente ?

Monica ne fut pas dupe. Elle le fusilla du regard.

— Un mensonge ne me fera pas taire.

Entre-temps, ils avaient traversé la rue. L'homme marchait à grands pas sans regarder la jeune femme, laquelle s'étonnait de sa propre audace, tout à fait inhabituelle. D'ordinaire, l'évangélisation n'était pas son fort. Mais il se trouvait qu'il avait besoin d'aide et qu'elle lui était redevable d'un service. Sans lui, elle se serait sûrement cassé au moins une jambe. A présent, c'était à elle de le ramener sur le droit chemin, même si ses efforts étaient mal accueillis.

Arrivée devant le Blue Goose, Monica bondit et se posta devant l'épaisse porte en bois, bras en croix, pour en bloquer l'accès.

— A quoi vous jouez, Bon Dieu ? s'écria-t-il.

— Je vous sauve de vous-même.

— Allez donc sauver quelqu'un d'autre.

Malgré le regard froid qui la vrillait, Monica tint bon.

— C'est pour votre bien.

Il serra les lèvres, comptant mentalement jusqu'à dix. A huit, il explosa.

— Ou bien vous dégagez ou bien je m'en charge, et je doute que vous appréciiez ma méthode.

Monica n'eut heureusement pas à prendre de décision. La porte du bar s'ouvrit, la bousculant sur le côté. Le temps qu'elle se retourne, l'homme avait disparu. Où ? La réponse était évidente. Devait-elle le suivre à l'intérieur de l'établissement ? L'hésitation ne dura qu'un demi-battement de cœur.

Découragée, elle retraversa la rue. Le chœur était descendu des gradins et distribuait à la foule des invitations à l'office du soir de Noël. L'idée venait de son père. Monica craignait que cela n'attire la racaille de la rue mais elle n'avait rien dit. Discuter avec Lloyd Fischer ne servait à rien, d'autant plus que les clochards et autres malheureux tenaient dans son cœur une place particulière.

— Monica ?

Michael Simpson, le chef du chœur, contourna deux altos et la rejoignit.

— Que vous est-il arrivé ?

— J'ai perdu l'équilibre et je suis tombée.

Il riboula des yeux.

— Vous vous êtes fait mal ?

— Non. Un... quelqu'un m'a rattrapée.

— Tant mieux. Je suis content que vous ne vous soyez pas blessée.

Avec un sourire timide, il lui tapota la main.

— Je tenais à vous féliciter pour votre solo, reprit-il.

— Mais...

— Jamais votre voix n'a été aussi pure.

Monica eut un geste de dénégation. Le

compliment ne lui était pas dû. Elle était trop honnête pour l'accepter.

— Une autre voix a chanté en même temps que moi. Vous ne l'avez pas entendue ? Je ne comprends pas d'où elle venait.

— Une autre voix ? répéta Michael en haussant les sourcils. Je n'ai entendu que la vôtre et c'était magnifique. Vous vous êtes vraiment surpassée.

— Monica, Monica...

Les yeux brillants d'émotion, le révérend Fischer se ruait sur sa fille.

— Je ne t'ai jamais entendue chanter aussi bien. On aurait dit ta mère. Elle avait une voix bouleversante comme la tienne aujourd'hui. J'avais oublié. Un don de Dieu.

— Mais, papa...

Elle s'interrompit aussitôt. Comment expliquer l'inexplicable ? Il y avait eu une autre voix. Qui ne venait pas du chœur. Qui n'appartenait à personne de sa connaissance.

— Charité, Charité, Charité, répéta Miséricorde du ton de la réprimande dont Gabriel avait si souvent usé à son égard. C'était toi qui chantais, non ?

Charité jugea inutile de nier.

— C'était plus fort que moi. « Douce Nuit », c'est l'un de mes chants préférés.

— Mais elle t'a entendue !

— Oui, je sais.

Ce détail n'avait pas été voulu ; Charité s'était laissé emporter par la musique. Mais cela aurait pu être bien pire.

— Gabriel l'apprendra forcément.

— Ne t'inquiète pas.

Cette éventualité ne lui avait pas échappé mais n'avait pu la retenir de chanter avec Monica.

— Il te retirera ta mission.

— Sûrement pas. En ce moment, il est à court de personnel. Pour qu'il en vienne à une pareille décision, il faudrait quelque chose de beaucoup plus grave.

Charité s'inquiétait plutôt des conséquences directes de son incartade. C'est-à-dire de la chute de Monica dans les bras d'un détective privé peu recommandable. Si cet homme s'était livré à quelque action déplaisante, Charité se serait tenue pour seule responsable.

3

— Timmy! appela Jody Potter de la cuisine. Le dîner est prêt.

Comme chaque soir, le garçon de neuf ans, agenouillé sur la moquette du salon, manœuvrait frénétiquement les commandes d'un jeu vidéo.

— Une minute, grogna-t-il, les yeux fixés sur l'écran de la télévision. J'suis en train de sauver l'univers.

— Timmy, s'il te plaît...

Jody avait les nerfs à vif. Cela remontait à la veille au soir, lorsqu'elle avait posé le cartable de son fils sur la table de la cuisine et qu'une feuille de papier avait glissé.

Une lettre adressée au Bon Dieu, et pas n'importe quelle lettre. Timmy demandait tout simplement un papa. La première idée de Jody avait été qu'il lui suffisait de s'asseoir en face du garçon et de lui rappeler qu'il avait déjà un père. Seulement voilà, Timmy n'avait que dix mois lors de la mort de Jeff et n'en gardait aucun souvenir.

Timmy ne pouvait pas savoir combien Jeff avait été fier de lui. Qu'il tenait à le prendre dans ses bras chaque soir en rentrant du bureau, à lui donner le dernier biberon. Que c'était son père qui le mettait au lit, lui chantait une berceuse et attendait qu'il s'endorme en lui caressant le dos. Il ignorait que Jeff avait pleuré de joie la nuit de sa naissance.

Ce que réclamait Timmy, c'était un père bien vivant. Quelqu'un qui, selon la lettre, comprendrait ce qu'est le base-ball, qui lancerait et rattraperait une balle mieux que lui ; quelqu'un qui serait un ami et un maître en même temps.

Contrairement à elle, Timmy acceptait qu'ils aient perdu définitivement Jeff et lui cherchait un remplaçant.

— J'ai gagné ! cria l'enfant en sautant sur ses pieds.

Les bras en l'air, il entama une danse triomphante dans le salon.

— Je suis bien soulagée que l'univers soit une fois de plus sauvé. On peut dîner, maintenant ?

— Ben, oui.

Timmy courut se laver les mains et revint en les essuyant sur ses cuisses.

Ils s'attablèrent face à face. Jody poussa le plat de légumes vers son fils.

— J'aime pas les haricots verts.

— Trois seulement.

Pourquoi trois ? Jody l'ignorait. Le chiffre lui avait paru raisonnable. Comptant avoir une discussion sérieuse avec Timmy, elle ne voulait pas commencer par une dispute au sujet de haricots verts.

Il farfouilla dans le plat puis découvrit trois minuscules haricots qu'il posa sur le rebord de son assiette d'où ils avaient une forte chance de glisser subrepticement sur la nappe. Il leva les yeux sur sa mère qui affecta de n'avoir rien remarqué.

Elle attendit qu'il ait noyé sa viande de sauce et chargé son assiette de purée pour parler de la lettre.

— On nous a demandé à l'école d'écrire une lettre à quelqu'un pour Noël, répondit-il. Je suis trop grand pour le père Noël, alors je suis allé droit à la source. Mais je sais bien que c'est idiot. Jamais la poste n'enverra une lettre au Bon Dieu. Le professeur en a fait toute une histoire. Et maintenant, c'est ton tour. Qu'est-ce qui t'embête ?

— Rien ! s'écria Jody. Je ne m'étais pas rendu compte à quel point tu désirais avoir un père.

— Tous les enfants en veulent un, non ?

— Sans doute.

Jody avait perdu son père un an plus tôt et il lui manquait toujours autant. Le choc avait été brutal et inattendu. Une semaine plus tôt, il était sorti de sa visite médicale annuelle avec l'assurance d'être en parfaite santé. Jody et sa mère avaient été écrasées par le chagrin. On aurait pu penser qu'après une vie longue et bien remplie la mort d'un homme serait plus facile à accepter. C'était faux. Jody en avait souffert autant que de la disparition de Jeff.

— J'veux pas te faire de peine, m'man, reprit Timmy tout en enfouissant l'un des trois haricots sous sa montagne de purée. Mais pour lancer la balle, t'es pas bonne du tout et il faut que je m'entraîne. M. Dillard dit que j'ai des chances de faire un vraiment bon joueur plus tard.

— Je comprends.

— D'ailleurs, t'es encore pas mal. Il existe sûrement quelqu'un quelque part qui serait content de t'épouser.

Jody reposa sa fourchette. Son fils n'avait pas eu l'intention de l'offenser. Au contraire, il pensait sûrement lui avoir fait un grand compliment.

— Ça doit bien exister, oui, dit-elle enfin.

— Hein ? Toi aussi, tu le penses ?

Comme il avait l'air impatient, soudain ! Il se glissa sur le bord de sa chaise, planta les coudes sur la table et dévisagea sa mère avec gravité.

— Tu crois que tu pourrais le trouver et l'épouser avant Noël ?

— Timmy, sois raisonnable ! Noël est dans moins d'un mois.

— Tu veux dire qu'il te faudra plus de temps que ça ?

— Oui. Ça me paraît évident.

— Combien ?

Ne sachant que répondre, Jody haussa les épaules.

— En fait... je ne sais même pas si je suis prête à me remarier.

— Pourquoi ? s'étonna Timmy en toute innocence. La maman de Rick Trenton s'est déjà mariée trois fois. Toi, une seule fois. C'est pas juste. Tu es beaucoup plus jolie qu'elle et elle a eu deux maris de plus que toi.

— Ça ne dépend pas de ça.

— Alors de quoi ça dépend ?

Jody aussi aurait bien aimé le savoir.

— Le mariage, c'est un truc très compliqué.

Beaucoup trop compliqué pour un garçon de neuf ans.

— En plus, s'écria Timmy en brandissant sa fourchette, tu pourrais avoir un bébé. Tu sais, je suis d'accord pour partager ma chambre. La maman de

Rick vient d'avoir un nouveau bébé et elle m'a permis de le prendre dans les bras. Et tu sais quoi ? Ça m'a bien plu !

— Et Rick, qu'est-ce que ça lui fait d'avoir un petit frère ?

— Il dit que c'est cool, surtout qu'il avait déjà deux petites sœurs. Il paraît qu'on ne peut pas choisir. Je sais pas ce que ça me ferait d'avoir une sœur au lieu d'un frère, mais j'ai décidé que je ferais comme Rick.

— C'est-à-dire ?

— Prendre ce qui vient.

Ayant perdu tout appétit, Jody reposa sa fourchette.

— Voilà une attitude très mûre, remarqua-t-elle.

Que faire à présent ? Timmy ne plaisantait pas. Il voulait réellement un père. Un père, un frère, une sœur, toute une famille en somme.

— Alors, tu vas me chercher un papa ?

Ses grands yeux bleus la fixaient comme s'il attendait une décision immédiate.

— Je vais y réfléchir, promit-elle. En attendant, mange tes haricots verts.

— Ça y est.

— Ils sont sous la purée. Allons, mange-les.

— Bon, d'accord.

Lorsqu'il fut profondément endormi, elle sortit de la bibliothèque un épais album de photos. Sans allumer, elle s'assit dans le fauteuil où Jeff aimait se reposer le soir et pressa le volume contre son cœur.

Les yeux fermés, elle laissa s'écouler quelques minutes sans bouger. Elle n'avait pas regardé ces photos depuis près d'un an. Douze longs mois sans s'être torturée à contempler ces souvenirs. Timmy avait raison. Il était largement temps qu'elle cesse de pleurer le passé et qu'elle se remette à vivre. Un sanglot lui monta dans la gorge. Vivre et ne plus aimer Jeff, comment serait-ce possible ?

— Voilà la mère de Timmy, dit Gabriel tristement.

Shirley regarda la jeune femme.

— On dirait qu'elle pleure, fit-elle, le cœur serré. Pourquoi ?

— Elle pense à Jeff, son mari.

— Mais pourquoi se torture-t-elle à ressasser ses souvenirs ?

— Le problème est en elle, expliqua Gabriel. Jeff occupe toutes ses pensées. Pour exaucer la prière de Timmy, tu dois d'abord t'occuper de sa mère. Lui apprendre à se détacher du passé et à se tourner vers l'avenir. Afin d'accueillir l'homme que Dieu lui a destiné.

— Les faits remontent à plus de huit ans. Elle ne voit donc pas le tort qu'elle cause à son fils et à elle-même ?

— Non. Son deuil l'absorbe tout entière. Ta mission est de la guider doucement vers le bonheur.

— Avant Noël ?

Gabriel soupira.

— Je regrette, mais je ne peux pas t'accorder plus. Les ailes de Shirley s'ouvrirent en grand et se replièrent aussitôt. Cette mission ne serait pas aussi facile qu'elle lui avait d'abord paru. Son expérience limitée ne l'avait pas amenée à régler des cas aussi compliqués. Et surtout en aussi peu de temps.

— Heu... Je ne sais pas si j'y arriverai, marmonna-t-elle.

— Dieu en a jugé autrement, répondit Gabriel d'un ton péremptoire.

— Je ne vois pas comment m'y prendre. Elle n'a

pas à cesser d'aimer Jeff mais à ouvrir son cœur un peu plus, c'est tout. Comment lui expliquer ?

— Tu trouveras bien quelque chose, mais...

Le regard soudain sévère, Gabriel poursuivit :

— Pas de bêtises, cette fois-ci. Compris ?

— Promis. Je ne toucherai à rien.

— Charité et Miséricorde m'ont fait la même promesse. Je ne sais pas ce que vous avez mais, à vous trois, vous me donnez plus de tracas que tous mes autres messagers réunis.

Il se passa la main sur le visage et ferma les yeux une seconde.

— Évite les ennuis, je n'en demande pas plus.

Chet Costello s'installa au comptoir du Blue Goose et commanda un demi. D'un coup d'œil, il s'assura que la maudite petite prêcheuse ne l'avait pas suivi. Quelle raseuse ! Heureusement qu'on n'en rencontrait pas tous les jours.

— Qu'est-ce qui ne va pas ? demanda Lou qui astiquait le zinc à grands coups de chiffon humide. Tu as la tête d'un type qui aurait perdu son meilleur copain.

— Tu aurais la même si tu avais planqué toute la nuit dans le froid.

— Tu es sur une affaire ?

— Non, répliqua Chet d'un ton sarcastique. J'adore passer la nuit à épier les galipettes d'inconnus. Les affaires d'adultère, ça me passionne.

— Hé, m'engueule pas.

— Alors, arrête tes questions idiotes.

L'incident avec la vertu personnifiée n'avait pas amélioré son humeur. Des âmes bien intentionnées, il en avait rencontré un paquet au cours de sa vie, chacune étant convaincue qu'il devait être sauvé et qu'il avait besoin de son aide. Il avait renoncé depuis longtemps aux salades religieuses et la dernière fois qu'il avait poussé la porte d'une église, c'était lors de l'enterrement de sa mère, dix ans plus tôt. Une chose était sûre, ça n'était pas maintenant qu'il allait changer d'attitude.

Son rire fit l'effet d'une bombe explosant dans le bar désert.

— Qu'y a-t-il de drôle? demanda Lou, toujours prêt à partager un moment d'hilarité.

Chet leva son verre.

— Elle a dit que l'alcool ne réglait aucun problème.

Le chiffon de Lou s'arrêta de tourner sur le comptoir. La remarque le choquait.

— Qui a dit une chose pareille?

— Peu importe.

Chet n'était pas d'humeur à bavarder. Cette fille lui avait vraiment tapé sur le système. Comment s'appelait-elle, déjà? Marcia? Non. Monica. Avec son regard noir et franc, ses manières compassées de jeune fille bien élevée, elle s'était mis en tête de le tirer des griffes de l'alcool. La sotte! Il suffisait d'en rire.

Il y avait un léger problème cependant: tenir contre lui ce corps tendre et féminin avait été une expérience délicieuse. Il n'avait pas éprouvé de sensation semblable depuis... depuis très longtemps. Son travail lui faisait éviter toute relation humaine sérieuse. Selon les statistiques dont il disposait, la fidélité dans le couple n'existait plus. Le pire concernait la garde des enfants; il avait renoncé à s'occuper de ce genre d'affaires. Après avoir quitté la police, il avait pataugé quelques mois avant de se mettre à son compte. Quel boulot stupide! D'ici peu, il lui faudrait trouver autre chose. En tout cas, il ne retournerait pas dans la police. Non. Il se méfiait de lui-même. Tom, son partenaire, s'était fait tuer et Chet s'estimait responsable du drame qui continuait à le hanter. Il y a des choses qui marquent un homme à jamais. C'en était une.

Curieusement, le souvenir de la jeune fille attifée comme il y avait trente ans lui traversa l'esprit. Son regard suppliant, le dessin tendre de ses lèvres...

— Tu sais ce qui lui manque, en fait, c'est un baiser et tout ce qui s'ensuit, s'écria-t-il. Pas un petit flirt timide où on se contente de se tenir la main et de se regarder dans les yeux.

Lou lui jeta un regard inquiet tout en continuant à frotter des taches inexistantes. Au bout d'un moment, il lâcha son chiffon et se gratta la tête.

— Tu veux causer ?

— Bon Dieu, non.

— C'est bien ce que je pensais.

Le barman reprit son ouvrage.

Un nouvel éclat de rire secoua Chet. Quand la jeune fille s'était jetée en travers de la porte, les bras en croix, on aurait dit une martyre ligotée sur son bûcher. Bien qu'elle fasse tout son possible pour cacher sa féminité, il avait remarqué ses seins hauts et fermes. Si jamais il avait l'occasion de la reprendre dans ses bras, ce qui était hautement improbable, il commencerait par lui ôter ses épingles à chignon. C'était une honte de tirer ses cheveux en arrière comme ça. Ils avaient l'air épais et soyeux. Y plonger les doigts serait délicieux. Ce qui la mettrait sûrement très en colère. Pour elle, le péché était partout, même dans le plaisir le plus anodin.

Chet connaissait ce genre de personnage. La mission qui s'était installée à quelques centaines de mètres de son bureau grouillait d'âmes charitables persuadées que, grâce à leurs efforts d'évangélisation, vagabonds et ivrognes allaient changer de vie. Chet éprouvait plus de pitié pour ces obsédés que pour les clochards qu'ils harcelaient de leurs sermons.

Alors pourquoi ne cessait-il de penser à cette fille ? Il n'en savait fichtrement rien. Et d'ailleurs, peu importait. En tout cas, il était peu probable qu'il la rencontre à nouveau et ça, c'était une bonne chose.

— Bien sûr que je me souviens de vous, monsieur Lundberg. Quel bon vent vous amène ?

Mme Burchell, de l'agence Un Bébé Dans Votre Vie, avait une voix très aimable. Doutant encore du bien-fondé de sa démarche, Andrew tripotait nerveusement son stylo-bille. Il finit par se lancer.

— Voilà. Je voudrais savoir si ma femme et moi pourrions renouveler notre demande d'adoption.

L'état de Leah l'inquiétait et, de la journée, il n'avait cessé d'y penser.

C'était sacrément injuste qu'ils ne puissent avoir d'enfant. Alors qu'il n'existait aucun empêchement physique. Ils avaient consacré des années et des milliers de dollars à consulter des spécialistes. La vie de Leah était régie par ce carnet ridicule sur lequel, depuis sept ans, elle notait sa température matinale. Il était prêt à parier qu'il n'y manquait pas un seul jour.

Si Andrew avait été désigné comme l'unique responsable, Leah se serait plus facilement résignée.

— Je jette un œil sur votre dossier, ne quittez pas, dit Mme Burchell.

Quelques secondes s'écoulèrent.

— Voilà, reprit-elle. Je me souviens de votre déception lorsque Melinda Phillips a finalement décidé de garder son petit garçon. C'est rare mais il arrive malheureusement que ces femmes changent d'avis.

— Je comprends, dit Andrew qui ne désirait pas épiloguer sur cette histoire.

Leah en avait beaucoup plus souffert que lui. Le cœur empli de joie, ils s'étaient rendus à l'hôpital pour en repartir, les mains vides, une heure plus tard. De retour chez eux, Leah avait passé des heures, prostrée, dans la nursery qu'ils avaient préparée avec tant d'amour. Rien de ce que pouvait dire Andrew ne la sortait de cet état d'accablement. Lui aussi était déçu. Le silence s'était installé entre eux et pendant quelque temps leurs rapports avaient été tendus. Puis un soir, en rentrant du bureau, il avait trouvé la nursery vide. Leah lui avait annoncé avec calme qu'elle avait ôté leur nom de la liste de l'agence. Ils attendraient qu'elle tombe enceinte et porte un enfant bien à eux. Elle refusait de subir à nouveau une telle souffrance.

— Je serai très heureuse de vous réinscrire, dit Mme Burchell, mais je dois vous prévenir que les bébés se font rares.

— Combien de temps pensez-vous qu'il nous faudrait attendre?

Elle hésita.

— Je ne sais que vous dire. C'est chaque fois différent.

— Que sont devenus les Watcomb? demanda Andrew. Nous avons suivi ensemble les séances de préparation.

— Ah oui, les Watcomb. Jessie et Ken, c'est ça?

— Oui. Ils ont eu un bébé?

— Pas encore, mais cela ne saurait tarder.

Les espoirs d'Andrew s'effondrèrent. Les Watcomb étaient des gens sensationnels et, selon lui, toute future mère devait les choisir pour élever son enfant.

— Vous étiez aussi en même temps que les Sterling, il me semble ?

Il fallut deux secondes à Andrew pour se souvenir de ce couple.

— Il était pompier, non ?

— Exactement. Ils ont adopté une petite fille en octobre dernier.

— C'est merveilleux.

— Je savais bien que vous seriez content pour eux.

Il l'était, bien sûr, mais un peu jaloux aussi. Pour ne pas ajouter au chagrin de Leah, il s'efforçait de ne pas laisser voir combien lui aussi désirait fonder une famille. Il aimait tant sa femme qu'il ferait l'impossible pour qu'ils aient un enfant.

— Vous voulez toujours que je vous réinscrive ? demanda Mme Burchell comme il gardait le silence.

— Oui, s'il vous plaît, répondit-il, les doigts crispés sur le combiné.

Si cela prenait cinq ans ou plus, eh bien, c'était qu'il devait en être ainsi. Accomplir cette démarche à l'insu de Leah lui déplaisait mais il ne pouvait pas rester à ne rien faire, à la voir se ronger les sangs et sombrer dans la dépression. Et que faire d'autre ? Si une jeune mère les choisissait à nouveau, il serait toujours temps de s'organiser. Quel que soit le moment, un enfant serait le bienvenu. Amour garanti.

Malgré tous ses efforts, Monica n'était pas parvenue à oublier le détective privé. Le Ciel en était témoin, elle avait vraiment essayé. Il buvait de la bière en plein milieu de la journée, ce qui ne laissait aucun doute sur son alcoolisme. En plus de cela, il s'était montré arrogant et grossier. Et lorsqu'elle avait tenté de lui venir en aide, il l'avait traitée comme une gamine stupide.

Monica ne comprenait pas pourquoi ses pensées revenaient constamment à cet odieux individu. La nuit passée, elle avait rêvé de lui et s'était réveillée en sursaut, le cœur battant. Les rêves échappaient à tout contrôle, la chose était connue. Sinon, elle ne se serait pas laissé toucher. Rien que d'y penser, elle était horrifiée. Elle ferma les yeux et se reprit. La vérité était pire. Elle s'était vue dans ses bras en train de l'embrasser. Son imagination débridée l'avait emporté et l'innommable s'était commis en rêve.

— Tiens, tu es là, dit son père qui entrait dans le salon. Justement, je te cherchais.

Il s'installa dans le fauteuil en cuir, face à la cheminée, et s'empara du journal du soir.

— Je vais avoir besoin de toi demain après-midi.

— Pour quoi faire?

Il oubliait régulièrement qu'elle avait un travail, très prenant, qui consistait à tenir le secrétariat de l'église. Bien sûr, elle pouvait s'absenter et son père la remplacerait en cas de besoin mais elle aurait préféré qu'il la consulte avant de la désigner comme volontaire. Cela arrivait trop souvent.

— Mme Ferdnand vient de téléphoner; elle ne peut pas quêter comme elle l'avait promis.

— Mais, papa...

Rester plantée au coin d'une rue balayée par un vent glacial en agitant une sonnette était bien la façon la plus pénible d'occuper un après-midi. Les heures ne paraissaient jamais aussi longues.

— Si ce n'était pas indispensable, je ne te le demanderais pas.

— Je sais.

Inutile de discuter avec lui. Sa patience égalait celle de Job et aucun argument ne le prenait au dépourvu.

— C'est dans le centre-ville. Tu auras plein de monde, dit-il en ouvrant le journal à la page des sports.

— Formidable.

Elle planta son aiguille dans le tissu et rangea son ouvrage. Cela faisait des semaines qu'elle brodait les Dix Commandements et elle n'en était qu'au quatrième, ce qui signifiait que, même en priant très fort, elle n'aurait pas fini pour Noël. Elle examina les points minuscules. L'ironie voulait qu'elle en soit à « Tu Honoreras Ton Père Et Ta Mère ». Dieu n'y était pas étranger. Elle irait donc quêter.

— Tu te sens bien ? demanda son père tout à trac en reposant son journal.

— Très bien. Un peu fatiguée, peut-être.

— C'est ce qu'il me semblait. Tu ne m'as pas paru égale à toi-même ces derniers temps.

— Ah bon ?

— Je sais que cette histoire avec Patrick t'a fait de la peine et...

— Patrick est un ami. C'est tout. Je me demande bien pourquoi tu ramènes toujours son nom dans la conversation.

Prétendre ne pas s'être attachée à Patrick était un mensonge. Bien qu'elle n'aimât pas déformer la vérité, c'était parfois nécessaire.

— J'ai vu Michael bavarder avec toi, l'autre jour. C'est un jeune homme charmant.

Il parut attendre un commentaire.

— Charmant, en effet, dit-elle sans conviction.

Charmant mais qui la laissait froide. A sa vue, son cœur restait bien tranquille, bien sage et l'idée de l'embrasser ne suscitait pas la moindre excitation.

Son père avait raison; elle devait être malade.

Le lendemain après-midi, Monica enfila son tailleur bleu marine et alla se planter au coin de Fifth Avenue et University Street. Quelques heures à agiter sa sonnette. Cela lui vaudrait de grandes récompenses au paradis.

Un individu, tout de cuir vêtu, s'arrêta pour glisser un billet de dix dollars dans l'urne rouge. Monica remercia.

— Tope là! dit l'homme.

Il le répéta trois fois jusqu'à ce qu'elle comprenne qu'il voulait lui serrer la main. Il finit par s'éloigner en lui recommandant de se brancher, sans préciser à quoi.

D'accord, elle n'était pas cool, selon le langage à la mode. Ni super, ni câblée, ni ceci, ni cela. Elle n'était que la petite servante du Seigneur, pleine de bonne volonté. Enfin, pas tant que ça pour l'instant. Néanmoins, elle remplissait son rôle, et c'était l'essentiel.

Le froid lui brûlait les oreilles et elle ne sentait plus ses pieds. Il ne lui restait plus qu'une demi-heure de martyre lorsque...

Il surgit.

Lui. L'homme qui l'avait rattrapée en plein vol trois jours plus tôt. Celui à qui elle avait tenté d'interdire l'accès au Blue Goose. Il se tenait sur le trottoir d'en face et attendait une interruption du trafic pour traverser. Tout autre se serait fié aux feux rouges et verts, mais pas lui. Oh! non, il était trop impatient pour ça.

Elle s'arrêta de sonner en espérant qu'il ne la remarquerait pas. C'était trop demander.

— Eh bien! Eh bien! s'exclama-t-il en s'approchant. Qui voilà ? Monica en personne, si je ne me trompe.

Le regard de Monica se fixa très loin devant elle tandis que, la nuque raide, les épaules rigides, elle se remettait à agiter sa sonnette.

— Il fait rudement froid pour rester comme ça dehors, non ?

Elle garda le silence. Une dame enfouie dans un manteau de fourrure jeta en passant quelques pièces dans l'urne.

— Joyeux Noël, fit Monica par pur automatisme.

— Joyeux Noël à vous aussi, dit le détective privé.

— Je vous en prie, laissez-moi, marmonna-t-elle.

— N'est-ce pas exactement ce que je vous ai demandé il y a peu ? Ça n'a servi à rien, il me semble. Vous étiez convaincue qu'il fallait me sauver... Ma très chère sœur, ajouta-t-il en levant les mains en l'air.

— S'il vous plaît.

— Jamais de la vie, ma sœur.

— Si vous continuez à m'importuner, je serai obligée d'appeler la police.

— Comment ? Des menaces ?

Croisant les bras sur sa large poitrine, il feignit d'être terrorisé.

— Alors comme ça, vous voulez faire appel aux autorités ? Eh bien, pour trouver un flic en train de faire sa ronde, bon courage ! Pour votre information, la police municipale est à court de personnel et, à cette époque de l'année, plutôt débordée.

Monica comprit que Dieu veillait sur elle lorsqu'un agent apparut au coin de la rue.

— Monsieur l'agent ! Monsieur l'agent ! cria-t-elle. Cet homme m'importune.

Le policier, à la carrure impressionnante dans son

manteau épais, s'approcha en faisant des moulinets désinvoltes avec sa matraque.

— Comment, Chet? Tu embêtes cette jeune dame?

Ils se connaissaient. C'était bien sa chance.

— Moi, embêter cette charmante personne? Tu me connais, voyons! répliqua Chet en jetant à Monica un sourire outrecuidant. J'ai mieux à faire.

— C'est bien ce que je pensais.

— Il refuse de s'en aller, se plaignit Monica.

— Écoutez, mademoiselle. Chet n'est qu'un misérable dragueur, d'accord, mais il n'est pas dangereux. Croyez-moi, vous ne risquez rien.

— Merci, Dennis, dit Chet en inclinant la tête.

— Mais ce n'est pas vrai, insista Monica avec plus d'énergie. Je l'ai poliment prié de me laisser tranquille et, regardez vous-même, il est toujours là.

Dennis fit rebondir sa matraque sur la paume de sa main.

— Chet, arrête d'importuner cette jeune dame.

— Entendu.

Le policier leva deux doigts vers sa casquette.

— Maintenant, il va vous laisser tranquille, mademoiselle.

Sur ces mots, il s'éloigna.

— Vous n'allez pas vous en aller, quand même! cria Monica, outrée.

— Croyez-moi, chérie, il a mieux à faire que de vous écouter. Le trottoir est ouvert à la circulation publique. Dennis peut seulement me prier de m'en aller, ce qu'il a déjà fait.

— Pourquoi vous obstinez-vous?

Monica redressa les épaules et s'efforça de regarder loin devant elle, la vue de Chet lui remuant l'estomac. A croire qu'elle couvait une grippe.

— Hé! s'écria-t-il en levant les mains. Je vous rends la monnaie de votre pièce. Rappelez-vous, l'autre jour, vous avez joué au crampon, vous aussi.

— J'essayais de vous aider.

— Comme casse-pieds, vous vous posiez là. Maintenant, vous savez quel effet ça fait d'être poursuivi.

— Si c'est des excuses que vous voulez...

— Non, merci.

Il fit le tour de la jeune femme, puis se planta devant elle, les poings sur les hanches.

— Vous savez, vous ne seriez pas si mal que ça si vous acceptiez de vous maquiller un peu.

Monica ne broncha pas.

— Le rouge à joues et l'ombre à paupières ne sont pas des instruments du diable.

Elle se mordit les lèvres pour retenir la repartie acide qu'il méritait.

— Quelle mine revêche! J'avais raison, l'autre jour.

— A quel sujet?

Elle regretta aussitôt sa question.

— Ce qu'il vous faut, c'est qu'on vous embrasse. Chérie, je suis l'homme de la situation.

4

Chet n'avait aucune intention d'embrasser la jeune fille. Ce qui l'amusait, c'était d'asticoter une proie aussi facile. Les joues enflammées de fureur, elle le fusillait du regard. Il s'apprêtait à s'éloigner sur un éclat de rire lorsqu'un autobus surgit, dévalant la rue et aspergeant le trottoir de flaques froides et sales.

Monica, plantée au bord de la chaussée, serait sûrement arrosée. Il l'empoigna, la tira en arrière et la protégea de son corps. L'autobus passa dans un bruit de ferraille, éclaboussant les jambes de son pantalon. L'eau glaciale le fit grimacer.

— Qu'est-ce qui vous prend? protesta Monica, collée contre le mur de brique.

Sa poitrine se soulevait sur un rythme rapide et ses mains s'agrippaient à l'imperméable de Chet. Voulait-elle le repousser? Non. Elle s'humecta les lèvres comme si elle se résignait au baiser. La vision de cette petite langue rose émut Chet. L'embrasser devint une *nécessité*.

— Non, je vous en prie, souffla-t-elle, au bord de la panique.

— Détendez-vous. Ça ne fera pas mal du tout.

Elle tourna la tête vers la droite, puis vers la gauche. Il lui bloqua le menton. S'il avait été raisonnable, il aurait dû arrêter son petit jeu. Mais la tentation se fit trop forte, trop violente.

Lentement, avec l'assurance que donnent des années d'expérience, il inclina la tête sur le côté et stoppa de ses lèvres le cri de protestation qu'elle s'apprêtait à jeter. Sous la pression, la bouche de Monica s'entrouvrit. Dieu, que c'était bon, sacrément bon, mille fois meilleur que ce à quoi il s'attendait! Les ongles de la jeune femme crissèrent contre son imperméable; elle émit un petit gémissement, indubitablement de plaisir, qui les surprit tous les deux. Les lèvres de Monica s'écartèrent un peu plus; saisissant l'occasion, Chet l'embrassa voluptueusement.

Une telle ardeur le surprenait lui-même. Il devait absolument se reprendre, se dit-il.

En guise de sevrage, il se mit à la picorer de petits

baisers légers, ce qui lui permit de s'écarter enfin. A contrecœur. L'expérience avait été envoûtante. Il aurait bien aimé la poursuivre et même, si l'occasion l'avait permis, aller plus loin encore.

Les yeux fermés, Monica respirait difficilement. Elle gardait la tête inclinée, ce qui ajoutait à son air tendre et très féminin, bouleversant. Elle avait perdu une bonne moitié de ses épingles et ses cheveux tombaient en boucles folles sur ses épaules. Bon sang, y replonger les doigts pour lui redresser le visage et l'embrasser à nouveau !

Elle ouvrit enfin les yeux. Livide, une expression d'effarement sur la figure, elle tourna la tête sur le côté. Sa gorge mince se serra deux ou trois fois avant qu'elle fût enfin capable de parler.

— Je... je regrette que vous ayez fait ça.

— Mais non, voyons, vous ne regrettez rien du tout, répliqua-t-il d'un ton ironique qu'il se reprocha aussitôt.

L'insolence, c'était son boulot qui la lui avait enseignée. Elle jaillissait parfois malgré lui.

— S'il vous plaît, laissez-moi, maintenant.

— C'est vraiment ce que vous désirez ?

Sans le regarder, elle fit oui de la tête.

Il recula d'un pas ; libérée, elle s'empressa de se recoiffer, plantant les épingles au hasard avec des mains si tremblantes que Chet faillit lui proposer son aide.

— Ce n'était qu'un baiser, plaida-t-il pour la réconforter, quoiqu'il se sentît lui-même anormalement troublé.

Cette fille semblait complètement ignorer son pouvoir de séduction. La tenir dans ses bras avait été un pur délice, comme si cette place lui était réservée de tout temps. L'idée le choqua. Il la repoussa en hâte. Pas question non plus d'admettre qu'il avait eu du mal à se détacher d'elle.

— Je crois... qu'il vaudrait mieux que vous partiez, dit-elle, la respiration encore difficile.

Le pouls de Chet n'avait pas repris son rythme normal. Le cerveau en plein brouillard, incapable de dire quoi que ce soit, il hocha la tête. Comme il reculait, il remarqua la petite sonnette que Monica avait laissée tomber sur le trottoir et la ramassa.

— Merci, murmura-t-elle.

— Vous vous sentez bien ? Ça ira ?

Elle inclina la tête. Chet recula encore et heurta violemment de l'épaule le réverbère. Retenant un cri, il frotta l'endroit meurtri et s'éloigna.

L'incident était clos. Inutile d'y penser. Embrasser une femme qui manifestement menait la vie d'une nonne ! Au moins si cela avait pu le dégoûter d'elle... Non, il le savait, ça n'avait pas été dégoûtant mais tout simplement délicieux. Catastrophe !

C'est en pénétrant dans son bureau qu'il s'aperçut qu'il tremblait comme une feuille. Il avait affronté le danger des douzaines de fois mais aucun de ces face-à-face avec la mort ne lui avait flanqué une telle trouille. Accablé, il s'affala dans son fauteuil. Pour le mettre dans cet état, il avait fallu une puritaine en mal d'évangélisation.

— Oh, Leah, regarde ! s'écria Pam Hewitt en brandissant un chandail torsadé. Doug adorerait.

Après un coup d'œil sur le prix, elle le remit en place.

— Malheureusement, une centaine de dollars pour un chandail, c'est au-delà de mes moyens.

— Je croyais que nous étions à la recherche d'une robe de soirée pour toi, lui rappela Leah.

Amies depuis leurs années d'études, elles étaient très liées. Pam avait provisoirement rangé sa tenue d'infirmière pour devenir une femme au foyer à temps complet et élever ses trois jeunes enfants. Leah les aimait tous mais plus particulièrement Scotty, celui qui venait de fêter ses trois ans. Le bébé qu'Andrew et elle avaient failli adopter aurait le même âge, et Leah avait transféré sur le petit Hewitt l'amour accumulé pendant les mois d'attente pour l'enfant dont on l'avait privée. A Noël, aux anniversaires, chacun des enfants de Pam recevait un cadeau de Leah et elle emmenait souvent l'un ou l'autre se promener, mais celui qui régnait sur son cœur était Scotty.

— Je déteste les réceptions de Noël, marmonna Pam. J'ai une très jolie robe de grossesse que je pourrais reprendre et...

— Pas question. On va te dénicher quelque chose de ravissant, tu auras l'air d'une princesse.

— Ça va demander du boulot, soupira Pam. Après deux ans à la maison, entourée de gamins, je crains d'avoir perdu... de n'être plus la même.

— Que veux-tu dire ?

— C'est difficile à expliquer, dit Pam. Il me semble qu'une partie du cerveau se détériore au bout d'un certain temps passé entre les couches, les biberons et les pots de chambre. C'est comme si, en restant au niveau des enfants toute la journée, on perdait la faculté de communiquer avec d'autres adultes.

— J'en conclus qu'il te faudrait sortir plus souvent de chez toi.

— C'est probablement vrai, reconnut Pam, mais tu n'as pas idée de la difficulté qu'on a à trouver une baby-sitter, surtout en semaine.

— Le temps de la sieste, tu pourrais le réserver pour toi. Faire ce que tu aimes.

Elles se dirigeaient vers l'escalier roulant. Pam s'arrêta, secouée d'un grand rire.

— La sieste, c'est comme une oasis au milieu de la journée. On la vise dès le matin. Chaque minute est précieuse et savourée, mais ces derniers jours, j'ai dû m'en priver. Je suis en train de coudre des pyjamas de Batman pour Scotty et Jason, et c'est le seul moment de la journée où je puisse faire de la couture.

— Des pyjamas de Batman?

— Ils sont fous de Batman et de Spiderman.

— Pourquoi ne couds-tu pas le soir?

Solution la plus sensée à ses yeux, les enfants étant en général au lit à huit heures du soir.

Pam rit à nouveau.

— Parce que, ma chère amie, je suis éreintée. Dès qu'ils sont couchés, je n'ai plus qu'une idée, en faire autant. Je ne pensais pas en arriver là. Tu te rappelles? Autrefois, on me traitait d'oiseau de nuit. Crois-moi, avec des enfants, tu ferais pareil.

A l'idée d'une maison régie par les besoins d'une petite famille, Leah se sentit furieusement jalouse. Elle se le reprocha aussitôt. L'herbe paraissait toujours plus verte dans le pré voisin. Bien souvent, Pam lui avait envié sa liberté. C'était vrai, le temps ne lui manquait pas, mais pour faire quoi?

— J'ai un budget à respecter, lui rappela Pam comme elles parvenaient au premier étage de Nordstrom.

— Tu vas t'arrêter, oui? s'exclama Leah en riant. On n'est même pas encore au rayon confection que tu es déjà convaincue de ne rien trouver.

— Ma robe de grossesse n'est pas si moche que ça.

— Pam! s'écria Leah avec un regard furibond. Je

comprends maintenant pourquoi Doug a insisté pour que je t'accompagne. Il craignait que tu ne reviennes avec des choses pour toute la famille, sauf pour toi.

Pam s'immobilisa devant un tablier d'enfant.

— Regarde comme c'est mignon. Diane aurait l'air d'un petit ange avec ça.

Leah jeta le bras autour des épaules de son amie et l'entraîna dans la direction opposée.

— Je sais ce que je vais faire.

— Quoi? Me ligoter et m'enfourner de force dans toute une série de robes?

— A peu de chose près. Tu vas rester dans une cabine d'essayage et c'est moi qui t'apporterai les robes.

Vaincue, Pam la suivit.

— Très bien, mais tâche de ne pas me ruiner.

Leah ouvrit la porte d'une cabine et poussa son amie à l'intérieur. Celle-ci agita l'index dans l'entre-bâillement.

— Va d'abord voir du côté des soldes. Ça me gênera moins de dépenser de l'argent pour moi si c'est en solde.

— T'occupe pas de ça. Le prix, on le regardera quand on aura trouvé ce qu'on veut.

— Mais, écoute...

— Voyons, depuis le temps, tu devrais savoir que ça ne sert à rien de discuter avec moi.

Leah s'éloigna avec un sourire satisfait.

— J'ai un peu épaissi des hanches, jeta Pam derrière elle. Commence par le 42... ou même le 44.

Leah se retourna et lui fit les gros yeux, puis elle partit examiner les nouveaux arrivages. En moins de cinq minutes, elle sélectionna un bon paquet de robes, toutes susceptibles de convenir à son amie.

— Miséricorde, où es-tu? appela Charité qui vire-voltait dans le magasin avec la frénésie d'une aiguille de montre emballée.

Miséricorde se retourna. Sa collègue se tenait à deux mètres au-dessus du sol, les ailes ratatinées, l'air paniqué.

— Il faut que je te parle tout de suite!

— Approche-toi. Je suis sur le lustre.

Charité bondit, bousculant au passage un manne-quin et toute une rangée de robes qu'elle redressa aussitôt. A la vue de ces objets qui se remettaient en place tout seuls, une vendeuse faillit se trouver mal.

— Charité! s'écria Miséricorde. Arrête. On va s'attirer des ennuis.

— Il faut que tu m'aides, supplia Charité en la rejoignant sur le lustre où elle se balançait molle-ment.

— Déjà? Ta mission vient tout juste de commen-cer. Que s'est-il passé en aussi peu de temps?

Charité, tout ébouriffée, prit un air penaud.

— Je savais bien que cette mission était au-delà de mes compétences mais j'avais envie d'aider Monica Fischer et je l'ai acceptée. J'adore les his-toires d'amour mais je n'y connais rien... Bref, j'ai pris une initiative malheureuse et voilà que la pauvre fille est plus troublée que jamais.

— Qu'as-tu fait? Explique-toi.

— Rien... enfin, pas grand-chose... mais évidem-ment, ce n'était pas très malin.

— Bon, si tu faisais un effort pour t'expliquer plus clairement? Lui as-tu trouvé un mari?

Charité secoua la tête avec enthousiasme.

— J'ai trouvé un jeune homme parfait, un bon chrétien, un cœur pur comme Dieu les aime. C'est le chef du chœur et il est déjà plus ou moins épris de Monica.

— Alors, où est le problème ?

— Elle le regarde à peine. Par contre, elle est complètement subjuguée par un détective privé épouvantable. Ils ne sont vraiment pas faits pour s'entendre. Une union entre ces deux-là est vouée à l'échec et malheureusement, s'ils se sont rencontrés, c'est bien ma faute. J'ai chanté, elle s'est retournée et, pan, elle est tombée dans ses bras.

Miséricorde prit un air soucieux.

— Charité, quand donc deviendras-tu raisonnable ?

— Tu peux parler ! protesta son amie. Qui donc vient de dévaler et de remonter trois fois de suite l'escalier roulant ?

— D'où tiens-tu que c'est moi ?

— De l'expérience. On fait respirer des sels à une femme évanouie et deux gamins s'époumonent à raconter ce qu'ils ont vu. Leur description est très précise. Tu connais beaucoup de monde avec de longs cheveux blonds, des yeux bleu foncé et surtout de grandes ailes frémissantes ? Tu sais pourtant que les enfants gardent un certain temps le regard de l'esprit. Pourquoi prendre de tels risques ?

— Ah...

— C'est bien ce que je pensais. Gabriel l'apprendra forcément un jour ou l'autre. Il peut te retirer ta mission et il aura raison.

— Il ne le fera pas, répliqua Miséricorde avec assurance.

— Comment peux-tu en être aussi sûre ?

— Parce que jamais il ne me l'aurait confiée s'il avait eu quelqu'un d'autre sous la main. Tu le sais aussi bien que moi.

— Peut-être. Mais si tu accumules les sottises, ce sera ta dernière mission.

— Mais non. Gabriel nous aime beaucoup toutes les trois. J'ose même affirmer que nous sommes ses préférées, même s'il ne nous l'avouera jamais.

Charité n'eut pas l'air convaincue.

— En tout cas, reprit tranquillement Miséricorde, quoi que je fasse, il me pardonnera. Tu sais pourquoi ? Parce que, grâce à moi, à ce que je vais lui apprendre, Leah va tomber enceinte.

— Miséricorde, tu as encore sniffé du lait de poule ?

— Ne sois pas ridicule.

— C'est toi qui as reçu la mission la plus difficile. Comment peux-tu être aussi sûre de toi alors que tant d'autres ont échoué ?

— Pas de problème, dit Miséricorde avec un petit mouvement suffisant du menton. Tu verras. Bon, cesse de t'en faire pour moi. Réfléchissons plutôt à l'affaire Monica Fischer.

Charité disposa ses ailes plus commodément autour de l'énorme lustre.

— Je dois l'avouer, je suis carrément inquiète. Ce type, Chet, lui plaît pour de bon.

— Chet comment ?

— Chet Costello. Il est détective privé et ce que j'ai appris sur lui n'est pas enthousiasmant. Bref, lui, il lui faudrait toute une armée d'anges pour le sauver.

— Qu'est-ce qui te fait croire que Monica s'est attachée à lui ?

Charité hocha la tête.

— J'ai lu son journal, ce matin. Ça ne parle que de leur baiser, de ce qu'elle a éprouvé et patati et patata. Jamais elle n'aurait imaginé que de telles sensations pouvaient exister, qu'un baiser pouvait être un tel délice, que les bras d'un homme...

— Oh ! la ! la ! fit Miséricorde qui piquait un fard.

58

— Et ce n'est pas tout.

— Allons bon, il y a autre chose?

— Elle avoue avoir partagé, malgré elle, l'ardeur de Chet et que, lorsqu'il s'est écarté, une énorme frustration l'a saisie... ou creusée, je ne sais plus le terme exact.

— Michael est au courant?

— Personne ne l'est, pas même son père. Elle est rentrée chez elle à toute allure et s'est enfermée dans sa chambre pour tout noter par écrit. Après quoi, elle a déclaré à son père qu'elle n'avait pas faim et elle n'est pas descendue dîner.

— Vraiment? Les baisers sont meilleurs que la nourriture?

— On dirait bien, soupira Charité qui se tordait les mains d'anxiété. S'il te plaît, dis quelque chose. N'importe quoi. J'ai besoin d'aide.

Miséricorde opina lentement du chef.

— Tu t'es mise dans un drôle de pétrin.

— Ça, je le sais. Sinon je ne serais pas venue te trouver. As-tu une idée?

Miséricorde prit le temps de la réflexion.

— Il faut que nous consultions Shirley, dit-elle enfin. Pour ce genre de problème, elle est plus compétente que nous.

— Bon. Rendez-vous dans l'église du révérend Fischer, dans la tribune du chœur, à minuit, dit Charité en se laissant glisser du lustre avec un mouvement gracieux.

— Entendu.

Charité se hâtait de rejoindre Monica qui, assise à son bureau, tapait le bulletin paroissial lorsque, passant devant un magasin de télévisions, elle fit une embardée et s'arrêta devant la vitrine. Selon Miséricorde, le manque d'effectifs contraindrait Gabriel à leur laisser leurs missions quelles que soient leurs incartades. Pourquoi ne pas vérifier cette hypothèse et s'offrir un petit plaisir ?

Des rangées et des rangées de télévisions superposées lui faisaient face. Il y en avait bien cinquante, de toutes tailles, réglées sur la même chaîne. Elle hésita très peu de temps. La tentation était très forte. L'idée d'apparaître simultanément sur cinquante écrans était irrésistible. Rien que d'y penser, elle se mit à jubiler. Si Miséricorde s'offrait quelques tours d'escalier roulant, pourquoi se priverait-elle d'un bref instant de gloire ?

— Voici notre meilleur modèle, dit le vendeur en amenant un couple d'un certain âge devant un appareil quasi monumental.

Il était en train de leur expliquer le maniement de la télécommande lorsque Charité surgit sur l'écran.

— Qu'est-ce que c'est ? s'écria la dame, index pointé.

— Une femme avec des ailes ? s'affola le vendeur en se hâtant de tripoter les boutons. Il y a deux secondes, c'était un jeu... Ne vous inquiétez pas, m'sieur, dame. Ça a dû se dérégler. Je vais changer de chaîne.

— La voilà encore, remarqua la cliente. Si j'osais, je dirais que c'est un ange. Tu crois qu'il veut nous transmettre un message, Delbert ?

— Ça doit être ça, grommela l'homme. Il est en train de nous dire qu'on est complètement idiots d'acheter cet appareil alors qu'on en a déjà un qui marche très bien.

— C'est ridicule. A mon avis, il veut te punir pour avoir manqué l'office dimanche dernier. Dieu a envoyé cet ange pour te ramener sur le droit chemin. Et puis... peut-être bien qu'il nous suggère d'acheter un billet de loterie en rentrant à la maison.

Charité agita ses ailes avec majesté.

Le vendeur s'acharnait sur la télécommande.

— Il y a sûrement une erreur quelque part... Harry! cria-t-il en se tournant vers le fond du magasin. Appelle le patron, qu'il vienne jeter un œil!

— En tout cas, moi, j'en ai assez vu, dit le vieil homme en prenant sa femme par le bras. Viens, sortons d'ici.

— Tout ça, c'est parce que tu ne vas pas à l'église, j'en suis sûre.

— C'est stupide, voyons, soupira son mari avec lassitude.

— En tout cas, il faut acheter un billet de loterie, insista-t-elle.

— Voilà quelque chose que nous ne faisons pas assez souvent, dit la mère de Jody en posant la théière sur la table de la cuisine.

— Je suis bien d'accord, convint Jody en s'asseyant.

Depuis la mort de son père, elle se rendait moins souvent dans la maison de son enfance qui réveillait en elle trop de souvenirs. Sa mère avait l'air de bien le supporter, ce qui était assez compréhensible, après tout. Elle-même vivait toujours dans la petite maison achetée par Jeff dès que Timmy s'était annoncé. La quitter aurait été une façon de rejeter la brève période de bonheur qu'ils y avaient vécue. Elle en était tout simplement incapable.

— Qu'as-tu fait de Timmy, ce soir? demanda Helen Chandler.

Jody sourit.

— Il passe la nuit chez son cher ami, Rick Trenton.

— Je croyais qu'on l'appelait Ricky.

— Maintenant, ils sont parmi les grands, à l'école.

Du coup, Ricky est devenu Rick et Timmy, Tim. On ne peut plus les traiter en petits garçons.

— Je ne m'attendais pas à ça avant la première année de collège, remarqua Helen Chandler.

Jody aussi en avait été très étonnée.

— Les enfants mûrissent plus vite de nos jours. D'habitude, c'est Rick qui vient coucher chez nous mais sa mère a eu un bébé et Timmy adore le prendre dans ses bras.

— Vraiment ?

— Il y a quelque chose qu'il faut que je te dise, maman. Ça m'a toute retournée. J'ai trouvé une lettre dans le cartable de Timmy. Les élèves de sa classe devaient tous en écrire une et lui a choisi de s'adresser directement à Dieu.

— C'est un malin que mon petit-fils. Que disait-il ?

Jody agita sa cuillère avec tant d'énergie que le thé gicla dans la soucoupe.

— Il a écrit qu'il lui fallait un papa.

Helen Chandler en resta bouche bée. Jody, qui s'attendait à un éclat de rire ou peut-être même à un discours moralisateur, ne sut comment interpréter ce silence.

— Tu n'as pas de commentaires à faire ? demanda-t-elle d'un air soupçonneux.

— Si, bien sûr, mais je doute qu'ils te plaisent.

Jody désirait ardemment quelques paroles de bon sens. Depuis que la lettre de Timmy lui était tombée sous les yeux, elle n'avait pratiquement plus pensé qu'à ça. La conversation qu'elle avait eue avec son fils avait accru son désarroi. L'enfant n'avait pas agi sur un coup de tête mais après avoir bien réfléchi.

— Vas-y, maman, dis-moi ce que tu penses. Je t'écoute.

Sa mère lui prit la main et la serra tendrement.

— Je n'avais pas bien mesuré combien la mort de Jeff t'avait bouleversée. J'ai souffert pour toi, j'aurais fait n'importe quoi pour te le ramener, mais la profondeur de ton chagrin m'a échappé... jusqu'à l'année dernière.

Elle fit une pause comme pour s'armer de courage et reprit :

— Il a fallu que Ralph meure pour que je comprenne ce que tu as traversé. La mort d'un être cher est la pire des souffrances. Une partie de moi-même est morte en même temps que ton père.

— Oh, maman, gémit Jody, la gorge nouée.

Mère et fille avaient toujours été très proches. Jody n'avait ni frère ni sœur et un lien étroit s'était tissé dès l'enfance entre ses parents et elle.

— A présent, j'évalue beaucoup mieux ta douleur. Que ton chagrin soit toujours vivant, je le comprends aussi mais, en même temps, je sais que Timmy a raison. Il est grand temps que tu te remettes à vivre.

— Mais...

— Écoute-moi, s'il te plaît, et quand j'aurai fini, tu pourras dire tout ce que tu voudras. L'amour que Jeff et toi avez partagé, garde-le, enfouis-le au plus profond de ton cœur. Ces quelques années de bonheur exceptionnel, chéris-les comme un cadeau de Dieu. Personne ne te demande de les oublier.

Des larmes ruisselaient sur les joues de Jody. Elle les avait crues taries après toute la nuit passée à regarder l'album de photos. Non. Il en venait d'autres, et d'autres encore, brûlantes, amères.

— Je sais dans mon cœur que Jeff n'aurait pas voulu que tu le pleures aussi longtemps.

— Je le sais aussi, bredouilla Jody.

Elle s'était promis d'être forte, de parler à sa mère

calmement, mais les premiers mots avaient suffi à lui faire mesurer sa faiblesse.

— Voir d'autres hommes, sortir avec l'un ou l'autre et même te remarier ne t'oblige pas à cesser d'aimer Jeff.

— Je l'aimerai toujours. C'est comme ça.

— Je comprends. Il me serait impossible de ne plus aimer ton père.

— Tu penses donc que je dois me remettre à sortir ?

L'idée même lui parut à la fois stupide et malhonnête. Ça n'allait pas du tout. Mais qu'est-ce qui allait bien depuis qu'elle avait appris la disparition de Jeff ? Sa vie avait déraillé et rien ne semblait pouvoir la remettre sur la bonne voie. Ce que sa mère et son fils contestaient soudain. Une vie nouvelle l'attendait, peut-être un homme. A condition qu'elle veuille bien laisser le passé derrière elle et aller de l'avant.

— Il en est grand temps, dit sa mère d'une voix douce. On t'a sûrement invitée un bon nombre de fois depuis que tu es seule. Tu es une belle jeune femme.

Triturant son mouchoir, Jody inclina la tête.

— La semaine dernière, Glen Richardson m'a invitée à dîner. Ça m'a fait un tel coup que j'en suis d'abord restée muette. Ensuite, j'ai inventé une excuse idiote dont je ne me souviens même pas.

— C'est la première fois que j'entends ce nom.

— C'est l'un des avocats du cabinet. Je ne travaille pas avec lui personnellement mais nous n'arrêtons pas de buter l'un sur l'autre devant la photocopieuse. Une coïncidence qui nous fait rire, maintenant.

— Tu ne sais plus ce que tu lui as répondu ?

— Grands dieux, maman, j'ai oublié. Quelque

chose de peu convaincant, sûrement, mais il a dit qu'il me réinviterait. Il le fera, ça ne fait aucun doute.

— Et alors?

— Et alors... je verrai.

— Jody Marie Potter!

Se renversant contre le dossier de sa chaise, Jody éclata de rire.

— Bon, d'accord. J'accepterai, juste histoire de voir.

Un grand sourire satisfait éclaira le visage de sa mère.

Le téléphone sonnait quand Jody ouvrit la porte d'entrée, ce même soir. Elle lâcha son sac et se rua dans la cuisine.

— Allô?

— Jody?

La voix ne lui était pas inconnue.

— Oui?

— C'est Glen, à l'appareil... Glen Richardson. J'espère que je ne vous dérange pas?

Épaules basses, Jody s'adossa contre le mur.

— Non. Je venais d'ouvrir la porte quand ça a sonné. J'ai couru, c'est tout.

— Un drôle de truc vient de m'arriver. J'avais envie de vous appeler mais pas moyen de retrouver le petit papier sur lequel j'avais inscrit votre numéro. Ensuite, pour une raison quelconque, je suis allé à la cuisine, et le papier était là, bien en vue, accroché au-dessus du téléphone. Dieu sait comment ça a pu se faire. Un coup de pouce du destin... Et voilà que je vous ai eue juste au moment où vous rentriez!

— J'étais allée voir ma mère.

— Vous avez sans doute déjà dîné?

— Oui, je suis désolée. Nous nous sommes fait livrer des plats chinois.

Le silence qui s'ensuivit emplit Jody de pitié.

— Et vous, que faites-vous donc, tout seul, un vendredi soir ?

— Je me suis fait jeter par une nana.

Il fallut deux secondes à Jody pour comprendre qu'il parlait d'elle. Quelle excuse avait-elle donc fournie l'autre jour ?

— La prochaine fois que nous nous rencontrerons devant la photocopieuse, je me risquerai à vous proposer un sandwich et un jus de fruits, reprit-il. Larry Williams m'a prévenu que vous ne sortiez pas souvent.

Pas souvent. La dernière fois qu'elle était sortie avec un homme, ça s'était conclu par un mariage. Jeff aussi avait dû insister et ne pas se laisser décourager par les premiers refus. Il lui avait fait une cour assidue avant qu'elle ne s'avoue amoureuse. Leur amour avait été de ceux qui sont censés durer toute une vie. Elle se remarierait peut-être, il se pouvait même qu'elle donne le jour à un autre enfant, mais jamais elle ne cesserait d'aimer Jeff. Elle en avait fait le vœu, un vœu qu'elle dédiait à la mémoire de son mari et de l'amour exceptionnel qu'ils avaient vécu.

— Jody ? fit Glen timidement.

— Pardon. J'étais distraite.

— Autre chose : le préavis est un peu court mais que diriez-vous d'aller au cinéma ce soir ? On donne de bons films en ce moment. On peut se retrouver devant la salle si vous préférez.

L'impatience l'avait fait légèrement bafouiller.

Elle s'affola. Déjà. Tout arrivait trop vite. Beaucoup trop vite. Elle n'avait pas eu le temps de réfléchir, de mûrir sa décision. Elle n'était pas prête du tout. Puis les conseils de sa mère lui revinrent. Enfouir le souvenir de Jeff au plus profond de son cœur. Se remettre à vivre.

Mais cette histoire de numéro qui vient s'accrocher tout seul sur le téléphone de Glen, devait-elle y croire?

— Un film... dit-elle.

Une salle de cinéma se trouvait à moins d'un kilomètre.

— Bon, avec plaisir, s'entendit-elle répondre.

— Formidable! s'écria-t-il avec un enthousiasme qui lui rappela Timmy lorsqu'elle lui accordait une permission exceptionnelle.

Un bref silence lui répondit.

— C'est formidable! répéta-t-il. Je vous le jure, vous ne le regretterez pas.

Était-ce possible? se demanda Jody.

5

Shirley aimait les vieilles églises aux pierres blanches et les clochers pointus où se balançaient d'énormes cloches. Celle du révérend Fischer était bâtie sur ce modèle et, en y pénétrant, elle éprouva une grande sympathie pour cet homme de Dieu. Elle monta dans la tribune, située au fond de l'église, et regarda la nef. Une odeur de cire montait des bancs fraîchement astiqués.

L'orgue majestueux lui fit froncer les sourcils. En écarter Miséricorde tiendrait du miracle. Quant aux haut-parleurs, mieux valait n'y pas penser.

— Shirley?

Très agitée, Charité courait dans la nef.

— Je suis là. En haut.

D'un grand coup d'ailes, Charité franchit la rambarde de la tribune.

— Où est Miséricorde?

— Elle ne va pas tarder.

Miséricorde surgit presque aussitôt.

— Me voilà. On ne m'avait pas prévenue que cette Leah Lundberg était increvable.

Elle s'affala sur l'une des chaises du chœur.

— Je suis épuisée. Leah m'a fait galoper sans répit d'un bout à l'autre du magasin. Une fois trouvée la robe de soirée, ravissante d'ailleurs, pour son amie, elle est partie de son côté et a fait des courses pendant des heures. J'ignorais qu'un être humain pouvait posséder autant d'énergie.

— Que de choses nous découvrons sur les habitants de la terre, remarqua Shirley d'un ton las.

— Et comment! s'écria Charité. Le cas de Monica est tout simplement ahurissant. Depuis que Chet l'a embrassée, la voilà qui marine dans le jus du pharisaïsme. Elle est convaincue que jamais Dieu n'a voulu qu'une bonne chrétienne éprouve du désir. C'est sûrement la première fois que quelqu'un l'embrasse, je veux dire l'embrasse vraiment. Je vous l'avoue, la situation m'inquiète.

— Et moi, alors! s'écria Miséricorde avec une expression de dépit. Comment pourrais-je aider Leah alors que chaque minute de sa journée bouillonne d'activités diverses? Rien d'étonnant à ce que cette femme ignore ce qu'est la paix. Elle ne prend pas le temps de s'écouter, encore moins celui d'écouter les autres.

— Ça doit être un caractère commun à l'espèce humaine, dit Shirley pensivement. Tu as vu le jardin de Jody? Il est impeccablement tenu. Cette femme doit consacrer chaque seconde disponible à entretenir ses plates-bandes.

— J'espérais pouvoir apporter quelque chose de

nouveau dans la vie de Leah, reprit Miséricorde, mais à présent ça me paraît utopique.

Shirley examina ses collègues. Toutes trois manquaient d'expérience ; il leur fallait donc s'entraider.

— Et toi, Shirley ? demanda Miséricorde.

Son regard s'attardait sur les énormes tubulures de l'orgue. A coup sûr, elle mijotait déjà un moyen de s'en approcher.

— Eh bien, les choses s'arrangent gentiment chez Jody, répondit Shirley en s'interposant habilement entre Miséricorde et l'objet tentateur. Jody est allée au cinéma avec Glen et il l'a invitée à dîner pour dans quelques jours. Elle n'a pas refusé. C'est une première.

— Glen ? Qui est ce Glen ?

— Un avocat. Il travaille dans le même cabinet que Jody. C'est un homme sincère. D'après ce que j'ai pu apprendre, il a réellement envie de fonder une famille. Dès qu'il aura fait la connaissance de Timmy, à mon avis, la question sera réglée.

Charité se claqua le flanc d'un coup d'aile irrité.

— Je fais de mon mieux pour garder un caractère angélique mais on dirait bien que si toi, tu as reçu une mission facile, Miséricorde et moi, on ne nous a pas loupées. Nous ne savons plus où donner de la tête.

Miséricorde intervint d'un ton peu amène.

— Au cas où tu ne l'aurais pas deviné, Charité et moi rencontrons quelques difficultés.

— Peut-être auriez-vous moins de problèmes si vous restiez à l'écart des escaliers roulants et des écrans de télévision, remarqua Shirley avec condescendance.

— Ah bon ? Tu le savais ? soupira Charité.

— Oui. Et Gabriel aussi.

Horrifiée, Miséricorde ferma les yeux.

— Il est furieux?

— On ne peut pas dire qu'il soit enchanté mais, comme tu le sais, il n'a personne pour vous remplacer. Il vous pardonnera sûrement si, et c'est l'unique condition, grâce à vous, Leah découvre la sérénité et Monica se marie.

— Ma tâche est plus difficile que je ne le pensais, admit Charité d'une toute petite voix.

S'effondrant sur une chaise, Miséricorde renchérit :

— Quelques conseils ne nous feraient pas de mal. Exaucer une prière, ce n'est pas un boulot facile.

— S'occuper des êtres humains, même pour peu de temps, rendrait enragé n'importe quel ange, approuva Charité d'un violent mouvement de tête.

Shirley sourit. La déception de ses amies ne lui était, hélas, pas étrangère. Récemment affectée à l'exaucement de prières, elle n'en avait pas moins consacré aux humains les trois quarts de sa carrière.

— Surtout évitez de devenir anges gardiens, conseilla-t-elle.

Que d'histoires elle aurait pu raconter!

— Peux-tu nous aider, Shirley? demanda Miséricorde, l'air abattu.

Elle hésita. Saurait-elle leur donner des conseils avisés? Rien n'était moins sûr.

— Je peux essayer, répondit-elle enfin. Dites-moi tout.

Miséricorde et Charité échangèrent un regard anxieux.

— Commence, dit Charité.

Miséricorde se lança.

— Je vous ai déjà raconté la journée de Leah. Bien que je l'aie observée avec attention, je n'ai toujours pas percé sa personnalité. Elle garde sa souffrance bien cachée au fond d'elle-même comme s'il s'agissait d'un trésor précieux. A croire qu'elle redoute de la perdre ou qu'on la lui dérobe.

Shirley prit le temps d'examiner cette information.

— S'il en est ainsi, il me semble qu'avant de trouver la paix, il lui faut découvrir la joie.

Sourcils froncés, Miséricorde croisa les bras.

— La joie. Voilà un mot que Gabriel n'a pas prononcé. Il n'a parlé que de paix. Pour qui me prend-il exactement ? Pour saint Pierre ?

— C'est peut-être là que réside la cause des échecs des anges qui t'ont précédée. Ils cherchaient à aller droit au but, sans prendre le temps du détour par la joie.

— Bon, d'accord, bougonna Miséricorde. Mais comment lui enseigner la joie ? D'ailleurs, la joie, la paix, où est la différence ?

— Quelles sont ses préférences ?

— Difficile à dire. Elle aime sa maison et en prend grand soin mais elle y renoncerait volontiers si cela lui valait d'être mère. Cet après-midi, le grand sujet de conversation avec son amie Pam était les enfants de celle-ci. Le regard de Leah s'est animé, surtout lorsqu'elles en sont venues à parler du petit garçon de trois ans. Il s'appelle Scotty, je crois.

— Les enfants, dit Shirley d'un ton pensif.

— C'est le nœud du problème, tu ne comprends pas ? s'écria Miséricorde. Elle n'a pas d'enfant et se cramponne à sa frustration. Seul un bébé pourrait lui apporter la joie. On tourne en rond.

Charité avait gardé jusque-là un silence inhabituel.

— Et si tu amenais un enfant dans sa vie pour

une courte période, un week-end par exemple? Crois-tu pouvoir arranger ça?

— Peut-être, fit Miséricorde sans enthousiasme.

— Si elle goûte à un profond bonheur, il est possible qu'elle laisse échapper un peu de sa souffrance, reprit Charité. Mais l'absence de chagrin ou même l'allégresse, ce n'est pas suffisant. Pour atteindre l'objectif, il faut plus qu'un sentiment humain. Cette joie, elle ne la connaîtra qu'en liaison avec le Ciel.

— Oui! s'écria Shirley, tout excitée. C'est exactement ce que je voulais dire.

— Autrement dit, insista Miséricorde en pesant ses mots, si Leah voulait bien accéder à une joie d'un ordre supérieur, la vraie joie, elle parviendrait à renoncer à son chagrin.

— Exactement, dit Shirley.

— Exactement, répéta Charité.

Facile à dire, songea Shirley. Combien d'anges s'étaient échinés sur cette affaire sans en trouver la solution?

Miséricorde allait et venait devant l'orgue sur lequel elle jetait de temps à autre un regard avide.

— Quelqu'un a-t-il une idée sur la façon de procéder?

Charité garda le silence. Shirley fit de même.

— Pas de problème, trancha Miséricorde. Je trouverai quelque chose. Je finis toujours par trouver.

— Maintenant, à mon tour, dit Charité.

Elle passa ses jambes par-dessus l'accoudoir de son fauteuil, jeta la tête en arrière d'un geste dramatique et, avec un grand soupir, appuya le dos de la main sur son front.

— Monica s'est entichée de ce... détective privé. Quant au chef du chœur, elle ne le voit même pas, alors que c'est exactement l'homme qu'il lui faut.

72

— Chet n'est peut-être pas aussi épouvantable que ça ? remarqua Miséricorde.

— Il ne convient pas du tout à Monica, affirma péremptoirement Charité. J'ai examiné son passé et, croyez-moi, ce n'est pas joli, joli. Menteur, voleur, il a eu des ennuis avec la police quoiqu'il en ait fait partie autrefois. Bref, ce n'est pas le prétendant idéal pour la fille d'un pasteur.

— Oh ! flûte, murmura Miséricorde.

Shirley pianotait sur la rambarde de la tribune tandis que ses pensées tournicotaient dans trente-six directions à la fois.

— En outre, reprit Charité d'un ton grave, c'est un homme égocentrique et sexiste. Il y a très longtemps qu'il n'a pas franchi la porte d'une église. Quant à sa dernière prière, elle remonte à ses dix ans et trois mois.

— Oui. Monica n'a rien à faire avec lui.

Après une brève hésitation, Shirley décida d'exprimer son opinion sans ambiguïté.

— Je crois que nous ne devrions pas tirer de conclusions hâtives. Est-ce que ta mission ne consiste pas à rendre Monica plus souple et plus tolérante envers autrui ? Si j'ai bien compris, elle est prisonnière d'une foule d'obligations et d'interdits.

— Oui, mais il n'y a pas de place pour Chet dans ce que je dois lui enseigner.

Shirley ne parut pas convaincue.

— D'après ce que tu m'as dit, elle voit tout en noir ou tout en blanc. Elle ignore les nuances et elle est incapable de compromis.

— C'est vrai, admit Charité. Mais comprends bien que ces deux-là sont radicalement incompatibles. Gabriel m'a demandé de lui mouiller les pieds, pas de la jeter du Freemont Bridge.

— Je te conseille seulement d'être patiente envers elle.

— Heureusement, il est peu probable qu'ils se rencontrent à nouveau.

— Alors inutile de s'inquiéter, dit Miséricorde en se glissant sur le banc qui faisait face à l'orgue.

— Miséricorde! cria Shirley.

Elle connaissait trop bien son amie pour croire à un mouvement irréfléchi. L'orgue était plus qu'une tentation — un défi.

— Ne t'en fais pas, protesta Miséricorde. Je serai sage.

Peu convaincue, et à juste raison, Shirley prit son envol. Au moment même où elle s'élançait dans la nuit, l'orgue retentit, brisant le silence, avec les premières notes du *Fantôme de l'Opéra*. Quant à l'identité de l'organiste, inutile de se poser de question.

— Le dîner était délicieux, dit Jody en se levant.

Un restaurant luxueux, une nourriture raffinée et un charmant compagnon... Un peu nerveuse en début de soirée, elle s'était rapidement détendue et avait passé un bon moment.

— Il est encore tôt, remarqua-t-il en l'aidant à enfiler son manteau. Voulez-vous faire un tour en ferry avant de rentrer?

Il y avait plus d'un an qu'elle n'était montée sur un ferry. Après avoir reçu confirmation de la mort de Jeff, elle avait pris l'habitude de venir se promener sur les quais, y trouvant une paix réconfortante, inaccessible ailleurs. Et parfois, pour tuer le temps, elle faisait un tour en bateau. Les yeux fermés, le visage dans le vent, elle imaginait que Jeff était à ses côtés. L'odeur iodée l'enivrait; le cri des mouettes l'étourdissait. Chaque fois, elle en était redescendue régénérée.

Ce soir, elle n'était pas sûre de vouloir partager ces sensations avec un quasi-inconnu.

— Où voulez-vous aller ? demanda-t-elle avec une certaine réticence.

— Où vous voulez. Vers Bainbridge, l'aller et retour ne prend qu'une heure. On pourrait prendre un cappuccino en regardant les lumières de la ville. Pour Bremerton, c'est une heure dans chaque sens.

— D'accord pour Bainbridge, dit-elle à sa grande surprise.

La compagnie de Glen était agréable. Amical et peu exigeant, il lui laissait le choix des décisions pour la suite de la soirée comme pour leurs rapports éventuels. Cela la rassurait.

Ils déambulèrent sur le quai. Glen tenait Jody par le coude. L'odeur iodée du Puget Sound se mêlait à celle de la friture que vendaient les kiosques. Il faisait froid ; Jody enfouit les mains dans ses poches.

— Attendez, fit Glen en lui arrangeant son écharpe autour des oreilles. Je ne veux pas que vous preniez froid.

Quel homme attentionné ! C'était exactement le geste qu'aurait eu Jeff. Elle tenta d'écarter les souvenirs envahissants. Il était grand temps de laisser le passé s'éloigner, de regarder devant elle.

Souviens-toi de la femme de Lot.

Jody sursauta. D'où lui venait cette réminiscence ? On eût dit qu'une voix inconnue la lui avait chuchotée à l'oreille. Pourquoi ce personnage biblique surgissait-il brusquement ? Jody en savait peu de chose. La femme de Lot avait été transformée en statue de sel alors qu'elle s'enfuyait de Sodome et de Gomorrhe. Elle avait désobéi à l'ange et s'était retournée pour regarder les villes en flammes.

Oui, comprit Jody. Au lieu de s'élancer vers l'avenir, la femme de Lot s'était attardée pour jeter un dernier regard sur le lieu de son existence passée. Jody s'était comportée de façon à peu près semblable et du coup s'était pétrifiée sur place.

Lorsqu'ils arrivèrent à l'embarquement, le ferry allait s'écarter de l'énorme quai. Main dans la main, ils coururent vers la passerelle qu'un matelot s'apprêtait à enlever; leurs pas claquèrent dans le silence de la nuit.

Une table était disponible près d'une fenêtre. Jody s'y installa tandis que Glen allait chercher deux cafés. Les banlieusards préférant rester dans leur voiture le temps du trajet, la pièce était presque déserte.

— Et voilà, fit Glen en s'asseyant en face d'elle.

Le regard de Jody resta fixé sur les lumières qui se fondaient en un halo lumineux tandis que le gros navire traversait sans effort le Puget Sound. Puis elle baissa les yeux sur la tasse de café qu'elle tenait à deux mains. Il était temps de parler franchement avec Glen.

— Vous avez dit l'autre soir que je sortais peu.

— C'est ce qu'on raconte, effectivement.

— Je suis veuve.

— Ça aussi, je le sais. Et vous avez un fils de neuf ans que je regrette de ne pas avoir vu ce soir.

— Ma mère l'a emmené dîner chez McDonald mais il ne dormira sûrement pas quand vous me ramènerez.

Timmy ne manquerait pas de soumettre Glen à un interrogatoire en règle, sur des matières aussi graves que le base-ball et le football. Elle pensa prévenir la future victime mais n'en eut pas le temps.

— Personne ne sait grand-chose de vous, dit Glen.

— C'est que... j'essaie de tenir ma vie privée à l'écart de ma vie professionnelle.

— Je comprends très bien. Si vous ne tenez pas à parler de vous, je comprendrai aussi. Pour rien au monde je ne voudrais vous ennuyer.

— Ce n'est pas le cas, dit-elle, touchée de sa gentillesse. Pour être franche avec vous, je dois vous parler de mon mari, Jeff.

— Ne le faites que si vous y tenez, glissa-t-il.

Elle remarqua ses mains, grandes, carrées. Le genre de mains qui réconfortent un enfant, qui concluent un marché honnête, qui ne cèdent pas à la colère.

— J'ai rencontré Jeff peu après qu'il a eu son diplôme. Moi, j'entrais en troisième année, la dernière. Nous sommes très vite tombés amoureux l'un de l'autre. Nous sommes sortis ensemble et le mariage nous a paru très vite évident. Pour m'offrir la bague de fiançailles, il a vendu sa voiture.

Très émue à l'évocation de ce souvenir, elle marqua une pause. Le soir où il lui avait offert la bague, elle avait fondu en larmes. Ensuite, pour se rendre aux entretiens d'embauche, il avait dû passer des heures dans l'autobus.

— Finalement, reprit-elle lorsqu'elle fut sûre de sa voix, il a trouvé une situation chez Boeing et peu après nous nous sommes mariés. Timmy s'est annoncé sans que nous l'ayons prévu mais, depuis que j'ai perdu Jeff, chaque jour je remercie le Ciel de m'avoir donné cet enfant. Je... je ne sais pas ce que j'aurais fait sans lui. Il est ma raison de vivre.

L'émotion la gagnant à nouveau, elle dut s'interrompre.

— Son travail l'amenait à beaucoup voyager. Il me téléphonait régulièrement d'un peu partout dans le monde. Timmy n'avait pas dix mois quand Jeff a dû se rendre à Berlin. Chaque jour, il devait m'appeler à une heure convenue. Lorsqu'un soir le téléphone est resté muet, j'ai compris qu'il se passait quelque chose de grave. J'ai appelé plusieurs fois sa chambre d'hôtel mais personne ne répondait.

Sa voix trembla. La main de Glen se posa sur la sienne.

— Une semaine s'écoula sans nouvelles. Aucunes. La mère de Jeff et moi étions vraiment très inquiètes. Pour tenter d'apprendre quelque chose, nous sommes allées toutes les deux en Allemagne et nous y sommes restées un mois.

— Vous voulez dire qu'il s'est tout simplement volatilisé?

Le bateau venait d'accoster à Winslow, le quai de Bainbridge Island. La cafétéria se remplissait peu à peu.

— C'est à peu près ça. Nous avons fait tout ce que nous avons pu, tiré toutes les ficelles possibles, tanné la police locale et l'ambassade des États-Unis. Il y avait une explication plausible. Le soir, après dîner, Jeff serait allé se promener le long de la Spree, près de son hôtel, et il aurait été victime d'une agression. Cette année-là, il y en avait eu beaucoup dans ce quartier. On l'aurait roué de coups, dépouillé de tout ce qu'il possédait et jeté à l'eau. A moins qu'il n'y soit tombé tout seul. Gloria, la mère de Jeff, et moi avons visité et interrogé tous les hôpitaux de la ville. Elle était sûre que son fils était vivant quelque part et refusait de renoncer à le chercher.

— Et vous?

— Je me cramponnais à cet espoir. Finalement, il n'y eut plus personne à contacter, plus d'endroit à fouiller, plus aucune démarche à tenter et nous avons dû rentrer aux États-Unis. Je suis revenue à Seattle et ma belle-mère, chez elle, sur la côte Est.

De là, elle a continué à harceler toutes les autorités possibles.

— Elle a appris quelque chose ?

— Rien. Moi, si.

Ces premiers mois d'un deuil qui n'en était pas un avaient été un véritable cauchemar.

— J'étais persuadée que Jeff nous aimait beaucoup, Timmy et moi, mais malgré tout je ne pouvais m'empêcher de me demander si cette disparition n'avait pas été préméditée. Je sais que ça paraît ridicule mais il faut comprendre mon état d'esprit à cette époque. J'ai engagé un détective. Il fallait que je sache s'il y avait une autre femme, s'il s'agissait d'une cruelle mystification.

— Qu'avez-vous appris ?

Jody fixa sa tasse de café.

— Une seule chose. En examinant son passé, le détective a découvert qu'à l'université Jeff avait été contacté par un organisme gouvernemental, la C.I.A., je crois. Il avait refusé leur proposition. Je l'ai raconté à mon père qui, par une de ses relations bien placées, a pu vérifier ce fait. Jeff avait bel et bien reçu une proposition de ce genre et l'avait déclinée. C'est tout ce que j'ai découvert.

— Après cela, comment vous êtes-vous débrouillée pour vivre ? demanda Glen.

— Ça n'a pas été facile car, à l'époque, je ne travaillais pas. En quelques mois, mes finances ont viré au désastre. Mes parents m'ont aidée, ma belle-mère aussi, mais vivre de leur générosité m'est vite devenu insupportable. Le problème était qu'en l'absence d'un corps, d'un certificat de décès, je ne pouvais toucher l'assurance ni aucun des secours dus aux veuves. La famille et les amis m'ont aidée à tenir pendant neuf mois. Ensuite, j'ai pris la décision de divorcer, ce qui m'a permis de vendre certains de nos biens et de toucher des allocations. Avec cet argent, j'ai pu terminer mes études et nous faire vivre jusqu'à ce que je trouve une situation.

— Le corps n'a jamais été retrouvé?

Jody se tourna vers la fenêtre. La nuit était d'un noir d'encre. Son cœur aussi, lui sembla-t-il.

— Si. Trois ans plus tard.

— Mon Dieu...

Malgré toutes les années écoulées, Jody ressentit une douleur vive.

— J'ai reçu une lettre de la police allemande. Ils avaient retrouvé un corps, pris dans un câble, sous un pont. Ils me demandaient de venir l'identifier et d'apporter des radios de ses dents.

— Cela a dû être terrible.

Elle parvint à hocher la tête.

— Terrible. Les autorités maintenaient leur hypothèse : Jeff avait été attaqué et jeté à l'eau. Le corps était dans un état de décomposition tel qu'ils ne pouvaient en dire plus. La nouvelle est tombée à un mauvais moment. Timmy avait la varicelle et moi, je ne me sentais pas capable de reprendre l'avion pour Berlin. Les semaines que j'y avais passées trois ans plus tôt avaient été les plus pénibles de ma vie. J'aurais pu demander à la mère de Jeff d'y aller à ma place mais elle a toujours été un peu excentrique et la mort de son fils n'a pas arrangé les choses.

— Que voulez-vous dire?

— Pour elle, son fils est toujours vivant. Le divorce l'a bouleversée et, depuis, nos relations sont assez tendues. Elle a prétendu avoir reçu un message de Jeff lors d'une séance de spiritisme. Il voulait me faire savoir combien le divorce lui avait fait de peine. Après ça, mes coups de téléphone à ma belle-mère se sont raréfiés.

— Selon elle, il est vivant et elle a pu lui parler. Il faut qu'elle ait beaucoup souffert pour se persuader ainsi.

— Oui. En fait, elle n'est toujours pas remise de ce drame.

Sans se livrer à de telles excentricités, Jody ne se sentait guère mieux.

— Grâce au Ciel, mon père s'est proposé pour faire ce voyage. Les radios dentaires ont confirmé l'identité du corps et voilà. C'était il y a presque cinq ans. Et cela fait huit ans que Jeff nous a quittés.

— Je suis navré, Jody. Sincèrement. Jeff a dû beaucoup vous aimer tous les deux.

— Oui, je le crois. Je m'en veux d'avoir douté de lui, même peu de temps.

— Il ne faut pas. C'était légitime.

Glen alla jeter dans la corbeille les tasses en carton et revint s'asseoir. Son visage avait pris brusquement une expression embarrassée.

— Je ne prétends pas mesurer pleinement le chagrin que vous avez éprouvé mais j'ai aimé quelqu'un pendant trois ans et, quand il a fallu rompre, j'ai traversé la période la plus douloureuse de ma vie.

— Me trouverez-vous indiscrète si je vous demande ce qui n'a pas marché?

Un petit sourire triste se forma sur les lèvres de Glen.

— Pas du tout. Vous m'avez parlé franchement, vous méritez que j'en fasse autant. J'aimais Maryann et je voulais l'épouser. C'est une brillante avocate et, pour simplifier, je dirai qu'elle accorde plus d'importance à sa carrière qu'à sa vie privée. Le mariage la rebutait. Nous en sommes venus à nous lancer des ultimatums. Je réclamais mariage et enfants. Maryann répondait qu'elle ne se sentait pas prête pour ça. Finalement, elle a proposé un compromis. Nous n'avions qu'à vivre ensemble sans nous faire de serments. Je n'ai pas voulu tomber dans ce piège et voilà comment ça s'est terminé.

— Vous l'aimez toujours, non ?

Glen baissa les yeux.

— Je crois que mon histoire ressemble beaucoup à la vôtre. Je l'aimerai probablement toujours. Plusieurs mois se sont écoulés depuis et il n'y a rien de nouveau. J'ai accepté la situation et apparemment elle aussi. Nous nous croisons régulièrement au Palais. C'est embarrassant mais nous n'avons plus rien à nous dire.

— Alors, le fait que j'aie un enfant n'est pas un handicap à vos yeux ?

— Un handicap ? Je considère Timmy comme un plus.

— Ne dites rien tant que vous n'aurez pas fait sa connaissance. C'est un personnage.

— J'ai hâte de le voir.

Le bateau approchait du quai. Soudain pressé, Glen se leva.

— Vous croyez que Timmy sera encore debout ? demanda-t-il après un coup d'œil à sa montre.

Jody éclata de rire.

— C'est sûr et certain. Il avait très envie de vous rencontrer mais, je vous en prie, ne m'en veuillez pas s'il vous accable de questions personnelles.

— Est-ce qu'il aime le sport ?

— Il adore tous les sports. Selon son entraîneur de base-ball, il sera plus tard un lanceur de premier ordre.

— Formidable ! s'écria Glen avec enthousiasme. J'étais lanceur dans l'équipe de mon lycée.

Elle le regarda, ébahie. C'était trop beau pour être vrai.

— Racontez ça à mon fils et il sera votre ami pour la vie.

Ils descendirent sur le quai et se dirigèrent à grands pas vers la voiture. Glen tenait Jody par le coude et lui faisait accélérer l'allure.

Comme elle l'avait prévu, Timmy les attendait en pyjama. Dès qu'il entendit s'ouvrir la porte d'entrée, il surgit du salon et se campa devant Glen, la tête rejetée en arrière pour mieux l'examiner.

— Combien tu mesures?

— Un mètre quatre-vingt-deux. Ça te suffit? dit Glen en s'accroupissant pour regarder l'enfant dans les yeux.

— Ça dépend.

— Timmy, qu'as-tu fait de tes bonnes manières? s'inquiéta Jody.

— Il faut que je l'observe, non?

— Avant toute question, faisons les présentations en bonne et due forme.

— Timothy Jeffery Potter, dit le petit garçon en tendant la main.

Celle de Glen était beaucoup, beaucoup plus grande.

— Glen Francis Richardson, mais ne dis à personne que mon second prénom est Francis, d'accord?

Ils échangèrent une poignée de main enthousiaste.

— Je l'dirai à personne, dit Timmy en faisant mine de cracher sur la moquette. C'est juré et tu peux me flinguer au laser si jamais tu découvres que j'ai pas tenu parole.

Helen Chandler les rejoignit. Jody renouvela les présentations.

— Mon émission préférée va bientôt commencer et je ne voudrais pas la manquer, dit sa mère.

83

— Je te raccompagne, dit Jody.

Elle n'avait pas à s'inquiéter pour son invité. Timmy l'emmenait au salon, bien décidé à lui montrer ses autographes de joueurs de base-ball. Glen ne serait pas libéré avant un bon moment.

— Comment ça s'est passé? chuchota bruyamment sa mère d'une voix assez forte pour être entendue sinon du comté voisin, en tout cas du salon.

— Très bien, répondit Jody en ouvrant la porte d'entrée et en poussant Helen Chandler vers le porche.

— Il te plaît?

— Maman...

— Oui ou non?

— Oui.

Redressant la tête, sa mère poussa un alléluia triomphant.

— M'man? appela Timmy du salon. Tu viens? Glen t'a dit qu'il avait un autographe de Ken Griffey?

Jody sauta sur l'excuse fournie par son fils. Ce n'était ni le moment ni l'heure d'avoir une conversation intime avec sa mère.

— Il faut que j'y aille. Je t'appellerai en revenant de l'église demain matin.

— M'man! cria à nouveau Timmy. Est-ce que Glen peut venir avec nous à l'église?

Le regard de Jody se porta successivement de sa mère à la porte du salon.

— Vas-y. Nous bavarderons une autre fois, dit Helen Chandler.

Elle prit sa fille dans les bras et déposa un gros baiser bruyant sur ses joues.

— Tout va bien se passer. J'en ai le sentiment. Ça fait longtemps que j'attends ça.

— M'man !

Timmy surgit derrière les deux femmes et, agrippant la main de sa mère, la tira vers le salon.

— Si Glen vient avec nous à l'église, prépare un bon petit déjeuner, d'accord ? Quelque chose de spécial, d'accord ? Parce que je lui ai dit que tu étais une rudement bonne cuisinière.

Il ajouta en baissant la voix :

— Pas un truc avec du foie comme à Noël, c'était infect.

— Entendu.

La rapidité avec laquelle Timmy avait accepté le nouveau venu la stupéfiait.

— Votre fils est formidable, déclara Glen lorsqu'elle le rejoignit au salon.

— Moi aussi, j'aime bien Glen, annonça Timmy. J'suis sûr qu'il fera un papa épatant.

6

— Te voilà debout de bonne heure, dit Lloyd Fischer à sa fille qui descendait l'escalier.

Il faisait encore nuit noire mais, malgré ses efforts répétés, Monica n'avait pu se rendormir. Chaque fois qu'elle fermait les yeux, Chet revenait la hanter.

A cela s'ajoutait la perspective de chanter avec le chœur l'après-midi même, en plein centre-ville, près de Westlake Mall, c'est-à-dire là où elle avait rencontré Chet pour la première fois. Le risque de le croiser à nouveau l'avait tourmentée autant qu'une dette urgente.

— Je n'arrivais pas à dormir, marmonna-t-elle.

Sans vouloir être grossière, elle ne se sentait pas d'humeur à bavarder allégrement comme d'habitude.

Le dimanche matin, son père se levait en général vers quatre heures et, plein d'ardeur et d'enthousiasme, se mettait à relire et à corriger son sermon. Arrivé le premier à l'église, il allumait le poêle afin d'accueillir ses fidèles dans une atmosphère propice au recueillement. C'était un homme doux et juste, un homme qui réjouissait le cœur de Dieu. Sa tendance à ne voir que le bon côté des choses irritait parfois sa fille, mais ce n'était qu'une faute mineure.

Il fallait bien que l'un des deux pose sur la vie et les êtres un regard lucide et réaliste ; elle s'était attribué ce rôle. En conséquence, les autres étaient enclins à la juger plus sévèrement. Tant pis. Son père, lui, était aimé de tous. Il était le bon berger, intelligent et sensible, guidant son troupeau vers le salut et une compréhension plus profonde de la parole de Dieu.

Monica remuait distraitement sa cuillère dans sa tasse. L'idée d'accompagner le chœur dans la rue la rebutait et elle cherchait une excuse plausible pour s'en dispenser. Tout en craignant de mettre les autres choristes dans l'embarras.

Non, rectifia-t-elle dans un grand effort de franchise, une autre chose la faisait hésiter.

Un petit coin obscur en elle était avide de revoir Chet. L'admettre la bouleversa. L'homme avait profité d'elle, l'avait menacée et embrassée de force. Au souvenir de l'incident, les joues de Monica s'embrasèrent. Le pire était qu'elle s'était laissé étreindre et qu'elle avait répondu à l'ardeur de cet homme. Elle en était atrocement mortifiée.

Aucune honnête femme n'éprouvait ce genre de

sensation, Monica en était convaincue. Patrick l'avait embrassée à plusieurs reprises et cela n'avait suscité en elle qu'une brève étincelle de tendresse. Le baiser de Chet l'avait profondément troublée.

— Tu vas bien ? demanda son père qui l'observait de loin.

Le moment était venu de dire qu'elle se sentait patraque. *Cela* suffirait. Son père serait le premier à lui conseiller de ne pas chanter avec le chœur. Bien sûr, elle ferait quelques chichis, mais il se montrerait inflexible et lui démontrerait par A + B que sa santé était plus importante qu'une séance au coin de la rue et que, d'ailleurs, personne n'étant indispensable, les autres choristes pourraient fort bien se passer d'elle.

— Ça va bien, papa, murmura-t-elle.

Coudes au corps, elle but une gorgée de café. Qu'avait donc Chet d'aussi particulier pour la priver ainsi de volonté ? Il était peu probable qu'elle le rencontre à nouveau, quoique cela se fût déjà produit deux fois dans la même semaine et que jamais deux sans trois... croyance stupide à laquelle elle n'adhérait absolument pas, mais...

Son père quitta deux minutes la cuisine pour y revenir, vêtu de son épais manteau d'hiver. Il enroula une écharpe de laine autour du cou, enfila des gants de cuir et annonça gravement :

— Je vais à l'église.

Contente de pouvoir se retrouver enfin seule, elle fit un signe de tête.

Sa réflexion suivante fut qu'au lieu de se tracasser sur l'éventualité d'une rencontre avec Chet elle prierait pour lui. L'homme avait manifestement besoin d'une intervention divine. Au premier coup d'œil, elle avait saisi l'essentiel, à savoir son existence misérable et ses mœurs corrompues. Leurs brèves conversations avaient confirmé ses soupçons. Il était cynique, déraisonnable, entêté et Dieu savait quoi encore.

— Alors, pourquoi ne me laisse-t-il pas tranquille? s'entendit-elle gémir.

Elle bondit sur ses pieds et se mit à arpenter la petite cuisine.

Elle avait ardemment prié le Seigneur pour qu'Il lui envoie un mari mais avait omis de demander à quel signe elle le reconnaîtrait.

Sa mère lui manquait terriblement. Esther Fischer avait toujours su comment se comporter, même dans les situations les plus embarrassantes.

Lorsqu'il revint un quart d'heure plus tard, son père parut surpris de la retrouver plantée au beau milieu de la cuisine. Le bref trajet depuis l'église lui avait rougi le nez et les joues.

— Quelle belle matinée! dit-il avec entrain en ôtant ses gants, un doigt après l'autre.

Même en pleine tempête de neige, il n'aurait pas dit autre chose. Pour lui, chaque dimanche était splendide puisque c'était le jour où il menait son troupeau vers Dieu.

— Papa, commença Monica en posant sur la table les œufs et le bacon, quand tu as rencontré maman, qu'as-tu ressenti? Je veux dire: as-tu eu le pressentiment que c'était la femme que tu allais aimer et épouser?

Si la question surprit son père, il n'en fit rien voir.

— C'est à l'église que j'ai rencontré ta mère.

— Je sais.

Elle aimait cette histoire. Ses parents s'étaient rencontrés à l'école du dimanche. La famille d'Esther venait d'arriver à Seattle et la jeune fille était tout intimidée.

Séduit par cette ravissante jeune fille, Lloyd Fischer avait tenté de s'asseoir à côté d'elle. Malheureusement, d'autres jeunes gens s'étaient rués avant lui et, tandis qu'ils se disputaient la chaise, Esther s'était levée et était allée se mettre à côté de Lloyd. Ce n'était pas d'un romanesque échevelé mais cette histoire de chaise avait toujours enchanté Monica. Surtout, le fait qu'à peine âgée de dix-neuf ans sa mère ait eu le génie de choisir un homme aussi merveilleux que son père l'avait fortement impressionnée.

Elle s'était souvent demandé si elle-même saurait faire preuve d'un jugement aussi perspicace ; les derniers événements semblaient prouver le contraire.

— Est-ce que, ce dimanche-là, je savais que j'allais épouser ta mère ? répéta pensivement Lloyd Fischer. C'est drôle que tu m'en parles. Je pensais à elle tout à l'heure parce que ce genre de matin froid, à l'air vif, lui plaisait beaucoup.

— Combien de temps après avoir fait sa connaissance as-tu su que tu l'épouserais ? insista Monica.

Son père se versa une tasse de café.

— Ce serait très romanesque de prétendre l'avoir su dès le premier jour, non ? Comprends-moi bien. J'ai été attiré par elle dès le premier regard. N'importe quel jeune homme normal l'aurait été. Elle était ravissante et les années n'ont fait que la rendre plus belle.

— Vous êtes restés longtemps fiancés, non ?

— Oui. Une période difficile à vivre. Nous ne nous sommes mariés que quatre ans plus tard, à ma sortie du séminaire.

Il se frotta le visage, ce qui fit rire Monica.

— C'était si dur que ça ?

Il hocha la tête. Son regard prit une expression grave.

— J'essayais d'éveiller mes souvenirs mais tant d'années ont passé depuis. Il me semble que je suis progressivement tombé amoureux. Ta mère et moi, on se voyait très régulièrement et nous nous plaisions bien ensemble. Et tout à coup, l'évidence m'est apparue : cette jeune fille ferait une parfaite épouse pour un pasteur et je l'ai demandée en mariage.

— Je vois, fit Monica, très déçue.

Ce qu'elle cherchait n'avait pas existé. Bien que profondément épris l'un de l'autre, ses parents n'avaient pas éprouvé de passion. D'ailleurs, même en fouillant sa mémoire, elle ne les voyait que mains enlacées.

— Il y a quelque chose qui te tracasse ? demanda son père.

— Oh, non... Je réfléchissais. C'est sans importance.

Ce l'était pourtant. Malgré leur jeunesse et leur amour réciproque, ses parents avaient fait preuve de bon sens et de prudence lorsqu'il leur avait fallu choisir le compagnon de leur vie. Aucune explosion de *passion* — rien que le mot lui répugnait — ne s'était produite, à aucun moment. Le mariage avait été la conclusion naturelle d'une longue fréquentation.

Ce qu'elle aurait aimé entendre, c'était la description d'un émoi semblable à celui qu'elle éprouvait depuis sa rencontre avec Chet. Même s'il était hors de question d'épouser quelqu'un comme lui.

— J'aimais beaucoup ta mère.

— Je le sais, papa.

— Tu as envie de te marier, je le sais. Je ne peux te dire qu'une chose : Dieu amènera un homme dans ta vie quand Il le jugera bon.

Monica eut un petit hochement de tête sceptique.

— Je ne suis pas pressée, dit-elle en posant une poêle sur la cuisinière.

Elle rougit aussitôt du mensonge.

— Rappelle-toi ce qui est arrivé quand Sarah a décidé de prendre les choses en main et a donné sa servante à Abraham.

— Je me souviens.

— Ne cherche pas à tout organiser toi-même. Dieu n'aime pas le do-it-yourself.

— D'accord, fit Monica en riant.

Son père laissa s'écouler quelques minutes de silence puis reprit sur un ton anodin :

— Michael est vraiment un charmant jeune homme, tu ne trouves pas ?

Amusée par le manque de subtilité de son père, Monica retint un éclat de rire. Le chef du chœur avait deux ans de moins que Monica, ce qu'on ne pouvait lui reprocher. Il avait un caractère effacé et sa conversation était plutôt maigre. Ce n'étaient pas non plus des défauts mais, honnêtement, Monica ne se voyait pas vivre à ses côtés. Elle l'aimait et appréciait son travail mais sa vue ne suscitait en elle aucune attirance. Bref, elle n'éprouvait rien.

Elle regrettait de ne pouvoir en dire autant de Chet. Ce qu'il éveillait en elle était sûrement immoral. *C'était* immoral. Ce matin encore, alors qu'elle essayait désespérément de se rendormir, ses pensées ne cessaient de revenir à lui et au baiser échangé. Son corps la trahissait. Aucune femme pieuse n'éprouvait de telles sensations.

— Ah oui, vraiment, reprit son père, totalement inconscient du tour désordonné qu'avaient pris les pensées de Monica, Michael ferait un très bon mari.

Je ne suis qu'un vieil homme et un ignare en matière d'idylle mais j'ai l'impression qu'il aimerait bien te connaître un peu mieux.

— C'est un brave garçon, admit Monica qui n'avait pas envie d'en dire plus.

— Tu pourrais tomber sur bien pire.

S'il savait... Michael lui paraissait le gendre idéal mais que dirait-il si elle lui présentait Chet? La réponse était évidente. Elle imaginait sans peine son regard attristé. Bien sûr, il essaierait de masquer sa déception mais sans y parvenir.

Monica posa le plat d'œufs et de bacon frits sur la table.

— Je monte m'habiller, annonça-t-elle.

— Tu ne manges rien?

Elle fit non de la tête.

— Tu es sûre que tu n'es pas malade?

En fait, elle n'était plus sûre de rien du tout.

— Viens t'asseoir à côté de moi, dit Andrew.

Il repoussa le journal et tendit les bras.

— J'allais ranger la vaisselle du petit déjeuner, répondit Leah.

— Tu le feras plus tard.

— Andrew!

L'expression de son mari était dépourvue d'ambiguïté. Il la désirait, et tout de suite.

— Eh bien? dit-elle, le poing sur la hanche, en se dandinant légèrement. Tu sais qu'il est à peine dix heures du matin.

Pourquoi cherchait-elle des excuses puisqu'elle aussi en avait très envie? D'ailleurs, c'était la bonne période du cycle.

— Et alors? Qui se soucie de l'heure? Faut-il attendre que la pendule sonne un certain nombre de fois pour que je sois autorisé à faire l'amour avec ma femme?

— Non.

Elle s'approcha d'une démarche lente et provocante. Andrew l'attrapa par la taille et l'attira sur ses genoux.

— T'ai-je dit récemment combien tu étais belle?

Avec un sourire, Leah secoua la tête.

— Pas depuis hier matin, en tout cas.

— Alors il faut rattraper le temps perdu, déclara-t-il en lui caressant les bras.

— Et même tu mériterais d'être mis en pénitence.

— Oh!

Elle passa le bras autour de son cou et appuya le front contre le sien. Les mains d'Andrew s'activaient déjà sur les boutons de sa veste de pyjama. Après dix ans de mariage, leurs corps se connaissaient bien mais il ne fallait pas céder trop vite à l'urgence du désir.

Lorsqu'il découvrit ses seins, le cœur de Leah se mit à battre plus vite, plus fort. Il commença par l'embrasser dans le cou; elle ferma les yeux et un soupir lui échappa lorsque Andrew caressa insidieusement de sa langue sa gorge, son menton, et effleura ses lèvres.

Puis ce fut un baiser lent, profond et grisant.

— Tu as bon goût.

— Toi aussi, murmura-t-elle, les yeux mi-clos.

Il lâcha ses seins et lui caressa le ventre. Il gémit doucement comme Leah se collait plus étroitement contre lui. Ils s'embrassèrent avec une ardeur accrue.

— Tu sais ce que je veux? lui murmura-t-il à l'oreille.

— Tu n'as fait aucun effort pour le cacher.

Elle glissa la main sous sa veste de pyjama.

— Leah, souffla-t-il en la faisant basculer sur le canapé.

— Arrête, gémit-elle à contrecœur.

Elle le repoussait des deux mains.

— Tu veux t'arrêter? fit-il avec stupéfaction. C'est une plaisanterie?

— Allons dans la chambre.

— Mais pourquoi?

Il l'embrassa dans le cou et ses mains repartirent à l'assaut.

— Tu es ma femme. Il n'y a pas d'endroit interdit.

— Je voudrais d'abord prendre ma température. Ce n'est peut-être pas le bon jour du cycle. Tant qu'à faire l'amour, autant que ça soit quand j'ai une chance de devenir enceinte.

Un silence tendu s'ensuivit. Leurs ébats ayant toujours été régis par son cycle menstruel et son carnet de température, Leah ne voyait pas ce qu'il y avait d'horrible dans ce qu'elle venait de dire.

— Andrew?

Les mains tremblantes, il se redressa et rectifia sa tenue. La colère émanait de lui.

— Ça ne prendra pas longtemps, promit-elle.

Elle ne voyait de lui qu'un dos rigide.

— Faire l'amour sans la possibilité d'attendre un enfant n'a pas de sens.

A ces mots, Andrew se rua dans la chambre. Comportement très inhabituel chez lui. Stupéfaite, Leah le suivit.

— Tu n'es pas d'accord? s'inquiéta-t-elle en lui effleurant le bras.

Il pivota brusquement, la mâchoire crispée, des éclairs de rage dans les yeux.

— Non, Leah, je ne suis pas d'accord.

Sa fureur la désarçonna. Souffle coupé, elle recula instinctivement. Jamais elle ne l'avait vu dans un tel état.

— Je... je croyais que toi aussi, tu voulais un bébé, plaida-t-elle d'une voix étouffée.

— C'est vrai, jeta-t-il. Mais pas aux dépens de tout le reste. Ça va peut-être te choquer mais j'aimerais être traité plus comme un mari que comme un robot destiné à la procréation. Chaque fois que nous faisons l'amour, tu ne penses qu'à une éventuelle grossesse. T'es-tu jamais demandé pourquoi ça nous arrive de moins en moins souvent ?

Les mots s'étaient plantés en elle comme des lames acérées. Chaque phrase l'avait fait reculer d'un pas et elle se retrouvait adossée contre le mur.

— Je n'avais pas remarqué.

— En sept ans, nous n'avons couché ensemble que sur prescription médicale. Toute notre vie amoureuse est régie par le calendrier et le thermomètre. Mars est-il aligné sur Jupiter ou ce genre de truc.

— C'est ridicule, protesta-t-elle.

— Tout à fait d'accord. Nous ne faisons plus l'amour que lorsque tu le réclames, lorsque tu penses qu'il y a une lointaine possibilité de grossesse. Ce n'est pas de l'amour, c'est du sexe et si c'est tout ce que tu me proposes, je peux le trouver facilement au coin de la rue.

Leah sentit son visage se vider de son sang.

— Tu... tu ne parles pas sérieusement ?

Une peur la tenaillait depuis qu'elle craignait d'être définitivement stérile, celle qu'Andrew ne se lasse et ne la quitte. Qu'il ne se trouve une autre femme en état, elle, de lui donner une famille.

Il jeta son pyjama sur le lit et sortit une chemise de la penderie. Le cintre cogna contre la paroi.

— Je ne me souviens pas de la dernière fois où nous avons fait l'amour, dit-il. Fait l'amour pour de vrai. Ce n'est pas moi que tu veux, mais ce que je peux te donner et si je ne peux rien te donner, je ne t'intéresse pas.

— C'est faux.

Andrew ne répondit pas. Il sauta dans son pantalon et s'assit sur le bord du lit pour enfiler hâtivement chaussettes et chaussures. Une veste sur l'épaule, la chemise encore ouverte, il se dirigea à grands pas vers la porte.

— Où vas-tu? demanda Leah en courant derrière lui.

Les larmes lui brouillaient la vue et sa voix tremblait.

— Dehors.

— Andrew, je t'en prie, attends!

Il s'arrêta, le dos tourné, la main sur la poignée de la porte.

— Ne t'en va pas. Tu as raison. Je regrette. Sincèrement.

Elle vit ses épaules se soulever puis s'affaisser brutalement. Très longtemps, une éternité, lui sembla-t-il, il resta sans bouger. Respirait-il encore? Elle, à peine. Le seul bruit audible était la petite plainte étouffée qu'elle ne pouvait retenir.

— Je ne serai pas sorti longtemps, entendit-elle enfin.

Elle sursauta au bruit de la porte qui se refermait. Le cœur au bord des lèvres, elle pressa la main sur son estomac.

Combien de temps resta-t-elle ainsi, paralysée par le chagrin? Longtemps, très longtemps. Les minutes ne comptaient plus. Puis, comme une somnambule, elle fit demi-tour et alla dans sa chambre s'affaler

96

sur le lit. Elle ouvrit le tiroir de sa table de nuit et en sortit le petit carnet de température scrupuleuse-ment tenu. Ses yeux s'emplirent de larmes. Elle attendit encore un peu avant de se diriger vers la cuisine, d'un pas lourd et résigné. Ses semelles chuintèrent tristement sur le carrelage.

Elle ouvrit la poubelle et y jeta le carnet. Avec lui, disparaissaient ses rêves et ses espoirs. Quand elle eut recouvré son calme et une respiration régulière, elle entreprit de rincer la vaisselle du petit déjeuner et la rangea dans la machine à laver.

Chet n'était pas dans le public. Le soulagement envahit Monica tandis qu'elle examinait les badauds du haut des gradins. Cette séance ne lui plaisait pas du tout. Pour elle, donner une représentation le dimanche était contraire à l'esprit chrétien. Le jour de repos, prescrit par Dieu Lui-même, devait être respecté. Et ceux qui le consacraient à parcourir les magasins et à faire des courses étaient des mécréants. Elle avait tenté d'exposer son point de vue mais son père et Michael étaient restés insen-sibles à ses arguments. Pour Lloyd Fischer, la musique était le moyen le plus efficace de répandre la Bonne Nouvelle. Comme toujours, Monica s'était tue.

A présent, elle ne regrettait plus qu'on ne l'ait pas écoutée parce que cela lui donnait une occasion de revoir Chet. Enfin, peut-être. Fatiguée de se mentir, elle admettait enfin qu'elle en mourait d'envie. Il fal-lait qu'elle le revoie, une seule fois, pour le chasser de sa tête, pour se prouver que rien ne pouvait exis-ter entre eux.

En dépit de la distraction de Monica, plus occupée à scruter chaque visage qu'à suivre la baguette du chef, le concert se déroula bien. Chet devait être en train de siroter un verre au Blue Goose, songea-t-elle. Eh bien, elle l'y rejoindrait. Cela lui ferait les pieds. Il le méritait.

S'écarter des autres choristes fut cependant plus difficile qu'elle ne l'avait prévu.

— Vous venez? lui demanda Michael.

Monica lui jeta un regard perplexe. Elle n'avait pas écouté ce qu'on disait autour d'elle et ignorait où on la conviait.

— Chez Sherry, compléta-t-il en constatant son embarras. Elle nous invite à prendre un cidre chaud et des cookies.

— Heu... fit Monica dont le regard se portait sur l'entrée du Blue Goose. J'ai une course à faire. Je vous y rejoindrai.

— Une course? répéta Michael. En ville?

Il ne lui rappela pas ses critiques acerbes sur les mauvais chrétiens qui consacraient le jour du Seigneur à se ruer dans les magasins. Heureusement.

— Je n'en ai pas pour longtemps... Partez avec les autres. Je vous rejoins dans moins d'une heure.

— Vous allez rentrer seule?

Apparemment, la chose dépassait son entendement.

— Oui, s'écria-t-elle, agacée. Je viens de vous dire que je devais faire une course... Allez-y, je n'en aurai pas pour longtemps, ajouta-t-elle aussitôt d'une voix plus douce.

— Voulez-vous que nous vous attendions?

— Non!

Que penseraient ses camarades en la voyant pousser la porte du Blue Goose?

— Merci, reprit-elle. C'est inutile.

Michael hésita sur la conduite à adopter.

— Je peux vous accompagner, si vous voulez?

— Michael, je vous en prie, n'insistez pas. Ce n'est pas nécessaire.

Le voyant décidé à rester en travers de son chemin, elle jeta un « à tout à l'heure » déterminé et s'éloigna à grands pas vers Westlake Mall.

Se faufilant dans la foule, elle prit une rue puis une autre avant de revenir vers le Blue Goose.

La main sur la porte qu'elle s'apprêtait à pousser, elle s'arrêta. Qu'allait-elle faire ? Mettre le pied dans un établissement voué à l'iniquité la plus vile ? Retrouver un individu méprisable qui hantait ses pensées ? Il fallait qu'elle soit devenue folle.

Elle fit demi-tour et s'enfuit à petits pas pressés. Arrivée au bord du trottoir, elle se figea. Quelqu'un la suivait.

— Tiens, tiens ! C'est moi que vous cherchiez ?

Pas d'erreur. C'était la voix de Chet Costello.

7

Au bout de quarante-cinq minutes, Jody parvint à convaincre Timmy d'aller se coucher, et encore fallut-il que Glen les accompagne dans la chambre et promette de le border.

— Je ne suis pas fatigué, protesta l'enfant comme sa mère ouvrait son lit. Et j'ai encore des tas de choses à dire à Glen.

— A quel sujet ?

A l'instant où elle prononçait ces mots, Jody comprit qu'elle avait commis une erreur.

— Un tas de trucs. Il faut que je sache quel genre de papa il va être. Après tout, c'est le Bon Dieu qui nous l'a envoyé, non ?

Un gouffre se serait ouvert sous les pieds de Jody qu'elle en aurait été très contente. Son fils avait le don de dire exactement ce qui l'embarrassait le plus.

— Timmy, s'il te plaît!

— Je n'ai pas vraiment besoin qu'on me borde, annonça Timmy à Glen d'un ton supérieur. Je voulais que tu viennes pour te montrer mes affaires.

C'était pourtant ce qu'il faisait depuis l'arrivée de Glen. Le gant de base-ball avait été exhibé ainsi que sa très chère collection d'autographes. Le pauvre homme n'avait pas eu une minute de paix.

— Bonne nuit, Timmy, fit Jody d'un ton ferme, le doigt sur l'interrupteur.

— Bonne nuit, m'man. Bonne nuit, Glen.

Les joues enflammées de Jody auraient pu guider des navires dans le brouillard le plus épais. Elle connaissait à peine Glen et déjà son fils claironnait qu'il avait les qualités requises pour faire un papa. Elle n'y pouvait rien mais cela méritait quand même quelques explications.

— Je vais préparer le café promis, lança-t-elle en le précédant vers la cuisine.

Elle ouvrit le placard et en sortit deux tasses. Que dire qui ne soit pas ridicule?

— Il faut que vous m'excusiez pour ce que Timmy a dit tout à l'heure.

— A quel sujet?

— Au sujet de... vous savez bien... quel père formidable vous feriez. Il est à l'âge où un garçon a besoin d'une présence masculine.

— Ses amis doivent sans cesse parler de leur père.

Jody hocha la tête.

— Il y a quelque temps, Timmy a écrit une lettre au Bon Dieu pour lui demander un papa. J'ai bien l'impression qu'il vous considère comme la réponse à sa prière... tout simplement parce que vous êtes le premier homme avec lequel je sois sortie depuis longtemps.

— Voilà qui explique sa petite phrase. C'est Dieu qui m'a envoyé comme cadeau de Noël.

— Oui, fit Jody avec une certaine réticence. Mais vous ne devez pas vous sentir obligé à quoi que ce soit... et surtout ne croyez pas que je l'y aie poussé.

— L'idée ne m'en est pas venue.

L'air plus amusé qu'inquiet, Glen se laissa aller contre le dossier de sa chaise et croisa les jambes.

— C'est un garçon merveilleux. Vous l'avez très bien élevé.

— Merci.

Le compliment l'emplit de fierté et, néanmoins, lui parut injustifié. Elle n'avait pas compris combien son fils avait besoin d'une présence masculine dans sa vie. Son grand-père avait comblé ce manque et Timmy souffrait au moins autant qu'elle du vide causé par sa mort.

— Je suis très flatté que Timmy pense que je suis du bois dont on fait les pères, ajouta Glen entre deux gorgées de café.

— Quand il a su que vous aviez un autographe de Ken Griffey, dit Jody en riant, l'affaire a été réglée. Il a été conquis... Enfin, tout ça pour vous expliquer pourquoi Timmy tenait tellement à ce que nous fassions connaissance.

Glen reposa sa tasse et plaça sa main sur celle de Jody.

— Moi aussi, j'ai très envie que nous nous connaissions mieux, tous les trois, mais il se trouve que je suis une grande personne et par conséquent un peu plus pudique qu'un garçon de neuf ans. Il y a peu de temps que nous nous voyons et il est encore trop tôt pour suivre Timmy dans ses projets enthousiastes mais...

Il s'interrompit. Jody se sentit examinée jusqu'au fond de l'âme. Avec un haussement d'épaules, il reprit :

— Oh, zut, pensez ce que vous voulez mais je vous aime beaucoup, Jody. Et je trouve que Timmy est un gamin formidable. Je ne cherche pas à le cacher, vous m'attirez énormément. Le fait que vous ayez un fils est un plus. Je désire avoir une famille et ça ne date pas d'hier. Je serais heureux que tous les deux nous nous mettions à réfléchir dans ce sens. Voilà, je l'ai dit. Peut-être êtes-vous choquée de mon audace mais, après tout, nous sommes des adultes. La vérité ne doit pas nous faire peur.

Jody ne sut que répondre. Elle se sentait inquiète et dépassée par les événements. Repoussant brutalement sa chaise qui manqua basculer, elle se leva.

— Je suis très flattée. Vraiment. Mais... c'est trop tôt, beaucoup trop tôt pour que nous envisagions les choses sous cet angle.

— Bien sûr, bien sûr, approuva Glen. Je suis désolé, je ne voulais pas vous bouleverser. Vous avez raison. Je me suis laissé influencer par l'enthousiasme de Timmy. Pardonnez-moi.

— Il n'y a rien à pardonner.

Glen alla déposer dans l'évier sa tasse à demi pleine.

— Il faut que je m'en aille.

Jody fut prise de remords. La réaction de Glen lui rappelait celle de Timmy lorsqu'elle lui refusait quelque chose.

— Acceptez-vous de me revoir ou bien vous ai-je complètement terrifiée ? demanda-t-il devant la porte d'entrée.

Refuser était impossible.

— Je serai très heureuse de vous revoir.

L'air de chien battu céda la place à un grand sourire.

— Alors, je vous téléphonerai demain.

— Très bien.

Il ouvrit la porte puis se retourna vers la jeune femme.

— Et si Timmy ne vous l'avait pas demandé, accepteriez-vous de me revoir?

— Je crois que oui, fit Jody avec un petit rire.

Il la remercia d'un autre grand sourire, fit un pas vers elle et s'arrêta aussitôt.

— J'ai très envie de vous embrasser mais je crains d'aller trop vite. C'est vous qui déciderez de la suite des événements. Je suis un homme patient, surtout quand l'enjeu est important. Bonne nuit et merci pour cette soirée délicieuse.

— Bonne nuit.

Elle resta sur le seuil et attendit que les feux arrière de la voiture aient disparu dans la nuit pour refermer la porte. La fatigue tomba sur elle d'un coup et elle dut s'adosser contre l'épais panneau de chêne.

Glen avait un beau regard, le regard d'un homme de confiance, qui ne la pousserait pas au-delà de ce qu'elle-même désirait. Le regard d'un homme qui connaissait la souffrance et la déception.

Quelques minutes plus tard, elle se retrouvait devant la cheminée, les yeux fixés sur la photo de Jeff. Malgré les années écoulées, les traits familiers du visage tant aimé avaient toujours le pouvoir de l'émouvoir.

Leah entendit la porte se refermer. Enfin. Andrew était resté absent presque toute la journée. Elle ferma les yeux. Il lui fallait recouvrer son calme avant d'affronter son mari. Il avait raison, elle en était à présent convaincue. Avoir un enfant était devenu une obsession, au point qu'elle en était venue à détruire l'amour de sa vie.

Elle sortit de la cuisine. Andrew s'était assis devant la télévision et tripotait la télécommande.

— Ah, c'est toi, dit-elle sottement.

— Qui d'autre cela pourrait-il être ? demanda-t-il sans se retourner.

Le ton froid n'était pas bon signe.

— On pourrait discuter, suggéra-t-elle.

— Je ne vois pas de quoi.

Ce dos rigide en disait plus long que n'importe quelle conversation.

— Je suis désolée, Andrew, murmura-t-elle en retenant ses larmes à grand-peine.

Elle détestait les disputes. D'ailleurs, c'était un événement rarissime. Ils s'entendaient si bien qu'elle avait supposé leur amour indestructible. Et si elle s'était trompée ?

— Tu t'es déjà excusée. Inutile de recommencer.

Les images du match entre les Seahawks de Seattle et les Chargers de San Diego apparurent sur l'écran. Un bruit confus emplit la pièce.

Leah s'essuya les mains sur son blue-jean.

— J'espérais que nous pourrions parler un peu, dit-elle à nouveau en s'asseyant à l'autre extrémité du canapé.

— Écoute-moi, Leah, je ne suis pas d'humeur à discuter. Pour parler, il faudrait que nous soyons tous les deux dans la bonne disposition d'esprit. Et là, tout de suite, je n'y suis pas.

C'était la première fois qu'elle le voyait réagir ainsi. Ils étaient rarement en désaccord et surtout, lorsque cela se produisait, tous deux avaient hâte de mettre les choses au clair et de se réconcilier.

— Quand penses-tu être dans la bonne disposition d'esprit? demanda-t-elle, ravalant sa fierté.

— Je ne sais pas. Il me faut un peu de temps pour retrouver mon calme. Je n'aurais pas dû rentrer mais il fait sacrément froid et passer le reste de la journée dans la voiture, ça ne me disait rien.

— Veux-tu que je te prépare un café? Quelque chose à manger?

Il secoua la tête.

— Ce qui me ferait le plus plaisir, c'est un peu de solitude.

— Ah, très bien, s'écria-t-elle d'un ton délibérément guilleret. Ça tombe bien, je voulais sortir.

— Bonne idée, dit-il sans quitter l'écran des yeux.

Il désirait qu'elle s'en aille! Leah comprit soudain à quel point elle avait blessé sa fierté et mis en péril une union qu'elle avait crue parfaite et solidement arrimée. La révélation la bouleversa.

Elle se leva et enfila son manteau, attendant un mot qui ne venait pas. Ses gestes s'accélérèrent comme si elle avait attendu toute la journée de pouvoir sortir. Les gants, le sac, un foulard...

— Je ne rentrerai pas tard, jeta-t-elle.

Ne sachant où aller, elle sillonna les petites rues du quartier en roulant au pas puis, au bout d'une heure, s'arrêta devant la maison de Pam.

Dès qu'elle ouvrit la porte, son amie comprit que quelque chose de grave s'était produit. Leah ne faisait d'ailleurs aucun effort pour cacher son désarroi.

— Leah! s'écria Pam. Que t'arrive-t-il?

Incapable de parler, Leah agita la tête de droite à gauche.

— Entre. On va bavarder devant une bonne tasse de thé. Tu vas voir, tout va s'arranger.

Pam savait effectivement régler les problèmes à peu de frais : du thé à volonté et un zeste de courage. Leah entra, déjà un peu rassérénée. Une amie et non une donneuse de conseils, voilà ce qu'il lui fallait.

— Ce n'est pas si grave que ça, dit-elle en suivant Pam dans la cuisine.

L'évier était plein de vaisselle sale et les placards constellés de traces de doigts. Le contraste avec sa cuisine immaculée était saisissant.

— Tante Leah ?

Scotty, un dinosaure serré sur la poitrine, se rua dans ses jambes.

— Scotty, tu devrais être au lit ! s'écria Pam, les poings sur les hanches.

Leah prit le petit bonhomme dans ses bras et se laissa picorer le visage de baisers. C'était un enfant adorable, avec des yeux d'un bleu profond et des boucles rebelles à toute espèce de peigne ou de brosse. Leah l'aimait de tout son cœur.

— Comment va mon petit chéri ? demanda-t-elle en l'asseyant sur la table.

— Regarde ! cria-t-il en brandissant fièrement le pouce.

— Il est sec, expliqua Pam. Scotty ne suce plus son pouce. N'est-ce pas, Scotty ?

Il secoua énergiquement la tête. Leah l'emporta dans la chambre qu'il partageait avec son frère. Le petit Jason, âgé de treize mois, dormait profondément, les fesses pointant sous la couverture, les genoux sous le menton.

— Chuuut ! fit Scotty bruyamment comme Leah contournait les amas de cubes en plastique et les pièces de puzzle qui jonchaient le sol.

— Je suis très fière que tu ne suces plus ton pouce, murmura-t-elle en le glissant dans son lit.

Le compliment fit rayonner l'enfant. Elle l'embrassa et sortit de la pièce sur la pointe des pieds.

Le thé était prêt.

— Où est Diane? demanda Leah.

Diane était l'aînée de Pam.

— Doug devait faire une course et elle a tenu à l'accompagner. Comme tu peux le voir, je n'ai pas encore pu laver la vaisselle du dîner. Assieds-toi et raconte-moi ce qui t'a mise dans cet état.

Par où commencer? Et d'ailleurs, le fallait-il vraiment? Admettre ses erreurs n'était pas chose facile.

— Andrew et moi, nous avons eu une prise de bec, c'est tout. Il nous fallait un peu de temps pour reprendre nos esprits, alors je suis partie.

— Ce n'est pas grave?

Masquant son inquiétude, Leah secoua la tête.

— Je... je ne crois pas. Tout va s'arranger.

Pam posa la théière sur la table.

— Tu es sûre?

— Ce qu'il y a, c'est que nous nous disputons rarement. Quand cela arrive, je suis toute retournée.

Des coups de klaxon insistants l'interrompirent. Leah ferma les yeux et écouta. Elle crut reconnaître le rythme de « Hit the Road, Jack ».

— Tu crois que c'est Doug? demanda Pam, intriguée. Il m'appelle ou quoi?

— On dirait...

— ... « Hit the Road, Jack ».

Pam se rua vers la porte d'entrée puis s'arrêta net.

— Mais non, ça vient de ta voiture!

Leah posa sa tasse et se leva.

— Qu'est-ce que tu racontes?

— C'est ton klaxon. Écoute.

Elles sortirent toutes les deux sous le porche.

— C'est à n'y rien comprendre, fit Pam.

— Il faut que j'aille voir, dit Leah en dévalant les marches.

— Miséricorde, arrête tout de suite !

L'ange tourna la tête et aperçut Shirley, planant au-dessus de la voiture. Bon, ce coup-ci, elle avait peut-être poussé le bouchon un peu loin, songea Miséricorde en obtempérant à contrecœur.

— C'est Gabriel qui t'envoie ? demanda-t-elle.

— Non. J'en ai pris l'initiative de peur que tu ne t'attires de graves ennuis.

— Il fallait que je fasse quelque chose rapidement, expliqua Miséricorde. Andrew cherche sa femme partout et il est très inquiet.

— Comment ?

— Leah et Andrew se sont disputés ce matin. Résultat : chacun a un peu perdu la tête et, en ce moment, il la cherche partout pour mettre les choses au clair.

— Tu sais bien que ce genre d'histoire ne nous concerne pas et que nous n'avons pas à nous en mêler, lui rappela Shirley. A propos, qu'est-ce que c'est que cet air ridicule que tu jouais ?

— Un tube d'il y a quelques années. Leah doit pouvoir le reconnaître. En gros, ça veut dire : grouille-toi de rentrer à la maison.

Bras croisés, Shirley tapota du pied avec impatience.

— Tu joues avec le feu. Gabriel va être fou furieux. De la musique profane, pas moins ! Tu n'aurais pas pu trouver quelque chose d'un peu plus spirituel ?

108

— J'ai pensé à « Chez nous, soyez reine », mais le rythme est trop lent. J'étais désespérée... Regarde ! Ça marche. Leah s'en va en courant. Je parie à deux contre un qu'elle rentre chez elle.

— Tu te mets aux paris maintenant ? s'écria Shirley avec un petit sourire.

Il n'était pas exceptionnel que les anges reviennent de missions terrestres avec de mauvaises habitudes. Quelques-uns avaient même cédé aux charmes du jeu.

— Tu fais partie de la Police Divine ? protesta Miséricorde, exaspérée.

Shirley pouvait se taire, franchement. Sa mission se déroulait comme sur des roulettes. Aux dernières nouvelles, la mère de Timmy avait accepté de sortir avec un charmant jeune homme qui ferait un très bon papa pour le petit garçon.

Miséricorde et Charité n'avaient pas autant de chance. L'affaire Leah en était au point zéro ; quant à l'affaire Monica Fischer, c'était pire. La jeune fille avait à plusieurs reprises menti dans le seul but de retrouver son détective privé. Pour une personne qui s'était toujours targuée d'une intégrité absolue, c'était inquiétant.

— Écoute, fit Shirley sur un ton d'excuse, je ne veux pas jouer l'autoritarisme mais Gabriel pourrait te dégrader et te retirer tes ailes pour te punir.

— Mes ailes ! Tu plaisantes ? Pour mériter ça, il faudrait bien plus que quelques coups de klaxon sur un rythme démodé.

— Je veux seulement te prévenir.

— Je sais, mais...

Dans une rafale de vent tiède, Charité les rejoignit. Hors d'haleine et le plumage hérissé, elle paraissait la proie d'une violente indignation.

— Qu'est-ce qui vous arrive à toutes les deux ? cria-t-elle.

— Shirley a décidé de jouer à l'ange gardien et...

— Mais c'est pour ton bien !

— Arrêtez, toutes les deux ! fulmina Charité en levant les bras en l'air. Vous m'avez fait quitter Chet et Monica au pire moment.

— En fait, nous...

Charité l'interrompit en tapant du pied.

— On retourne au boulot, oui ou non ? Les humains sont suffisamment casse-pieds sans que nous en rajoutions.

— Je ne cherchais qu'à rendre service, protesta Shirley d'un air offensé.

Leah se gara devant sa maison, encore perplexe. Le klaxon s'était tu dès qu'elle avait fait démarrer le moteur. L'entretien des voitures incombant à Andrew, elle devait le mettre au courant de l'incident. Mais comment lui faire avaler quelque chose d'aussi bizarre ?

La porte d'entrée s'ouvrit avant qu'elle ait eu le temps de mettre pied à terre. La haute silhouette d'Andrew se découpa sur la lumière du seuil.

— Où étais-tu ? s'écria-t-il. J'ai bien donné une douzaine de coups de téléphone. On a dû me prendre pour le parfait crétin à chercher partout ma femme.

— J'étais chez Doug et Pam.

— Doug et Pam, répéta Andrew en se cognant le front. C'est eux que j'aurais dû appeler en premier. Évidemment, tu adores leurs gosses.

Il l'entraîna dans la maison et referma la porte.

— Tu ne voulais pas parler, tu te souviens ? dit Leah. Tu avais les yeux rivés sur le match de base-ball et tu voulais être seul. En tout cas, c'est ce que tu as dit.

110

Andrew hocha la tête.

— Je me suis conduit comme un imbécile. Je suis désolé, Leah.

— Non, c'est moi qui te dois des excuses.

— Tu les as déjà faites, lui rappela Andrew avec un regard brillant qui la troubla. Bon sang, je ne sais pas ce qui m'a pris.

— Tu avais besoin d'être tranquille, reprit Leah en suspendant son manteau dans la penderie de l'entrée. Ça nous arrive à tous un jour ou l'autre. Je le comprends parfaitement.

— Je n'aurais jamais dû te laisser partir. Tu voulais mettre les choses à plat tout de suite. C'est moi qui ai tout compliqué. Pardon.

Il l'attira dans ses bras et la serra tendrement.

— Je t'aime tant, murmura-t-il dans un soupir.

Les doigts d'Andrew fourrageaient dans ses cheveux.

— Je sais, soupira-t-elle. Moi aussi, je t'aime. Tu as raison. Je le comprends maintenant et je regrette de t'avoir traité de cette façon...

— Chut, fit-il avec un baiser. C'est oublié.

— Tu es la personne que j'aime le plus au monde.

— J'ai trouvé le carnet de température dans la poubelle. C'est bien ce que tu voulais, chérie ? Nous ne nous laisserons plus obséder par une grossesse éventuelle et nous ne penserons plus qu'à nous ?

Elle comprit ce qu'il demandait. Elle ne devait plus considérer la maternité comme l'unique moyen d'accomplir sa vie de femme.

Elle avait escroqué son mari. Des années et des années, elle n'avait fait que lui dire plus ou moins subtilement, et parfois pas du tout subtilement, que son amour ne lui suffisait pas. Chaque fois qu'elle le traînait chez un médecin, dans une énième clinique, à travers une nouvelle série d'examens, elle lui disait

111

crûment qu'il ne suffisait pas. Elle avait attaché une condition à son bonheur : il lui fallait un enfant, l'enfant qu'il n'arrivait pas à lui donner.

Elle fit oui lentement de la tête. Finie l'obsession.

— M'man, s'écria Timmy. Grand-mère Potter m'a envoyé un gros paquet. Je peux l'ouvrir ?

Sautillant d'excitation, il la suivait d'une pièce à l'autre.

— C'est à mon nom, insista-t-il.

— Un paquet ?

— Ça doit être pour Noël. Tu ne vas pas me faire attendre jusque-là, dis ?

Jody entra dans le salon et s'arrêta net. Timmy n'avait pas exagéré. Le paquet était énorme. Curieux. Gloria n'oubliait jamais Noël ni l'anniversaire de Timmy, mais d'ordinaire elle envoyait un chèque en lui recommandant de l'économiser pour payer ses études.

— Je ne vois pas pourquoi tu ne l'ouvrirais pas maintenant, dit-elle.

— Je vais chercher les ciseaux, cria-t-il en courant à la cuisine.

— Ne cours pas avec des ciseaux dans la main !

— J'suis pas un bébé, grogna-t-il en revenant à un train de sénateur.

— Excuse-moi, fit-elle, avec un sourire contrit.

La boîte avait été soigneusement emballée comme si elle contenait quelque chose d'extrêmement précieux. Une fois le gros Scotch coupé, ils déplièrent le couvercle en carton. La main impatiente de Timmy fit jaillir une pluie de billes de polystyrène qui se répandirent sur la moquette. Au spectacle du petit garçon donnant l'assaut au paquet mystérieux, Jody éclata de rire. Il bascula, tête la première dans la boîte, les pieds dressés vers le plafond.

— Il y a un tas de petits paquets à l'intérieur! cria-t-il en en brandissant trois.

Jody les déposa sur la table basse. Timmy déchiqueta le plus gros.

— Qu'est-ce que c'est?

C'était un trophée manifestement, mais de quoi? De qui?

— Regarde, il y a une lettre, là, fit-il remarquer.

Jody déchira l'enveloppe.

Chers Jody et Timmy,

Tu avais raison, Jody. Jeff est mort et il est temps que je l'accepte. Pardonne à une vieille femme qui ne supportait pas l'idée que son fils unique ne soit plus. La vérité était trop douloureuse. Mais douloureuse aussi pour Timmy et toi, je m'en rends bien compte.

L'autre jour, je me suis dit que maintenant que Timmy est un grand garçon, il aimerait sûrement hériter des menus trésors d'enfance de son père. Ils sont siens à présent. La mère en deuil que je suis n'en a plus besoin. Chérissez-les en pensant à lui. Ne l'oubliez jamais.

— Qu'est-ce que c'est? répéta Timmy en examinant le dessous du socle.

La gorge nouée, Jody le lui prit des mains et lut l'inscription.

— C'est un trophée que ton père a gagné quand il avait douze ans. Au football.

— Mon papa jouait au football?

— Oui.

— Je ne le savais pas.

Jeff était bâti en athlète et avait pratiqué la course à pied et le football au lycée et à l'université.

— Oh, et ça! s'écria Timmy. Regarde. Ça a l'air rudement vieux.

— C'est le carnet de notes de ton père, lorsqu'il était à l'école primaire.

— Il était bon, hein?

— Oui, très bon.

— Toi aussi, hein, m'man?

Elle hocha la tête.

Timmy ouvrait fébrilement une boîte après l'autre.

— C'est des trucs super! J'peux les garder? Pour toujours?

— Bien sûr.

— J'oublierai jamais mon papa. Jamais, jura-t-il avec un hoquet d'émotion. Tu sais, m'man, c'est peut-être pas une aussi bonne idée que ça de me chercher un autre papa. Puisque j'en ai déjà un. Ce qui se passait, c'est que jusqu'à maintenant, c'était juste une figure sur une photo. Mais c'était vraiment un type super, hein?

— Oui, chéri, acquiesça-t-elle. C'était quelqu'un d'exceptionnel.

Le regard de Timmy devint grave.

— Alors, je trouve que ça serait pas bien de chercher un autre papa.

8

Monica était dans tous ses états. Chet l'avait vue devant la porte du Blue Goose. Que pouvait-elle y faire, sinon le chercher? Elle eût voulu tout nier. Mais ç'aurait été un mensonge, ce à quoi ne pouvait se résoudre une fille intègre.

— Décidément, y a pas moyen de vous éviter, s'écria-t-il d'un ton impertinent.

— Vous vous trompez.

Plantée gauchement sur le bord du trottoir, face à la circulation vrombissante, elle attendait que le feu passe au rouge.

Le rire de Chet se fondit dans le brouhaha ambiant. Le feu passa au rouge. Pétrifiée, Monica oscilla d'avant en arrière tandis que la foule se mettait à traverser.

— Je suppose qu'il est inutile d'insister, dit-il. Vous n'en direz pas plus.

Il la prit par le coude et l'entraîna sur la chaussée. Où l'emmenait-il ? Elle n'osa pas le demander. Elle avait beau être grande, elle avait du mal à suivre l'allure rapide du détective privé.

Toujours propulsée par la poigne de Chet, elle entra chez Woolworth et se retrouva dans la cafétéria.

— Que faisons-nous là ? demanda-t-elle, un peu agacée.

Sans répondre, il se glissa sur la banquette.

De peur d'attirer l'attention, elle s'assit sur la chaise en face de lui.

— Vous avez faim ?

Il ouvrit le menu en plastique jaune.

— Heu... en fait...

— Les sandwiches au rôti sont excellents et leur poulet frit n'est pas mal non plus.

— Je prendrai juste un café.

Jamais elle n'aurait dû le suivre. Elle le connaissait à peine et le peu qu'elle savait de lui aurait justifié une veillée de prières d'au moins vingt-quatre heures.

— Comme vous voulez.

La serveuse approcha. Avec ses cheveux gris, son visage las et son uniforme d'un rose fané, elle paraissait plus usée que le linoléum de la cuisine des Fischer.

— Je prendrai un sandwich au rôti et un café, dit Chet.

La femme nota la commande puis, le crayon dressé, attendit celle de Monica.

— La même chose, mais sur une note séparée, s'il vous plaît.

La serveuse s'éloigna sans cesser d'écrire.

— Je vous ai vue devant le Blue Goose, annonça Chet d'un ton désinvolte.

Monica se retint à grand-peine de s'enfuir. Savoir qu'il l'avait vue en train d'hésiter devant la taverne était extrêmement mortifiant.

— Je sais aussi pourquoi vous étiez là.

— Vraiment?

Elle lui jeta un regard furieux. Ses oreilles s'emplirent d'un bruit sourd. Son pouls s'accéléra. Se rendait-il compte à quel point elle était émue?

Chet coinça le menu dans le distributeur de serviettes en papier. La serveuse revint avec la cafetière et les servit.

— Il se passe la même chose chez vous que chez moi, dit-il quand ils furent seuls.

— Quoi donc?

Il eut un sourire ironique.

— Je doute que vous ayez assez de courage et d'honnêteté pour l'admettre, aussi je vais le dire. Voilà. Nous nous posons la même question : que s'est-il passé entre nous?

Pour y répondre, c'est-à-dire pour comprendre sa réaction au baiser, Monica avait examiné tout un éventail d'hypothèses. Elle avait commencé par en vouloir à Chet, puis à elle-même et finalement les blâmes étaient tombés sur l'éducation qu'elle avait reçue. Son existence préservée ne l'avait pas préparée à la révélation de la sensualité.

— En tout cas, je vous interdis de m'embrasser à nouveau, déclara-t-elle avec vigueur.

Autant qu'il le sache tout de suite, elle ne céderait plus.

— Ne vous inquiétez pas. Moi non plus, ça ne m'emballe pas de renouveler cette expérience. Mais je suis un homme curieux. Et vous aussi, sinon vous ne seriez pas là. Honnêtement, je ne comprends pas ce qui me captive en vous.

— Heu... Je me posais la même question, admit-elle. Je... Vous ne me laissez pas en paix.

Leurs sandwiches arrivèrent et Chet se jeta sur le sien comme s'il n'avait pas mangé depuis une semaine. Monica en fut très choquée. Elle étala soigneusement une serviette sur ses genoux puis, tête baissée, murmura une prière de remerciement avant de couper en deux son sandwich. Chet avait terminé le sien qu'elle avalait sa première bouchée.

Son repas terminé, Chet sortit de sa poche un petit carnet qu'il ouvrit.

— Votre père s'appelle Lloyd Fischer, le révérend Lloyd Fischer. Vous êtes fille unique et votre mère est morte alors que vous n'étiez qu'adolescente. Actuellement, vous travaillez comme secrétaire à plein temps pour la paroisse. Le dimanche matin, vous jouez du piano et vous enseignez à l'école du dimanche. Vos deux meilleures amies sont mariées et vivent dans un autre État. Elles vous manquent beaucoup et vous leur écrivez souvent.

Monica ne put cacher son désarroi.

— Comment... comment savez-vous tout cela?

Chet eut un sourire énigmatique.

— Secret professionnel. N'oubliez pas que je suis détective privé. Et ne me dites pas que vous n'avez pas cherché à vous renseigner sur moi.

— Ah non, sûrement pas!

Elle se tut brusquement, de peur d'aggraver son mensonge. Elle avait consulté l'annuaire des professions et noté le nom et l'adresse. Le bureau se trouvait près de Westlake Mall, sur First Avenue, dans un quartier défavorisé de la ville. La mission étant située dans la même rue, elle avait essayé de repérer l'immeuble de Chet. Puis, grâce aux pages blanches, elle avait compris qu'il logeait au même endroit.

Il repoussa son assiette et prit sa tasse de café.

— Avez-vous une suggestion à faire?

— A quel sujet?

Elle ne voyait pas où il voulait en venir, mais en tout cas cette farce avait assez duré. Déjeuner avec lui, c'était déjà trop.

— Au sujet de ce qui se passe entre nous, claironna-t-il.

— Plus bas, je vous en prie.

— Le problème est le suivant, reprit-il. D'un côté, vous me rasez à périr; de l'autre, je ne peux m'empêcher de penser à vous, de me dire que vous seriez une sacrée nana si vous vous laissiez aller un peu.

Piquée au vif, Monica se redressa.

— Vous ne me plaisez guère non plus, monsieur Costello. Vous représentez exactement tout ce que j'*exècre* chez un homme.

Il parut enchanté et sourit comme à une bordée de compliments.

— Ah, la garce!

Le terme vulgaire la fit sursauter.

— Veuillez surveiller votre langage, je vous prie.

Le sourire de Chet s'accentua.

— Vous en bavez, tellement vous avez envie de moi.

Les mains de Monica s'agitèrent fébrilement sur la fermeture à glissière de son sac. Elle en sortit son porte-monnaie d'où elle extirpa un billet de cinq dollars.

— Je crois que nous n'avons plus rien à nous dire, déclara-t-elle d'un ton tranchant.

— Voyons, restez encore un peu. Nous avons plusieurs choses à mettre au point.

Monica se leva et, d'un geste dramatique, jeta la bandoulière de son sac sur son épaule.

— Je n'irai pas jusqu'à dire que c'était un plaisir, dit-elle en enfilant ses gants. Au revoir, monsieur Costello.

Elle l'entendit jurer derrière elle. Ses pas précipités la suivirent et la rattrapèrent sur le trottoir.

— Bon, d'accord, excusez-moi, murmura Chet d'un ton impatient. Je n'aurais pas dû dire ça.

Cet homme n'en finissait pas de la prendre au dépourvu. Qu'il coure derrière elle pour s'excuser était surprenant. Et gênant. Comment réagir ? Cet accès de politesse démentait les suppositions qu'elle avait faites à son sujet. Il eût été beaucoup plus confortable de continuer à le considérer comme un barbare.

— Qu'est-ce que vous diriez d'une petite promenade ? proposa-t-il alors qu'elle était encore dans ses pensées. Ça nous donnera l'occasion de voir combien de temps nous pouvons tenir sans nous disputer.

— Où ça ?

Elle se reprocha aussitôt sa sottise. Le lieu de la promenade était-il vraiment son seul souci ? Elle leva la tête et buta sur le regard bleu, insistant, de Chet.

— Les quais. Ça vous va ? Il s'y passe toujours des choses intéressantes.

— Bon, comme vous voulez.

Les mots n'avaient été que murmurés. Troublée par le regard de Chet, elle tourna la tête et enfonça les mains dans ses poches. Chet lui emboîta le pas.

— Vous avez l'air d'en savoir long sur moi, dit-elle

pour amorcer la conversation. Il serait juste que vous me parliez un peu de vous.

Autant commencer ainsi, songea-t-elle. Mais commencer quoi ? Pouvait-elle se lier d'amitié avec cet homme, d'amitié ou d'autre chose ?

— J'ai trente-trois ans et je n'ai jamais été marié, déclara Chet comme s'il avait lu dans ses pensées.

— Pourquoi ?

— Vous en avez vingt-cinq et c'est une question que je ne vous ai pas posée, aboya-t-il.

Il parut regretter son accès d'humeur et reprit sur un ton plus doux :

— Je n'ai pas trouvé de femme qui désire s'accommoder de moi.

— On pourrait dire la même chose de moi, dit Monica avec un petit sourire embarrassé. Je ne sais pas très bien me comporter avec les hommes. Je croyais que si, mais je me trompais.

— Vous avez l'air de parler d'expérience. Je suppose que quelqu'un vous a blessée ?

Elle secoua la tête pour écarter la question.

— C'est de vous que nous parlions, rappelez-vous.

Le visage de Chet se renfrogna. Ce sujet l'ennuyait.

— Que voulez-vous savoir de moi ?

Elle haussa les épaules.

— Quelles études vous avez faites, dans quelle école... pourquoi vous avez choisi de devenir détective, tout ce genre de choses.

Chet lâcha un soupir de résignation. Autant céder immédiatement. Ensuite, il pourrait ramener la conversation sur elle, ce qui l'intéressait beaucoup plus.

— J'ai fait des études de criminologie à l'université de Washington et ensuite je suis rentré dans la police. Au bout de quelques années, j'ai décidé de voler de mes propres ailes. Voilà.

120

Ce récit comportait visiblement de grandes et nombreuses lacunes mais, craignant d'avoir aussi à fournir les pièces manquantes de son histoire, elle renonça à insister.

— Vous aimiez être policier?

— Oui et non. Quand j'ai été blessé...

— Vous avez été blessé?

Le cri lui avait échappé. Le cœur battant, elle l'examina de la tête aux pieds, cherchant une infirmité quelconque.

— Ce n'était qu'un peu de chair blessée. Rien de grave, physiquement du moins.

Il s'interrompit comme s'il craignait de trop parler.

— Que voulez-vous dire?

— Rien. Restons-en là. D'accord?

A son tour, elle comprit qu'elle n'obtiendrait rien de plus. Il avait été blessé. Un étrange malaise envahit Monica. Il avait souffert. Elle se sentit touchée, elle aussi.

Ils arrivaient aux quais. C'était une journée grise et froide; les eaux du Puget Sound reflétaient un ciel courroucé. La foule des promeneurs envahissait les trottoirs.

— Qu'est-ce qui vous a poussé à devenir détective privé? répéta-t-elle lorsqu'ils eurent atteint l'extrémité d'une jetée.

Elle tourna le dos au vent. Accoudé à la rambarde métallique, Chet lui jeta un coup d'œil.

— La réponse ne va pas vous plaire.

— La question a quand même été posée, répondit-elle, irritée de son attitude condescendante.

— Très bien. Puisque vous l'avez posée, je vais y répondre. Ce qui m'a poussé à devenir détective privé, c'est une belle blonde peu encombrée de principes moraux mais dotée d'une paire de jambes fantastique...

— Vous avez raison, coupa Monica. Je ne veux pas en entendre plus.

— C'est bien ce que je pensais.

Ils reprirent leur promenade et entrèrent dans une boutique qui vendait souvenirs, coquillages et petits bijoux. Curieuse, Monica fureta dans le fond du magasin et découvrit un éventail japonais orné d'un dragon aux couleurs vives. Elle l'ouvrit et l'agita devant son visage.

Chet souriait. Elle le regarda par-dessus l'éventail. Il perdit son expression amusée et ses yeux s'assombrirent jusqu'à devenir noirs comme une nuit sans lune. Cette hostilité soudaine la déconcerta; elle referma l'éventail d'un coup sec et le reposa sur la table. Qu'avait-elle fait pour lui déplaire aussi brusquement? Il la retint par le bras.

— Vous êtes très belle, quand vous le voulez.

Les mots la troublèrent autant que son regard.

Elle s'échappa. Un peu plus loin se trouvait exposée une guirlande de colliers. Elle en prit un et le fit glisser dans sa main. Une graine de moutarde sertie dans une larme de verre constituait le pendentif. Elle se souvint du verset de la Bible comparant la foi à une graine de moutarde.

— La foi, voilà quelque chose qui nous dépasse, dit Chet.

Elle le dévisagea avec ahurissement.

— Vous avez lu la Bible?

Par pure courtoisie, il aurait préféré ne pas rire. Ce fut impossible.

— Je ne suis pas un païen, Monica, même si ma réputation est épouvantable, bistrots mal famés et femmes aux mœurs légères.

— Je comprends.

Honteuse, elle se dirigea vers la sortie. A sa grande surprise, Chet reprit le collier dans le rayon et l'apporta à la caisse.

— En quoi croyez-vous ? demanda-t-elle tandis qu'ils attendaient leur tour pour payer.

— Faut-il que je croie à quelque chose ?

La question le mettait visiblement mal à l'aise.

— Tout le monde croit en quelque chose, qu'on l'admette ou non.

Elle avait pris un ton assuré qu'elle se reprocha aussitôt. Ses propres croyances avaient été définies par ses parents alors qu'elle n'était qu'une enfant. De quel droit donnait-elle des leçons ? Il garda le silence un long moment.

— Je crois que la vie est une garce, dit-il enfin.

Monica se hérissa. Mais si les réponses de cet homme lui déplaisaient, qu'elle cesse de poser des questions.

Chet paya puis, se plaçant derrière la jeune fille, lui glissa le collier autour du cou. La larme de verre la fit frissonner.

— Merci, dit-elle, très touchée.

— N'en faites pas toute une histoire, ça n'a coûté que deux dollars, riposta-t-il comme s'il regrettait son geste.

Ils sortirent dans la rue. Défiant toutes les prévisions météorologiques, la neige s'était mise à tomber en gros flocons drus qui tapissaient déjà le trottoir.

— Je vais courir jusqu'à l'arrêt de bus, dit-elle.

Il lui fallait se hâter, elle avait déjà une heure de retard et la circulation risquait d'être interrompue. Ils remontèrent la colline le plus vite possible. Les rues étaient complètement embouteillées, comme si tout le monde avait décidé de rentrer au même moment. Au bout de quelques minutes sous l'abri du bus, Monica comprit que l'attente serait longue.

— Rentrez chez vous, dit-elle à Chet. Ça ira très bien.

Il refusa de l'abandonner. Une demi-heure s'écoula encore sans que le bus apparaisse.

— C'est ridicule, dit Chet. Je vais vous ramener chez vous en voiture.

— Mais il neige. Regardez comme on roule mal.

— Nous attendrons que la tempête de neige se calme et dès que ça ira mieux, je sortirai ma voiture du parking.

Sans lui laisser le temps de protester, il la poussa hors de l'abri et lui prit la main de peur que la foule ne les sépare.

— Où allons-nous ? cria-t-elle pour se faire entendre malgré le vent et la neige.

Il ne répondit pas. Pliés en deux pour lutter contre les rafales, ils parvinrent au bout de quelques minutes à un immeuble de brique. Dès qu'ils furent à l'abri, Chet tapa des pieds et brossa son manteau.

— Où sommes-nous ? demanda-t-elle en l'imitant.

Il la poussa dans l'ascenseur.

— Chez moi. Ne prenez pas un air outragé, je promets de ne pas vous toucher.

— Il faut que j'appelle mon père, sinon il va s'inquiéter.

— Pas de problème.

Ils sortirent de l'ascenseur et Chet précéda la jeune fille dans un couloir étroit et sombre. Une porte d'un blanc laiteux portait son nom. Il introduisit la clef dans la serrure, ouvrit et s'effaça devant Monica.

La première chose qu'elle vit fut le calendrier représentant une femme nue dont les cheveux blonds tranchaient sur le velours noir d'un canapé.

Des caractères gras annonçaient, en bas à droite, l'année 1963. Le bureau avait sûrement fait la guerre. L'encombrement était tel qu'on en voyait à peine la surface. Quant au fauteuil, il datait des années vingt. De vieux appareils à sous s'alignaient contre un mur.

— Voici mon bureau, annonça Chet en contournant Monica qui ne parvenait pas à entrer.

— Votre calendrier n'est pas de cette année, bredouilla-t-elle, faute de remarque plus judicieuse.

— Il n'y a que les femmes pour s'en rendre compte, dit-il en riant.

Il traversa la pièce et ouvrit la porte du fond.

— Home, sweet home, chantonna-t-il.

Monica, qui venait tout juste de s'habituer au désordre du bureau, retint son souffle à l'idée de ce qu'elle allait découvrir dans l'appartement. Elle s'arrêta sur le seuil.

— Ce n'est pas si mal que ça, lâcha-t-elle étourdiment.

Comparé au chaos de la première pièce, le studio offrait une vision quasi sereine.

De la vaisselle propre séchait à côté de l'évier et la seule nourriture visible se résumait à trois bananes trop mûres alignées sur une assiette. Sur un coin du canapé, une pile de linge attendait.

— Le téléphone est à côté de la télévision, lança Chet. Je vais préparer du café.

— Merci.

Elle pénétra audacieusement dans l'antre de Chet. Son père répondit à la seconde sonnerie.

— Je suis coincée par la neige, expliqua-t-elle.

— Je ne comprends pas pourquoi tu n'es pas partie avec les autres, s'écria son père d'un ton irrité qui lui était inhabituel. Et quand penses-tu rentrer à la maison ?

— Je suis une grande personne, papa. Je suis capable de prendre soin de moi. Cesse de t'inquiéter. Si j'ai un problème, je t'appellerai, c'est promis.

Plutôt que d'entamer une conversation qui nécessiterait d'autres explications, Monica raccrocha. Chet lui tendit une tasse de café fumant.

— C'est de l'instantané, dit-il.

D'un grand geste de la main, il repoussa le linge qui encombrait le canapé.

Monica s'assit sur le bord et, le dos rigide, les genoux serrés, tint sa tasse à deux mains. Elle s'était rarement sentie aussi peu à sa place. Chet avait promis de se conduire en gentleman, mais était-ce bien ce qu'elle désirait, après tout?

— Détendez-vous, dit-il, vaguement agacé. Je ne me jetterai pas sur vous, je vous l'ai dit.

Elle affecta de ne pas avoir entendu. Parler du temps lui parut sans risque.

— A-t-on dit si cette chute de neige devait durer longtemps?

Elle regrettait à présent de ne pas avoir attendu le bus. Elle aurait eu froid et le trajet aurait été pénible mais au moins cette situation gênante aurait été évitée.

— Chérie, l'homme de la radio n'était même pas au courant qu'il allait neiger.

Elle se figea. Dans sa bouche, le mot « chérie » avait sonné comme une insulte.

— Je préférerais que vous ne m'appeliez pas ainsi.

— Comment?

— « Chérie ».

— Pourquoi?

— Écoutez-moi bien, mon cœur, répondit-elle en raillant. Je ne suis ni votre chérie, ni rien d'autre de ce genre.

— Je n'ai rien prétendu de tel. Bon, oublions ça. D'accord?

Il alla vider le fond de sa tasse dans l'évier.

— Je vais vous ramener maintenant.

Elle jeta un œil par la fenêtre. La tempête de neige faisait rage. Chet avait hâte de se débarrasser d'elle. Elle-même ne demandait qu'à s'en aller. Que faisait-elle chez un inconnu qui décorait son bureau d'une femme nue? Ce n'était pas sa place.

— Je peux prendre le bus, suggéra-t-elle, bien qu'elle ignorât si les transports en commun fonctionnaient encore.

Le regard de Chet ne cachait pas ce qu'il pensait de cette idée.

Monica boutonna son manteau et le suivit. Un vent glacial balayait le parking à ciel ouvert. Chet guida la jeune fille vers une Chevrolet Impala cabossée. Quant au vert pâle de la carrosserie, il n'était sûrement pas d'origine.

— Ma Mercedes est en réparation, dit-il en ouvrant la portière du passager.

Monica se glissa sur le siège défoncé et, après quelques tâtonnements, finit par comprendre comment s'enclenchait la ceinture de sécurité. Le moteur revint à la vie avec un rugissement de lion et la Chevrolet s'ébranla.

Les rues étaient complètement enneigées et la circulation tenait du cauchemar. Chet se révéla un excellent conducteur et parvint à se dégager adroitement de chaque bouchon. Une fois qu'ils furent sortis du centre-ville, le trafic devint plus fluide.

Le trajet s'effectua dans un silence contraint. Comme ils approchaient de son quartier, Monica se crispa à nouveau.

— Déposez-moi un peu avant chez moi, dit-elle.

— Pourquoi ? Vous n'avez pas de bottes. Vos pieds seront trempés en deux minutes.

— Oui, mais...

— Vous voulez éviter d'avoir à fournir des explications à votre père ?

— C'est ça, admit-elle dans un murmure.

Il s'arrêta un peu plus loin. L'église et le presbytère étaient visibles mais il était peu probable que son père l'aperçoive.

Monica était moins pressée de quitter Chet. Elle pressa son sac des deux mains.

— Merci, dit-elle en tripotant le collier. Merci pour tout.

— N'y pensez plus.

— Mais si, protesta-t-elle avec un regain d'énergie. Vous n'étiez pas obligé de me faire un cadeau ni de me raccompagner jusqu'ici. Je vous en suis très reconnaissante... même si je ne l'ai pas toujours montré.

Dieu seul savait combien de temps il lui faudrait pour regagner le centre. L'état des rues n'avait pu qu'empirer.

Les deux mains cramponnées au volant, Chet regardait droit devant lui.

— Je n'ai pas l'impression que nous ayons résolu quoi que ce soit.

— Vous n'êtes pas le monstre que je pensais, déclara-t-elle, balayant tous ses préjugés.

La franchise, cependant, s'avérait un fardeau encombrant. Une fois cela admis, avaient-ils progressé ? Vers quoi ? Elle l'ignorait et doutait que Chet en sache plus.

— Vous n'êtes pas aussi pudibonde que je le pensais.

Ils se regardèrent et un sourire plein de tendresse

128

se dessina lentement sur leurs visages. Le temps s'arrêta dans une sorte de vibration, comme si quelque démiurge avait décidé d'attendre que les deux personnages passent enfin à l'action. La neige qui tombait toujours aussi dru étouffait les sons et les enveloppait d'une ouate sereine.

Qui bougea le premier? Nul ne le sut mais le visage de Monica se retrouva à quelques centimètres de celui de Chet. Leur souffle était à peine audible. Elle aurait dû s'écarter, se sauver avant qu'il ne soit trop tard. Son corps s'y refusait obstinément. Ensorcelée, elle posa les mains sur les épaules de Chet, des épaules solides, fortes. Ce contact timide lui fit perdre la tête. Il se pencha et réclama la bouche de Monica comme un dû.

Ce baiser ne ressembla pas du tout au précédent. Ce fut beaucoup mieux, ou bien pire. A contrecœur, Monica s'écarta. L'émotion l'avait mise au bord des larmes. Les mains de Chet s'emparèrent de son visage et il l'embrassa avec une ardeur accrue.

Un baiser insistant qui fit naître en elle un frisson intense. Des vagues brûlantes parcoururent son corps. Chet, son odeur, son goût, son contact, tout lui devint sensible comme une partie d'elle-même.

Lorsqu'ils s'écartèrent, à bout de souffle, ni l'un ni l'autre ne sut quoi dire.

Monica leva les yeux. Chet paraissait bouleversé. Elle reconnut dans son regard ses propres doutes, son ahurissement, les questions qui la taraudaient. Ils se dévisagèrent longuement, insensibles au temps qui s'écoulait.

— Vous feriez mieux de rentrer, dit-il d'une voix qui semblait monter d'un puits profond.

Hochant la tête, elle se tourna vers la portière.

— Le chœur chante en ville un de ces jours? demanda-t-il.

C'était cousu de fil blanc. Il voulait la revoir.

— J'avais l'intention de faire quelques courses de Noël, annonça-t-elle en évitant de le regarder.

— Quand ?

Question épineuse. Elle avait pensé y aller un jour ou l'autre de la semaine suivante mais soudain cela lui parut beaucoup trop éloigné.

— Lundi soir, lança-t-elle. Vers six heures.

Sans attendre de réponse, elle sortit précipitamment de la voiture. Trottinant aussi vite que possible dans la neige épaisse, elle remonta la rue jusque chez elle et ne s'autorisa à regarder derrière elle qu'une fois arrivée sous le porche.

La voiture de Chet n'avait pas bougé.

9

C'est au moment où les choses se mettent en place que tout déraille, ruminait Jody en revenant du bureau le mardi après-midi. La neige qui avait surpris Seattle le dimanche s'était transformée en gadoue dès le lendemain matin.

Ce trajet lui était tellement familier qu'elle aurait pu l'effectuer les yeux fermés. Pour éviter les carrefours embouteillés, elle emprunta une rue qui lui fit longer l'hôpital de la Providence.

Sans trop bien comprendre quelle mouche la piquait, elle entra dans le parking et arrêta sa voiture. Glen avait parlé d'aller manger une pizza avec Timmy le lendemain soir. Elle avait décliné l'invitation sous le prétexte qu'elle avait oublié son agenda chez elle. Il avait paru à la fois surpris et déçu mais n'avait pas insisté.

Timmy affirmait à présent qu'il ne voulait pas d'un autre père. Depuis qu'il avait attentivement examiné les trésors de Jeff, son père biologique était devenu réel. Par conséquent, il aurait été à la fois malhonnête et stupide d'entretenir toute relation suivie avec Glen.

C'était la première fois que Jody éprouvait le besoin d'aller voir la crèche. Le moment était venu, lui semblait-il. Le moment idéal et, en même temps, le pire.

Elle s'arrêta devant la nativité et respira profondément.

— Jeff, marmonna-t-elle, aide-moi !

Bien sûr, il était peu probable qu'il pût l'entendre, encore moins lui répondre. Mais à qui d'autre s'adresser alors qu'elle ne savait quelle voie choisir ?

— Glen t'aurait plu, reprit-elle à mi-voix. C'est exactement le genre d'homme dont tu aurais aimé être l'ami.

Pour seule réponse lui parvint le bruit de la circulation. Ce qui n'apportait ni secours ni peine supplémentaire. Elle se recueillit un instant, en quête d'un réconfort, si mince fût-il, avant de regagner sa voiture.

Timmy était là, comme prévu. Chaque jour, avant de quitter le bureau, Jody appelait la nourrice qui laissait partir le petit garçon. Il dévalait la rue, ouvrait la maison et y attendait sa mère. Ainsi se sentait-il traité moins en enfant qu'en jeune homme. Moins en Timmy et plus en Tim.

Les fenêtres de la maison étaient éclairées. Timmy jouait avec son jeu vidéo et la télévision hurlait dans la pièce.

— Glen a appelé, annonça-t-il.

— Tu as pris le courrier ?

— Il est à la cuisine. Rien d'intéressant. Que des factures.

Jody examina rapidement la petite pile. Pas de cartes de Noël, remarqua-t-elle avec un sentiment de déception, bien qu'elle n'ait pas encore posté les siennes.

— Tu vas rappeler Glen? demanda Timmy qui s'acharnait sur les commandes de son jeu.

— Dans une minute.

Elle s'assit sur le canapé, derrière son fils qui, agenouillé sur la moquette, gardait les yeux rivés sur l'écran.

— J'aimerais que nous parlions un peu, tous les deux.

— Une minute, m'man.

— Bon, si ça suffit pour sauver le monde, je veux bien attendre une minute.

Il laissa son jeu le temps de lui jeter un regard irrité.

— Avec le football, on n'peut pas sauver le monde.

— Oh, pardon.

La partie perdue, il soupira et se tourna vers elle.

— Voilà, fit-il. Je suis prêt.

— Glen voudrait nous emmener dîner un jour de cette semaine. Qu'en penses-tu?

Le visage de Timmy prit une expression enthousiaste puis ses yeux se posèrent sur les trophées alignés sur le rebord de la cheminée et sa bouche se plissa.

— Je n'ai plus besoin d'un autre papa.

— Je voulais en être sûre. Tu parles sérieusement?

Bien qu'il ne pût cacher son regret, Timmy déclara d'une voix ferme :

— Je parle très sérieusement. Tu peux appeler Glen et lui dire non.

Un silence inhabituel régna durant tout le dîner. La vaisselle lavée, Jody appela Glen. Il était sorti et le répondeur s'enclencha. Soulagée et honteuse à la fois, elle laissa un message déclinant l'invitation.

Timmy dormait profondément lorsqu'on sonna à la porte. Jody jeta un œil à sa montre. Qui pouvait bien passer à une heure aussi tardive sans s'être annoncé ? Une personne animée de mauvaises intentions ne sonnerait pas, songea-t-elle après une brève hésitation.

Glen se tenait sur le seuil.

— Oh, Glen...

— Je sais qu'il est tard, mais auriez-vous un moment à m'accorder ?

— Bien sûr, dit-elle en s'effaçant.

Un courant d'air glacial pénétra dans la maison en même temps que lui. Il se frotta les mains, autant pour se donner une contenance que pour se réchauffer.

— Voulez-vous une tasse de café ?

— Si ça ne vous ennuie pas, répondit-il, l'air confus. Je n'aurais pas dû venir.

Jody eut honte d'avoir refusé son invitation. Par répondeur interposé, de surcroît. Une pure lâcheté.

— Je vous en prie, asseyez-vous, dit-elle en le poussant vers la table de la cuisine.

Elle sortit la cafetière, versa l'eau, disposa le filtre, dosa le café. Durant toute la durée des opérations, Glen resta debout. Elle comprit que les bonnes manières n'y étaient pour rien. Mais plutôt la nervosité et les soucis.

— Je ne sais comment m'exprimer, commença-t-il en posant les mains à plat sur la table. Je vais sûrement me couvrir de ridicule. C'est ce qui m'arrive invariablement avec les femmes.

— Je n'en crois pas un mot.

Le remords de Jody grandissait jusqu'à devenir tangible. Peu d'hommes étaient aussi gentils que Glen et elle l'avait traité comme un chien qui tout à coup a cessé de vous amuser.

— En fait, je suis venu vous demander ce que j'avais fait de travers.

— Vous n'avez rien fait de travers, voyons !

— Si. D'abord, je me rends bien compte que je vous ai bousculée et pressée. Il faut que vous m'en excusiez. Je le regrette vraiment. Ce qu'il y a, c'est que Timmy et vous, vous comptez beaucoup pour moi. Alors l'idée que j'aie pu...

— Glen, l'interrompit-elle, croyez-moi, il ne s'agit pas de quelque chose que vous auriez dit ou fait. Mais Timmy a reçu un paquet de sa grand-mère qui contenait les trésors d'enfance de Jeff. Et maintenant...

— Et maintenant, enchaîna Glen, Timmy pense qu'accueillir un autre homme dans sa vie serait trahir la mémoire de son père.

Après une pause, Glen ajouta :

— Plus grave encore, vous aussi. Je sais combien vous aimiez Jeff. C'est l'une des choses qui m'a le plus touché chez vous. Vous n'êtes pas femme à donner votre cœur à la légère. Quand vous le faites, c'est sérieux.

Le compliment la fit rougir.

— Cela me plaît, Jody, parce que je suis comme vous. J'ai aimé et, quand l'histoire s'est terminée, ça a été épouvantable. Pour moi, l'amour, c'est plus qu'une entente sur le plan physique. Cela implique de faire partie intégrante de la vie de l'autre. Aimer, c'est tenter d'accomplir ce dont on avait rêvé sans s'en croire capable ; c'est trouver en l'autre le courage de se surpasser et, s'il y a échec, de recommencer. Voilà en quoi consiste l'amour.

Jody ne sut que répondre. Glen était un homme exceptionnel, elle n'en rencontrerait pas de semblable avant longtemps. Un homme que n'obsédait pas son propre nombril, c'est-à-dire une espèce rarissime. Sa déception amoureuse et la souffrance endurée ne l'avaient pas fait se replier sur lui-même ; il voulait aimer à nouveau, donner sa confiance, s'offrir.

— Cela fait longtemps que j'ai envie de me marier, reprit-il. Voilà pourquoi je vous ai bousculée. J'en suis navré, sachez-le.

Il se leva brutalement comme si la position assise lui était devenue tout à coup insupportable.

— Il faut que vous compreniez bien ceci : je n'ai pas du tout l'intention de remplacer Jeff. Ce serait impossible. Je demande seulement que vous me laissiez une petite place dans votre vie et que nous apprenions à nous connaître.

Jody se souvint de l'air enthousiaste qu'avait eu son fils lorsqu'elle lui avait parlé du dîner avec Glen, puis de son expression abattue lorsque son regard avait rencontré les trophées de son père.

Glen se gratta la tête. Apparemment, il avait encore des choses à dire.

— Évidemment, ma réaction vous surprend peut-être. On attend d'un homme qui a subi une rebuffade qu'il prenne un air désinvolte et encaisse sans broncher. Pardonnez-moi, Jody, si je vous ai mise mal à l'aise ; je tenais à vous dire ce que j'avais sur le cœur.

Il recula dans le couloir.

— Glen ? appela Jody tandis qu'il ouvrait la porte d'entrée.

— Oui?

— Merci d'être passé. Je vais réfléchir à ce que vous m'avez dit. De toute façon, à bientôt, devant la photocopieuse.

Le regard insistant de Glen ne la quittait pas.

— Je peux être patient, Jody. J'avoue que je ne l'ai guère montré jusqu'à présent, mais désormais je le serai, je vous le jure.

Sur ces mots, il partit.

— Elles arrivent.

Bonnie Stewart passa la tête dans la salle de travail où Leah terminait de ranger. Sa patiente venait d'accoucher de son troisième enfant, une belle petite fille de quatre kilos. Tout s'était bien passé et les parents étaient enchantés.

Leah, qui aurait dû être partie depuis plus d'une demi-heure, n'avait qu'une envie, s'éclipser avant l'arrivée du groupe de futures mères. Se heurter à dix femmes enceintes se pavanant dans les couloirs et les salles d'accouchement lui laissait toujours un goût amer dans la bouche.

C'était injuste de sa part, bien sûr, mais l'expérience était trop pénible. S'occuper d'une patiente, ou même de deux ou trois à la fois, elle y parvenait tout juste. Un groupe entier, cela dépassait les limites de sa patience.

— Je m'en vais tout de suite, jeta-t-elle en s'activant.

Sans qu'elles en aient parlé, Bonnie savait que ces visites de futures mères troublaient son amie et elle la prévenait dès qu'elle voyait arriver un groupe.

Trop tard.

— Salut, Leah.

Jo Ann Rossini entrait dans la pièce, suivie d'une

douzaine de jeunes femmes à tous les stades de la grossesse.

— Mesdames, voici l'infirmière dont je vous ai parlé ; j'espère sincèrement que vous aurez la chance d'accoucher quand elle sera de service. Leah Lundberg a un talent particulier pour les accouchements.

Leah hocha la tête. Le compliment l'avait touchée mais elle voulait s'échapper.

— Je m'en vais, dit-elle en entassant le linge dans un panier.

— Je vous en prie, restez un peu. Vous savez bien mieux que moi faire visiter cette salle à ces dames.

— Leah devrait être partie depuis plus d'une demi-heure, intervint Bonnie.

Leah se retint de l'embrasser. Bien sûr, rester au-delà des horaires prévus faisait partie de la routine et même du charme de ce travail, mais affronter tous ces ventres euphoriques alors que rien ne l'y obligeait relevait de la torture.

— Accepteriez-vous de répondre à quelques questions ? demanda une voix timide.

La jeune femme, âgée de dix-huit ans au plus, ouvrait de grands yeux effrayés. Sa main reposait sur son estomac comme pour rassurer l'enfant à naître.

— Deux minutes, alors, répondit Leah, émue malgré elle par l'extrême jeunesse de l'inconnue.

— Selon ma mère, seule une femme qui a enduré l'accouchement peut comprendre ce que c'est, s'écria vivement une autre visiteuse.

C'était une grande et forte femme qui semblait reprocher son état au monde entier, y compris à son mari.

— Vous pensez que c'est vrai ? insista-t-elle d'une voix stridente.

Leah chercha une réponse brève.

— Un médecin peut soigner une maladie ou une plaie infectée même s'il n'en a pas souffert lui-même, répondit-elle d'une voix calme. Sinon, il nous faudrait souvent changer de praticien.

— Combien de temps peut durer le travail? demanda quelqu'un d'autre.

— C'est différent pour chaque femme et pour chaque bébé. J'ai vu des parturientes n'éprouver que quelques brèves contractions et d'autres qui avaient l'impression de donner le jour à dix enfants. Le travail peut durer entre une demi-heure et plusieurs jours.

— Tant que ça?

— Oui, mais la grande majorité des cas se situe entre ces deux extrêmes.

— Merci, Leah, dit Jo Ann. Nous vous sommes très reconnaissantes d'avoir bien voulu répondre à nos questions. Je sais que vous vous apprêtiez à partir, aussi ne vous retiendrons-nous pas plus longtemps.

Elle se tourna vers les jeunes femmes et désigna Leah.

— N'oubliez pas son nom. Quand vous aurez Leah à côté de vous pendant le travail, c'est elle que vous voudrez pour la naissance suivante.

— Une dernière question, lança la virago qui s'était déjà exprimée. Combien d'enfants avez-vous déjà eus?

Leah la regarda droit dans les yeux.

— Aucun, rétorqua-t-elle avant de quitter la pièce.

La vue brouillée, elle courut dans le couloir pour parvenir à la sortie avant de pleurer tout à fait.

— Nous voici à Bremerton, dit Shirley en rejoignant Miséricorde sur la piste d'envol déserte du porte-avions *Nimitz*.

Des étoiles étincelaient dans le ciel comme autant de phares leur indiquant la maison.

— Pourquoi, au nom du Ciel, avoir choisi ce lieu de rendez-vous ?

— J'aime les bateaux, surtout les bateaux de guerre.

Charité et Shirley échangèrent un regard inquiet.

— Et... tu n'as rien à te reprocher ?

Miséricorde prit un air offensé.

— Mon Dieu, j'ai vraiment trop à faire pour jouer avec des bateaux.

— Gabriel ne te le pardonnerait pas, tu le sais, dit Shirley, les bras croisés, l'air dubitatif.

— Je n'ai pas peur de Gabriel, affirma tranquillement Miséricorde. C'est me mettre à dos l'US Navy qui m'embêterait. Ils peuvent se montrer vraiment pointilleux quand une mouche les pique. Quoique, rien qu'une fois, ce serait amusant de...

— Miséricorde ! s'écrièrent d'une même voix Shirley et Charité.

— Allons, vous ne voyez pas que je plaisante ? dit le petit ange en se hissant sans effort sur le pont.

Charité n'était plus sûre de rien. Les humains lui en avaient fait voir de toutes les couleurs mais jamais elle n'avait eu affaire à quelqu'un d'aussi obstiné et stupide que Monica Fischer. Elle avait beau être fille de pasteur et par conséquent l'objet d'une tendresse particulière de la part de Gabriel et de son équipe, cette fille était suprêmement agaçante et d'ici peu...

— Pardon pour le coq-à-l'âne, mais est-ce que ce ne sont pas des sous-marins, là-bas ? demanda Shirley qui, suspendue à la passerelle, désignait des objets flottants noirs et longs, alignés sur les eaux sombres de l'arsenal.

— Je ne comprends vraiment pas comment fonctionne le cerveau humain. Construire un bateau de façon qu'il sombre, quelle idée extravagante !

— Revenons à nos moutons, supplia Miséricorde. J'avoue qu'en ce qui concerne Andrew et Leah je ne sais plus quoi faire.

— Allons bon, fit Charité. Et moi, alors !

— Pour être tout à fait franche, dit Shirley, mes affaires tournent mal.

— Mais je croyais...

— Tu disais pourtant...

Shirley leva la main pour les faire taire.

— La grand-mère de Timmy m'a bousillé le travail. Me voilà revenue en dessous de zéro. Jody a refusé une invitation à dîner de Glen et Timmy s'est mis dans la tête qu'en devenant l'ami de ce charmant avocat il trahissait la mémoire de son père.

Charité eut pitié de ses amies. Elles auraient dû comprendre que rien n'est jamais aussi facile qu'il y paraît. Shirley avait semblé tellement convaincue de tout régler en trois coups de cuillère à pot que sa déception était pénible à voir.

— Que vas-tu faire ?

— Je ne sais pas, avoua Shirley. Glen est un homme patient, mais combien de temps acceptera-t-il que Jody refuse ses invitations ? Je l'ignore. Jusqu'à l'arrivée du paquet de la grand-mère Potter, Timmy travaillait pour moi et nous savons toutes les trois combien c'est important d'avoir un enfant dans son camp.

— Noël, c'est dans combien de temps ? demanda Charité que les mesures terrestres déconcertaient.

— Trois semaines, marmonna Shirley.

— C'est largement suffisant, assura Miséricorde. Sois patiente et fais de ton mieux. Tu trouveras un moyen, j'en suis sûre.

Charité n'avait rien à ajouter. Son propre échec auprès de Monica la déprimait sérieusement. La fille du pasteur prétendait vouloir se marier; or, non seulement elle ignorait les attentions du parti le plus adéquat, mais elle jouait avec le feu en retrouvant en secret un détective privé au comportement suspect.

— Pour moi, ça va de mal en pis, déclara Miséricorde. Shirley m'a donné une bonne idée. Elle disait, et je suis d'accord avec elle, que si Leah découvrait la joie, la vraie joie, celle de l'âme, la sérénité viendrait quasi automatiquement.

— Eh bien, où est le problème?

— Partout, dit Miséricorde qui enchaîna sur le récit de la visite des futures mères dans le service de Leah. Voilà, conclut-elle. Comment l'aider à présent? Moi, je ne sais pas. Elle est encore plus malheureuse que quand je me suis mise à son service.

— Tu avais dit qu'elle semblait s'être résignée, s'étonna Miséricorde.

— Comment en être sûre? Elle a été surchargée de travail, ensuite il y a eu des congés et aujourd'hui elle est prise de remords à l'idée d'avoir rendu son mari très malheureux avec son obsession. En fait, j'ai peur que rien n'ait changé, qu'elle se soit contentée d'enfouir son chagrin un peu plus profondément et que tout bonheur reste impossible.

— Pauvre Leah, dit Shirley.

Elle se tourna vers Charité.

— Et toi? Monica Fischer fait des progrès?

— Elle me rend malade, oui! soupira Charité. Elle n'échange pas trois mots avec Michael alors que c'est un charmant jeune homme.

— Tu parles de lui comme si tu étais séduite.

— C'est le cas. Tout le monde le serait. Voilà un garçon que son métier passionne, qui est bien physiquement et qui couvre Monica d'attentions. Elle n'a rien remarqué de tout ça.

— Et ce détective privé?

Charité leva les mains en signe de désespoir.

— Elle continue à le rencontrer en cachette. M'est avis qu'il lui a complètement tourné la tête.

— Et lui?

— Plus j'en sais sur le compte de Chet Costello, moins il me plaît. Il a mené une vie désordonnée, emplie de violences, et ses amours sont du même acabit. Ça se voit sur son visage, d'ailleurs.

— Qu'attend-il de Monica?

Charité haussa les épaules d'un air perplexe.

— C'est le mystère. Elle est exactement à l'opposé de lui. Il ne partage ni sa foi, ni ses valeurs, ni ses centres d'intérêt. Pourtant, ces qualités dont il est dépourvu l'attirent. Il traîne partout le fardeau d'un passé douloureux et, pour ce que j'en sais, depuis quatre ou cinq ans, il se fiche de tout et de tous, y compris de lui-même.

— Tu sais, son cas n'est peut-être pas désespéré, dit Shirley. Et c'est ce que doit penser Monica, sinon elle aurait cessé de le voir.

— Comment peux-tu dire une chose pareille? protesta Charité.

Elle avait la certitude qu'entre ces deux-là toute relation était condamnée d'avance. Monica n'avait rien à apprendre de Chet, et tout de Michael.

— Vraiment, reprit Miséricorde, je ne sais que te dire. Mes problèmes avec Leah m'ont brouillé le cerveau. Je regrette de ne pouvoir t'aider.

— Ne vous faites pas de mauvais sang, coupa Charité pour réconforter ses amies.

— Il nous reste trois semaines, leur rappela Shirley. Inutile de paniquer. Tout peut encore arriver. Tout.

— Exact, convint Miséricorde dont le regard s'attardait sur le porte-avions *Carl Vinjon*.

L'éclat de ses yeux attira l'attention de Charité qui y reconnut le signe annonciateur de quelque sottise. Pour être franche, elle-même avait grande envie de tripoter le radar. Eh bien, tant pis, advienne que pourra! Les humains et leurs idylles idiotes leur en avaient assez fait voir. Elles pouvaient bien se payer un peu de bon temps.

— Tout à fait d'accord, commenta Shirley qui jeta un regard en coin sur les sous-marins. Tout peut arriver. Tout.

Les équipes de toutes les chaînes de télévision de Seattle se retrouvèrent à l'arsenal de Bremerton le lendemain matin. Le ciel bourdonnait d'hélicoptères, trois sous-marins patrouillaient et dix navires de guerre encerclaient la zone suspecte. L'état-major de la marine était réuni au grand complet et une activité sans précédent se déployait un peu partout.

— Pouvez-vous nous expliquer ce dont il s'agit? demanda le journaliste Brian Lewis à sa correspondante de Seattle.

Marilyn Brock appuya sur les écouteurs de son casque.

— D'après ce que nous avons pu comprendre, les porte-avions *Nimitz* et *Carl Vinjon* ont échangé leurs places. Oui, vous m'avez bien entendue. Le *Nimitz*, qui était amarré au quai 12, se trouve actuellement au quai 24, là où se trouvait le *Carl Vinjon*. Par ailleurs, en dépit de mesures de sécurité très strictes, un objet non identifié est apparu hier soir sur les radars. Les comptes rendus sont plutôt confus.

D'aucuns déclarent qu'il s'agit seulement d'un avion de ligne qui se serait égaré, d'autres affirment avoir reconnu la silhouette d'un ange.

— Un ange? répéta Brian Lewis.

— Vous m'avez bien entendue. Cela mérite d'être signalé, non?

Chet se traitait de tous les noms. Cela faisait près de trente minutes qu'il piétinait à proximité de Westlake Mall et Monica ne s'était toujours pas montrée. Les fougueux baisers échangés avaient dû la troubler et, une fois remise, elle avait probablement décidé de ne plus le revoir. Eh bien, tant mieux. Cette histoire ne menait nulle part.

Qu'était Monica pour lui, sinon une foucade? A peine ces mots eurent-ils traversé son esprit qu'il douta de leur véracité. Ce qu'elle était pour lui restait un mystère indéchiffrable, enfoui au plus profond de lui-même, inaccessible à la raison.

Bon, inutile de prendre racine. Si elle avait voulu le voir, elle serait là depuis longtemps. Une bière fraîche lui ferait oublier sa déception. Il se dirigea vers le Blue Goose.

— Chet! Chet Costello!

Percevant les dernières syllabes, il se retourna et scruta la foule de visages inconnus. Son cœur bondit lorsqu'il repéra la jeune femme qui se frayait laborieusement un chemin entre les badauds.

Ses cheveux tirés en arrière durcissaient les traits de son visage. Pour une fois, trop heureux de la voir, Chet ne s'en soucia pas et ne nota pas non plus la couleur terne de ses vêtements.

Hors d'haleine, elle le rejoignit enfin. Il se retint juste à temps de la prendre dans ses bras et de la serrer contre lui. Ses mains agrippèrent cependant les coudes de la jeune fille.

— J'ai eu du mal à m'échapper, expliqua-t-elle avec un sourire de soulagement. J'avais peur que vous ne soyez plus là.

— J'allais renoncer, avoua-t-il.

Ils bloquaient le passage. Chet posa un bras sur les épaules de Monica et l'entraîna. Ignorant de combien de temps ils disposaient, il était fermement décidé à ne pas en perdre une minute.

— Où allons-nous? demanda-t-elle.

— Que suggérez-vous?

— Je ne sais pas. Et vous?

— Mon appartement. Vous paraissez gelée et là, au moins, nous serons tranquilles.

Elle ralentit l'allure.

— Je... je doute que ce soit une bonne idée.

— Pourquoi?

L'expression innocente de Chet tenait du chef-d'œuvre.

— Nous pourrions bavarder et faire un peu connaissance, proposa-t-elle sans répondre directement à la question.

Bavarder, il n'avait rien contre, mais cela ne constituait qu'une infime partie du programme prévu. Monica avait un corps superbe qu'elle cachait soigneusement sous des vêtements beaucoup trop grands. Il lui fallait découvrir sa féminité et Chet se sentait justement l'âme d'un professeur. Compétent et volontaire. Il y avait une éternité qu'une femme ne l'avait attiré à ce point. Cela le tracassait, d'ailleurs, mais pas suffisamment pour le faire fuir. Il examinerait ses sentiments plus tard.

D'habitude, Trixie, la jeune femme qui travaillait au Blue Goose le week-end, suffisait à satisfaire ses appétits sexuels. Ils entretenaient une liaison de longue date ou plutôt une compréhension mutuelle, ni l'un ni l'autre ne cherchant autre chose que passer un bon moment. Divorcée, avec deux adolescents à élever, Trixie ne tenait pas à s'engager. Lui non plus. La situation les satisfaisait, et voilà tout.

— Il faut que je rentre avant neuf heures, déclara Monica. Sinon, mon père me posera une foule de questions et je déteste mentir.

— Pour l'amour du Ciel, vous avez vingt-cinq ans !

— Vous ne pouvez pas comprendre.

Coucher avec Monica le purgerait définitivement de cette attirance idiote. Un peu comme un exorcisme. Après ça, à lui la liberté !

— Nous pourrions aller prendre un café, suggéra-t-elle.

— On se ferait remarquer.

Elle battit des paupières. L'idée la troublait. Des commérages mettraient le pasteur et sa fille dans une situation embarrassante. Elle aimait trop son père pour prendre ce risque.

— Il y a sûrement un coin tranquille, quelque part, dit-elle.

Chet vit son programme lui passer sous le nez.

— D'accord. Mais à une condition : je veux que vous ôtiez toutes ces épingles de vos cheveux.

Elle le regarda, ahurie.

— Il faut que je détache mes cheveux ?

Il hocha la tête.

— Pourquoi donc ?

— Parce que. Il vous faut une raison ?

— Heu... Non. Mais c'est une requête inhabituelle.

Les doigts de Monica creusaient le chignon à la recherche des épingles ; une grosse masse de cheveux libérés se répandit sur ses épaules en cascade généreuse. Très gênée, elle baissa les yeux.

Il ne s'était pas trompé. Monica avait gagné en douceur et en féminité. Elle était ravissante, encore plus qu'il ne l'avait pensé. On pouvait imaginer sans peine l'éclat qu'ajouterait un peu de maquillage sur ce visage lisse.

Les mains pleines d'épingles, elle parut attendre un commentaire.

— Bravo, dit-il. Vous n'avez plus l'air de la vierge qu'on va jeter aux lions.

— Comment?

Chet éclata de rire.

— Venez, s'écria-t-il en la prenant par la main. Allons boire un café avant de commencer à nous disputer.

— Si je me coiffe et m'habille ainsi, c'est pour une raison bien précise, répliqua-t-elle. J'essaie de promouvoir un esprit d'humilité et de modestie. Dans le monde où nous vivons, avec toutes ces filles qui se prennent pour Madonna, il est de mon devoir de défendre une certaine pureté d'allure et de mœurs.

— Chérie, écoutez-moi bien. Vous ne devriez pas critiquer les dessous affriolants tant que vous n'en avez pas porté. Promettez-moi seulement de me convier pour l'essayage.

— S'il vous plaît, évitez-moi ce genre de discours.

Il regretta aussitôt sa plaisanterie. Elle s'effarouchait comme un jeune poulain. Le retrouver à l'insu de son père était sans doute l'acte le plus audacieux qu'elle eût jamais commis.

— Voulez-vous que je me confonde en excuses? demanda-t-il en l'entraînant vers un café miteux qu'il connaissait sur First Street.

— Non.

Tiens? Quelques jours plus tôt, elle aurait exigé des excuses, l'aurait assommé d'un sermon moralisateur et il n'aurait eu la paix qu'en promettant de ne plus recommencer. Il y avait peut-être de l'espoir pour cette fille.

Le café était sinistre. Il eut honte d'y emmener Monica, mais comme elle avait refusé d'aller chez lui, il n'avait pas le choix.

Artie Williams, ex-cuistot dans l'armée, surgit de sa cuisine, le T-shirt et le tablier souillés de taches graisseuses.

Examinant Monica avec une curiosité évidente, il apporta deux tasses.

— Dis donc, dit-il à Chet avec un ricanement éraillé, tu sors de ton monde, avec cette fille.

— Verse le café et garde tes commentaires pour toi, aboya Chet.

Monica était assez coincée comme ça. Inutile que son copain ajoute son grain de sel.

La jeune fille se réchauffait les mains autour de sa tasse de café.

— De quoi voulez-vous parler? demanda-t-elle en évitant son regard.

— Je voudrais savoir ce qui vous a poussée à venir.

S'il parvenait à lui faire admettre leur attirance mutuelle, un grand pas serait franchi.

— Je... je ne sais pas. Michael voulait que je passe chez lui ce soir, j'ai inventé un prétexte pour refuser et ensuite, dans le bus, je n'ai cessé de me traiter de folle.

— Alors, nous sommes fous tous les deux, marmonna-t-il.

Le café était noir et épais, exactement comme il l'aimait. La première gorgée fit grimacer Monica qui

148

s'empressa d'y ajouter trois cuillères de sucre en poudre.

— Où cela va-t-il nous mener? soupira-t-elle.

— Je comptais sur vous pour me le dire.

— Eh bien, je ne suis pas plus avancée que vous. Elle lui jeta un bref coup d'œil.

— Jamais personne ne m'avait embrassée comme ça.

Chet n'en fut pas le moins du monde surpris.

— Ce n'est qu'un début.

— Que voulez-vous dire?

— Le baiser, ce n'est que la partie apparente de l'iceberg. Ce qu'on ne voit pas recèle une quantité de possibilités très différentes.

Elle le regardait, interloquée. Il était clair qu'elle ne comprenait rien de ce qu'il disait. Et soudain, l'évidence lui sauta aux yeux. Monica Fischer, la fille du pasteur, était vierge. Il avait fallu qu'il tombe sur l'un des derniers spécimens d'une race en voie d'extinction.

— Qu'y a-t-il? demanda-t-elle. On dirait que vous êtes en train de gober un ballon de foot.

— C'est exactement ce que je ressens.

Il se leva si brutalement que sa chaise bascula. Jetant une poignée de pièces sur la table, il saisit le bras de Monica et la souleva de sa chaise.

— Venez, on dégage.

Les pieds de la jeune fille touchaient à peine le sol.

— Chet! Que faites-vous?

— On fout le camp.

— Où allons-nous? gémit-elle d'une voix effarée.

— Je vous ramène à l'arrêt du bus.

— Pourquoi?

Elle se dégagea de sa poigne et lui fit face.

— Parce que. Je viens tout juste de comprendre quelque chose. Vous êtes vierge et je suis la dernière personne au monde que vous devriez fréquenter.

— Pourquoi? répéta-t-elle, toujours dans le brouillard.

— Parce que.

Sa voix tremblait d'une colère mal contenue. Colère dirigée contre lui et non contre elle. Quel crétin!

— *Parce que*, ce n'est pas une explication.

Elle courait pour rester à sa hauteur. Chet, apparemment, n'avait qu'une hâte, se débarrasser d'elle.

— Dites-moi ce qu'il y a d'aussi redoutable dans la virginité. Grands dieux, vous en parlez comme d'une maladie contagieuse.

— Très bien. Puisque vous insistez, je vais vous le dire, mais je vous préviens, ça ne vous plaira pas.

Chet s'arrêta au milieu du trottoir, obstruant le passage à la foule encore dense malgré l'heure tardive.

— Moi, ce que j'avais projeté, c'était de vous emmener chez moi avec pour seul objectif: vous séduire... coucher avec vous, précisa-t-il avec une sorte de hargne. Ça y est? Vous avez pigé?

Monica était devenue livide.

— Je vois, bredouilla-t-elle.

— Je n'en suis pas certain. Bonsoir, Monica.

Plantant la jeune femme au milieu du trottoir, il s'éloigna à grands pas.

10

— M'man, il me faut une autre pièce.

Les joues rouges et les yeux brillants d'excitation, Timmy traversait en courant la pizzeria.

— Je suis en train de réduire en miettes le cerveau du Laser Man.

— Je n'aime pas ce genre de jeu.

— M'man, protesta-t-il, c'est pour rire. Je suis en train de gagner, enfin j'étais en train de gagner mais il me faut une autre pièce. Vite, il faut que j'y retourne avant que quelqu'un prenne ma place.

A part les enfants agglutinés devant les jeux vidéo dans le fond de la salle, il y avait peu de monde.

— Bon, encore une partie, dit Jody en fouillant dans son sac.

Elle avait été très soulagée que Timmy accepte cette sortie avec Glen et n'osait en gâcher le plaisir.

— Tiens, dit l'avocat en sortant de sa poche une pleine poignée de pièces. Prends ce qu'il te faut.

— Tout ça ?

La monnaie emplit ses petites mains. Les yeux écarquillés, il se hâta de l'empocher.

— Merci, merci beaucoup.

— Amuse-toi bien.

— Ça, c'est sûr, s'écria-t-il en s'élançant vers les appareils.

— Je ne suis pas convaincue que ce soit une bonne idée, soupira Jody.

Glen devait éviter de trop gâter son fils, sinon celui-ci en viendrait à considérer le jeune homme comme son père Noël personnel.

— J'ai une bonne raison, dit Glen avec un sourire. Pendant qu'il joue, nous pouvons parler tranquillement.

Jody y avait pensé mais qu'il le formule à haute voix la mit mal à l'aise. Accepter ce dîner avait déjà représenté une grande décision.

Elle avait oscillé entre la peur de dire oui et la peur de dire non. La peur de ce qu'elle devenait, la

151

peur de ce qu'elle était déjà devenue. Elle était restée si longtemps immobile qu'il se pouvait bien qu'elle eût déjà pris racine, comme les fleurs de son jardin qu'elle soignait avec tant d'amour. Petit à petit, Glen la poussait en avant. Chaque pas était un supplice. Chaque pas était lourd de conséquences.

— Ça ne s'est pas trop mal passé jusqu'à présent ? demanda Glen.

Admettre la vérité fut difficile.

— C'est vrai, c'est une soirée très agréable.

Timmy s'amusait sans contestation possible ; il avait engouffré une pizza, des saucisses et un énorme Coca-Cola. Jody était sidérée. D'ordinaire, une seule pizza nourrissait la mère et le fils.

— Vous sentez-vous suffisamment rassurée maintenant pour que nous puissions envisager une autre soirée ?

Les yeux de Glen la fixaient avec une telle intensité qu'elle détourna son regard.

Il profitait des circonstances. Et ils n'en étaient qu'au début, songea-t-elle ; une multitude d'appréhensions l'envahit.

Les choses n'allaient pas devenir plus faciles. Bien au contraire. Bientôt Glen voudrait la prendre dans ses bras et l'embrasser. Il n'y verrait que la conséquence normale de leurs sorties.

Il n'avait pas fait mystère de son objectif final : une femme et des enfants. Dès le début, il l'avait clairement annoncé. Le rôle de Timmy était loin d'être négligeable ; le fait qu'elle eût un fils ajoutait au charme de Jody. Glen et lui s'entendaient à merveille. Timmy considérait l'avocat comme la réponse à sa prière. Le nœud du problème était là. Jody voyait Glen par rapport aux désirs de son fils et non par rapport aux siens. Il lui fallait apprendre à regarder le jeune homme en tenant compte d'elle-même.

— J'ai réussi à mettre la main sur deux billets pour *Casse-Noisette*.

— *Casse-Noisette* ?

Tous les ans, à Noël, le Pacific Northwest Ballet donnait ce spectacle qui était, disait-on, à la fois plein de charme et d'éclat. Depuis toujours, Jody en avait entendu vanter la musique et les costumes. Tous ceux de ses amis qui l'avaient vu en étaient sortis éblouis et comblés. Depuis la mort de Jeff, Noël n'était plus une période de réjouissances mais quelques jours pénibles à traverser. Cette année, il en serait autrement, lui chuchota une petite voix.

— J'ai des billets pour jeudi soir. C'est en semaine mais c'est tellement difficile d'obtenir des places que je n'ai pas hésité.

— Heu...

La tentation était très forte.

— Je suis très flattée que vous ayez pensé à moi...

Elle hésitait, partagée entre l'envie d'aller voir ce ballet et la peur de se retrouver engagée dans une amitié, ou même un mariage, avant d'avoir décidé si c'était bien ce qu'elle voulait.

— Alors, vous viendrez ?

Une longue minute s'écoula avant qu'elle n'accepte d'un hochement de tête.

Le visage de Glen s'éclaira et elle comprit qu'elle avait franchi la limite.

Leur histoire, quelle qu'elle fût, venait de commencer.

Tout ce qui avait précédé cette minute n'avait été qu'un prélude. Le moment était venu d'aller au-delà. Il l'était depuis longtemps, mais son obstination l'avait empêchée de l'admettre. Si étrange que cela pût paraître, elle s'était laissé envelopper par son chagrin sans comprendre ce qui se passait.

Plus question de reculer. Elle surmonterait les angoisses ultérieures l'une après l'autre, vaillamment.

Glen dut sentir combien ce oui avait d'importance car il tendit la main et serra celle de Jody.

— Je ne comprends pas très bien pourquoi vous tenez tant à me voir, dit-elle d'une petite voix cassée.

Elle se mordit la lèvre inférieure pour l'empêcher de trembler.

— Vous ne comprenez pas? s'écria Glen avec stupéfaction. Vous êtes très belle et vous avez du caractère. Que faut-il de plus? Votre courage m'a toujours épaté.

Jody eut un petit rire nerveux.

— Alors pourquoi suis-je terrifiée au point de ne plus savoir où j'en suis?

— Parce que vous vous trouvez en territoire inconnu. Face à une situation nouvelle. Mais rassurez-vous, je ne vous obligerai à rien que vous n'aurez d'abord voulu. Oh, bien sûr, je vous asticoterai, je vous bousculerai un peu de temps en temps, mais vous resterez maîtresse des événements. Vous avez ma parole. Rien ne se produira sans votre consentement.

— M'man!

La voix de Timmy retentit haut et clair comme un coup de clairon. Il traversa la salle en courant et s'arrêta dans une embardée devant la table.

— Quand est-ce qu'on va avoir un arbre de Noël? George, le garçon qui m'a montré comment battre le Laser Man, dit qu'ils ont déjà le leur. Et tu sais quoi? Ils sont allés dans une ferme pour l'acheter. Pas une ferme avec des vaches et des cochons, une ferme avec des sapins de Noël... Et devine quoi? C'est eux-mêmes qui l'ont coupé! Nous aussi on pourrait le faire, hein, m'man?

154

Bien qu'elle doutât d'en être capable, Jody releva le défi.

— Je vais me renseigner pour savoir où aller, dit-elle.

— Je connais un endroit, intervint Glen. Au nord de Seattle. Si ça ne vous ennuie pas, on pourrait y aller tous les trois samedi matin. Si nous partons de bonne heure, il nous restera l'après-midi pour le décorer.

— Formidable! cria Timmy en sautant de joie.

— Qu'en pensez-vous? demanda Glen en se tournant vers Jody.

Que pouvait-elle dire sinon accepter? Petit à petit, Glen se faufilait dans leur vie. Elle en éprouvait un mélange de malaise et de contentement.

— Ça sera très amusant.

Les yeux de Glen la remercièrent d'un pétillement heureux.

Les doigts de Monica rebondissaient sur le clavier de la machine à écrire comme des grêlons sur le trottoir. Ses pensées défilaient à la même vitesse.

Les propos de Chet l'avaient abasourdie et privée de toute réaction. Sur le moment. Car dès qu'elle s'était retrouvée dans le bus, la colère s'était emparée d'elle. Ensuite, elle avait passé la nuit à se tourner d'un côté et de l'autre dans son lit, l'indignation grandissant peu à peu jusqu'à atteindre un état de fureur encore jamais éprouvé.

Elle ne s'était pas trompée sur le compte de Chet Costello. Le personnage était abominable. Pire encore que ce qu'elle avait pu imaginer après leur première rencontre. Égocentrique, félon, vulgaire, l'individu était une vivante offense à la simple décence.

Projeter de la séduire, d'utiliser son corps pour sa

satisfaction personnelle, quelle horreur! Imaginer qu'elle l'aurait laissé faire, quelle fatuité! Ensuite, lorsqu'il était devenu clair qu'elle ne céderait pas, il n'avait plus eu qu'une hâte, se débarrasser d'elle. Sans le moindre scrupule, il l'avait rejetée comme un paquet de linge sale.

Un joli plan, bien net, mais avec une faille qu'il n'avait pas prévue : Monica était vierge. Comme si elle était le genre de femme à coucher avec n'importe qui. Avec lui! Le pire était qu'elle avait été réellement attirée par ce voyou. Elle en rougit.

Des larmes brûlantes emplirent ses yeux tandis qu'elle s'acharnait sur son clavier. Grâce au Ciel, son père s'était absenté pour la matinée. A l'idée qu'elle avait failli lui présenter Chet, introduire ce malotru dans leur maison, un petit râle lui échappa. Ç'aurait été un vrai désastre. Son père avait un bon jugement et il aurait percé le caractère de Chet en une seconde. Deux, peut-être.

Monica s'efforça de respirer calmement. Un hoquet la secoua. Le ressentiment jaillit. Elle enfouit son visage dans ses mains. Ses épaules tremblaient, son corps tout entier était secoué de spasmes incoercibles.

De longues minutes s'écoulèrent. Un peu calmée, Monica se redressa et, d'une main rageuse, arracha la feuille de papier de la machine à écrire. A présent qu'elle s'était défoulée en exprimant par écrit ses sentiments, il n'était plus nécessaire de poster la lettre. Ils ne devaient plus ni se voir ni communiquer. Ses doigts cherchèrent le collier. Elle se mit à le tripoter machinalement; depuis que Chet le lui avait offert, pas un jour ne s'était levé sans qu'elle le mette et c'était devenu une habitude.

Chet lui avait dit ce qu'il pensait de la vie. Une

garce. Elle pouvait en tout cas le remercier d'avoir pris l'initiative de la rupture. En elle cependant, une petite zone obscure se rebellait, pleurait ce qui n'avait pas eu lieu.

Elle avait vraiment frôlé le péché, songea-t-elle, terrifiée.

A présent, elle était saine et sauve. Chet était sorti de sa vie. Bon débarras, se répétait-elle sans grande conviction.

On frappa doucement à la porte d'entrée.

— Entrez ! lança-t-elle.

Puis, regrettant aussitôt son ton hargneux, elle répéta plus aimablement son invitation. Une secrétaire de paroisse n'était pas censée aboyer.

— Bonjour, Monica, dit Michael en entrant.

— Bonjour, dit-elle en jetant la lettre froissée dans la corbeille.

— Votre père m'a dit que je vous trouverais ici.

Il se hasarda à faire quelques pas ; son regard croisa celui de la jeune fille et se détourna aussitôt.

— Que puis-je faire pour vous ? demanda-t-elle en cachant son agacement.

Il ne lui manquait plus que du travail supplémentaire. Pendant qu'elle libérait son cœur dans une lettre qu'elle n'enverrait pas, les travaux habituels étaient restés en attente. Elle n'avait même pas ouvert le courrier du matin, remarqua-t-elle à cet instant.

— Le préavis est un peu court mais j'aurais aimé vous inviter à déjeuner. Enfin, si vous êtes d'accord.

L'invitation la prit au dépourvu.

— A déjeuner ?

Un coup d'œil à sa montre lui apprit que la matinée s'était envolée sur les ailes de son exaspération.

— A priori, je n'ai pas d'empêchement, dit Monica sans grand enthousiasme.

— Splendide.

Son regard s'éclaircit et, pour la première fois, elle fut sensible à son charme. Il était bon musicien et avait fait des merveilles pour le chœur de l'église. On lui devait la constitution d'un petit orchestre. Enfin, il consacrait plusieurs heures par semaine à des travaux bénévoles.

Monica l'aimait bien. D'ailleurs, il était impossible de ne pas aimer ce garçon honnête, pieux et respectueux des grands principes. Bref, il avait toutes les qualités requises pour lui plaire.

Mais cela ne s'était pas produit et peu d'espoir demeurait.

— On pourrait aller au Palais de la Crêpe, proposa-t-il. C'est très correct.

— Entendu.

Le Palais de la Crêpe. Le problème était là. Michael était un jeune homme charmant, le serviteur accompli du Seigneur, un garçon modeste, doux, le parti idéal pour la fille d'un pasteur, sauf que... sauf que des crêpes, Monica en avait plus qu'assez et qu'elle était mûre pour une nourriture plus épicée.

Elle avait remarqué un soupçon de piment chez Patrick. Et c'était bien ce qui l'avait attirée chez Chet, comprit-elle soudain. Son audace, son humour, son insolence, son talent pour la déconcerter et la faire rire. Le revers de la médaille, c'était qu'il avait gravement blessé sa fierté.

— Je vais vous chercher votre veste, proposa Michael. Je ne veux pas que vous preniez froid.

Il décrocha la veste bleu marine du portemanteau et la tint ouverte. Un vrai gentleman. Grâce à Dieu, il en existait encore dans ce monde pourri et décadent. Si elle avait une goutte de bon sens, c'était avec

Michael qu'elle nouerait une amitié et peut-être quelque chose d'autre. Et non avec ce goujat de Chet.

Le Palais de la Crêpe étant situé à deux pâtés de maisons, ils décidèrent de s'y rendre à pied. Enfonçant les mains dans ses poches, Monica tendit l'oreille pour écouter ce que disait Michael d'une voix basse et monocorde. Sa concentration était faible et la moitié des propos lui échappa.

Une voiture les rattrapa, du même vert maladif que l'Impala de Chet. Le cœur de Monica fit un bond. Qu'il la voie en compagnie d'un autre homme, ça lui ferait les pieds, songea-t-elle. Et s'il était venu pour présenter ses excuses, elle en exigerait une tonne. Elle garda la tête droite pour lui montrer que son comportement grossier ne l'avait pas réduite en miettes.

La voiture passa trop vite pour qu'elle pût le reconnaître. D'ailleurs, pourquoi serait-il venu ? Les hommes comme Chet Costello étaient incapables de s'excuser.

Ce soir-là, Andrew sortait avec de vieux copains. Leah s'installa au salon avec une tasse de café et son livre. Sans son mari, la maison lui paraissait triste et vide. Le contraste entre son existence et celle de Pam, harcelée de menues tâches incessantes, la frappa une fois de plus.

Ce qu'il lui aurait fallu, c'était un violon d'Ingres. Une activité qui lui fasse oublier l'absence d'enfant. Qui occupât ses moments de loisir afin de l'empêcher de ressasser l'inutilité de sa vie. Pourquoi pas le bénévolat ? De nombreuses causes méritaient qu'on s'y consacre.

Elle se renseignerait après les congés de Noël, se promit-elle.

Elle lut le premier chapitre de son livre, rêvassa cinq minutes puis alla à la cuisine pour se resservir un café. Elle s'arrêta net sur le seuil. Devant la fenêtre, s'alignaient les cactus dont elle prenait grand soin depuis des années. Andrew, prétendant en riant qu'ils n'avaient nul besoin d'être arrosés, elle y mettait une sorte d'acharnement. Les cinq gros pots contenaient chacun une espèce différente et chacune avait donné une fleur.

En l'espace d'une heure.

Des fleurs roses, blanches et rouges avaient poussé depuis le moment où elle avait quitté la cuisine. Une aurait pu échapper à son attention, mais pas cinq.

Des larmes brûlantes emplirent ses yeux. Elle les essuya du revers de la main.

— On dirait bien qu'il n'y a que moi qui sois stérile dans cette maison, murmura-t-elle.

A demi aveugle, elle retourna s'affaler sur le canapé du salon.

Juchée sur un placard de la cuisine, les pieds s'agitant comme un balancier déréglé, Miséricorde émit un énorme soupir. Faire surgir ces fleurs de cactus n'avait pas été chose facile. Et voilà que Leah avait pris ce message à contresens.

Cette floraison inattendue avait eu pour objectif de lui redonner espoir, de lui faire comprendre que Quelqu'un là-haut avait entendu sa prière et qu'on travaillait à l'exaucer. Eh bien, c'était raté. Retour à la case départ.

Shirley avait peut-être eu raison de suggérer que le chemin de la sérénité passait par la joie. Miséricorde n'avait plus qu'à mettre au point un nouveau stratagème. Ce qui, après avoir obtenu que cinq cactus

160

fleurissent simultanément, ne devait pas être trop
difficile.

— Shirley !

Dans un nuage de vapeur dû à son excitation,
Charité débola dans le salon de Jody.

— Tope là ! cria-t-elle en tendant la main.

Quel changement en quelques heures du temps
terrestre ! Pour la première fois depuis que Charité
avait été investie de cette mission, de réels progrès
avaient été accomplis. Monica et Michael étaient
allés déjeuner ensemble. Ce n'était pas grand-chose
mais c'était un début, et surtout dans la bonne direction.

— Chut, voyons, fit Shirley. Reste tranquille.
Timmy pourrait t'entendre. Tu sais bien que les
enfants ont l'oreille fine en ce qui nous concerne.

— D'accord. Mais écoute un peu, j'ai de grandes
nouvelles. Monica et Michael ont déjeuné ensemble
et c'est grâce à moi. J'ai tout organisé à leur insu.
Amener ce garçon timide à débarquer inopinément
dans le bureau de Monica, crois-moi, ça n'a pas été
de la tarte.

— Je t'en prie, parle plus bas, la supplia Shirley,
un doigt sur les lèvres.

— Bon, bon, je vais faire un effort mais il fallait
absolument que je t'annonce cette bonne nouvelle...
Que t'arrive-t-il ?

Shirley venait de pivoter brusquement. Un Timmy
Potter titubait sur le seuil de la pièce en se frottant
les yeux. Sur son pyjama, des tortues à l'air stupide
brandissaient des armes monstrueuses.

Shirley se glissa derrière lui.

— M'man, appela Timmy.

Jody accourut, vêtue d'une longue chemise de nuit qui avait connu des jours meilleurs. Avant de lui chercher un mari, il aurait fallu l'emmener faire quelques courses.

— Timmy, que fais-tu là?

— J'ai entendu du bruit.

Jody alluma une lampe et examina la pièce.

Profitant de ce qu'elle leur tournait le dos, Shirley et Charité se hâtèrent de remettre d'aplomb le bouquet de fleurs et d'arranger la pile de journaux sur la table basse. Puis elles retournèrent se coller au plafond et observèrent la suite.

Jody ne remarqua rien d'anormal.

— Il n'y a personne, tu le vois bien. Tout est en ordre.

— J'ai cru qu'il y avait quelque chose ou quelqu'un, mais j'ai dû me tromper, admit Timmy entre deux bâillements.

— Sûrement, confirma sa mère en le prenant sous son bras pour l'emmener dans sa chambre. A moins que des anges ne soient venus nous rendre visite.

— Tu crois que ça pourrait être ça? s'écria l'enfant, soudain bien réveillé.

Il se frotta les yeux et examina le plafond.

— Qui sait? dit Jody en éteignant la lumière.

L'attitude de Monica à l'égard de Chet varia radicalement en l'espace de deux jours. Il restait un voyou, un goujat, un malotru... mais, flûte, qu'est-ce qu'il lui manquait! Il n'y avait à cela aucune explication, ni aucune solution.

Elle tenta de combler le vide de son existence par un surcroît d'activité. Ménage, rangements, cuisine. La veille au soir, elle avait sorti les décorations de

Noël et les avait accrochées un peu partout dans la maison et au bureau. Impressionné, son père attribua cette débauche d'énergie au long déjeuner où l'avait conviée Michael. Monica se garda bien de le détromper.

Elle ne reverrait pas Chet, elle le savait. Mais lui manquait-elle? Lui arrivait-il de penser aux instants passés ensemble, de les revivre, de les enjoliver ou bien tout était-il déjà oublié?

Elle portait ses cheveux dénoués ce matin-là lorsqu'elle descendit à la cuisine. Son père baissa le journal qu'il lisait et lui adressa un sourire de bienvenue.

— Monica, tu es ravissante.

— Merci.

— Tu dois revoir Michael cet après-midi?

— Je... je ne sais pas.

Son père ne cachait pas l'intérêt qu'il portait au jeune musicien. Il le lui avait déjà désigné comme le mari idéal. Et, évidemment, il avait raison. Comme toujours. Quel dommage que le chef du chœur n'éveillât pas en elle le torrent de sentiments que Chet avait suscité au premier regard. C'était incontestablement un jeune homme parfait. Plusieurs des jeunes filles du voisinage auraient accueilli avec joie des attentions que Monica remarquait à peine.

— J'ai proposé à Michael de venir dîner un soir prochain. Ça ne t'ennuie pas?

— Non, bien sûr. Il est le bienvenu.

Et voilà. Son père se chargeait de programmer le déroulement de leur idylle. Il inventait les prétextes à leurs rencontres et tout doucement, pour n'effaroucher personne, il les amènerait au mariage.

— Ta nouvelle coiffure lui plaira beaucoup, ajouta Lloyd Fischer d'un air satisfait comme s'il en était le créateur.

Elle sourit faiblement.

— A tout à l'heure, jeta-t-elle, pressée d'échapper à la conversation.

— Tu pars déjà?

— J'ai plusieurs choses à faire de bonne heure.

— J'arriverai plus tard. Il faut que je passe voir Mme Williams.

Il finit de boire son lait et alla poser la tasse dans l'évier.

La vieille dame, pratiquante assidue, s'était cassé la hanche et le pasteur lui rendait visite deux fois par semaine au moins.

— A tout à l'heure, répéta Monica en quittant la pièce.

Elle traversa la cour qui séparait la maison de l'église et ouvrit une petite porte qui donnait sur le côté de la nef. C'était là qu'elle avait été élevée et c'était là qu'elle avait passé la majeure partie de sa vie, environnée des mêmes gens bienveillants, bercée par les psaumes et les prières.

Au lieu de gagner directement son bureau, elle s'approcha de l'autel. Une prière monta à ses lèvres et elle se retrouva agenouillée, face au grand Christ, la tête inclinée.

— Guidez-le, Seigneur, murmura-t-elle.

Les larmes affluèrent aussitôt et elle se tut, la gorge nouée. Comment prier pour Chet? Les mots se dérobaient. Mais Dieu comprendrait. Elle lui confiait l'homme et sa vie désordonnée. Il serait en de bonnes mains.

Elle se releva après un long moment de recueillement.

La matinée s'écoula à toute allure. Taper à la machine avec les cheveux dans la figure tenait de la performance. Elle finit par dénicher deux barrettes dans le tiroir du bureau et coinça les mèches folles derrière ses oreilles.

Elle tapait le bulletin paroissial lorsqu'on frappa à la porte. Elle leva les yeux ; son pouls s'accéléra aussitôt. Euphémisme pour décrire le séisme qui la secoua tout entière. Son cœur cognait à grands coups dans sa poitrine et continuer à respirer fut un véritable exploit.

— Je vois qu'en matière de coiffure vous avez suivi mes conseils, déclara Chet en entrant d'un pas assuré.

— Que faites-vous là ?

Oubliant que son père était absent, elle jeta un regard inquiet sur la porte de son bureau.

— Ne vous inquiétez pas. Il est chez Mme Williams.

— Comment... comment le savez-vous ?

Chet entreprit de redisposer à son goût les personnages, les chameaux et les mulets de la crèche.

— Je sais de vous tout ce qu'il y a à savoir.

Elle n'avait aucune envie de jouer au chat et à la souris avec Chet. Il était beaucoup trop malin, et elle trop lasse.

— Qu'êtes-vous venu faire ici ?

— Vous voir. Pour quelle autre raison aurais-je pu venir ? Je ne suis pas le genre de type à fréquenter les églises.

Elle s'était levée sans même s'en rendre compte. Mains pressées sur la poitrine, elle s'efforçait de respirer normalement.

— Je me suis dit que je vous devais quelques excuses.

Cet aveu la surprit.

— Je les accepte, déclara-t-elle en retombant sur sa chaise. Inutile de vous tracasser.

— Il y a une autre raison à ma visite, reprit-il en s'asseyant sur le coin du bureau.

— Qu'est-ce que c'est ?

Les mains suspendues au-dessus du clavier, elle faisait mine de vouloir reprendre son travail quoique, même si sa vie en eût dépendu, elle eût été incapable de frapper correctement une touche.

— Vous avez l'intention de revoir cette chiffe molle de chef de chœur ?

— Cela ne vous regarde pas.

— C'est possible, mais non seulement ce serait malhonnête envers lui, mais en plus vous vous feriez du mal.

Monica en avait plus qu'assez de ses conseils. Les cheveux, le maquillage, ses fréquentations...

— De quel droit me parlez-vous ainsi ?

— Je vous connais, ma chérie.

Il savait qu'elle détestait être appelée ainsi. Il cherchait délibérément à l'irriter.

— C'est du feu que vous avez dans les veines. Le désir, vous y avez goûté, maintenant. Vous savez ce que c'est que de désirer un homme au point d'en avoir mal. Vous ne pourrez plus vous contenter de moins. Plus jamais. C'est trop tard.

— Vous perdez la tête.

— C'est vrai, admit-il. J'ai perdu la tête.

Il se leva et s'approcha d'elle.

Terrorisée, Monica le suivit du coin de l'œil. Chacun de ses nerfs était tendu à craquer et un bourdonnement hurlait dans sa tête, annihilant toute pensée claire.

Lorsque la main de Chet s'appuya sur son épaule, elle n'opposa aucune résistance. Comme les autres fois, ce contact la bouleversa et embrasa ses sens. Il inclina la tête et l'embrassa avec sauvagerie.

166

Elle tenta de s'écarter mais deux mains emprison-
nèrent son visage et toute volonté de résister s'évanouit.

— Mon Dieu, souffla-t-il en la lâchant.

Ce qui n'était sûrement pas une prière.

Un bruit au-dehors le fit reculer précipitamment.

— Voilà quelqu'un, murmura-t-il.

Monica était pétrifiée sur sa chaise, la bouche
encore grande ouverte.

— Qui que ce soit, il faut que vous vous en débar-
rassiez, ordonna-t-il en se glissant dans le bureau du
pasteur.

Il faut que je m'en débarrasse, se répéta Monica,
paniquée. Pour jouer aux gendarmes et aux voleurs,
elle manquait d'entraînement. Que dire ? Que faire ?
La situation la dépassait.

La porte s'ouvrit sur le sourire affectueux de
Michael.

— J'espère que je ne tombe pas à un mauvais
moment, lança-t-il.

— Un mauvais moment, répéta-t-elle avec un
gloussement étranglé. Bien sûr que non. Entrez,
Michael.

11

— Tu es sûre que ça ne te dérange pas ? demanda
Pam, le petit Scotty suspendu à sa jupe. Après tout le
mal que je me suis donné pour cette stupide réception de Noël, qui aurait pu imaginer que ma baby-
sitter allait attraper la grippe ? A la dernière minute,
évidemment. C'est vraiment bizarre. Elle se portait
comme un charme et la seconde d'après, vlan, elle se
retrouve au lit avec quarante de fièvre.

— Tu aurais dû amener aussi Diane et Jason, fit remarquer Leah.

Pam éclata de rire.

— Même ma mère ne se risque pas à prendre les trois d'un coup.

Elle déposa ses sacs sur le canapé et les déballa. Pyjama, vêtements propres pour le lendemain, dinosaure en peluche. Une couverture jaune en lambeaux acheva la panoplie.

— C'est son « dodo ». Depuis quelque temps, il n'en veut plus mais il est possible qu'ici, dans un lit qu'il ne connaît pas, il le réclame pour se rassurer.

— Je le lui laisserai à côté de lui.

— J'ai apporté aussi des pantalons de rechange, dit Pam en en dépliant quatre.

— Je fais plus pipi, protesta Scotty. Je suis un grand garçon.

— Zut! s'écria Pam. J'ai oublié le pot de chambre. Bon, tu n'auras qu'à le tenir au-dessus de la cuvette des W.-C.

— Ne t'inquiète pas. Scotty et moi, nous nous débrouillerons très bien. D'accord, petit père?

— D'accord.

Elle tendit la main qu'il claqua avec énergie.

Pam se redressa.

— J'espère que je n'ai rien oublié d'autre. Voici le numéro où tu peux nous joindre.

Elle sortit un bout de papier de sa poche avant de prendre le petit garçon dans ses bras.

— Promets-moi d'être très, très sage avec tante Leah.

S'accrochant à son cou, Scotty lui déposa un gros baiser mouillé sur la joue.

— Nous allons bien nous amuser, déclara Leah d'un ton euphorique.

168

Elle comprenait combien Pam était troublée de laisser son fils dans une maison à laquelle il n'était pas habitué.

Scotty acquiesça mais lorsqu'il vit sa mère se diriger vers la porte, les traits de son visage se durcirent.

— Vas-y, dit Leah en poussant son amie dehors. Dépêche-toi sinon tu vas arriver en retard chez le coiffeur.

— J'y vais, j'y vais...

— Et ne fais pas cette tête. Tout va bien se passer.

La bouche collée à la vitre de la fenêtre, Scotty regarda la voiture de sa mère reculer jusqu'à la route. Quand il se retourna, sa lèvre inférieure tremblait.

— Tu viens m'aider à préparer le déjeuner? demanda Leah en tendant la main. Oncle Andrew ne va pas tarder à rentrer et il aura faim. C'est toi qui vas décider de ce que nous allons manger, d'accord?

Il secoua la tête. Elle ne sut s'il s'agissait d'un oui ou d'un non.

— Et toi, tu as faim?

La tête de l'enfant s'agita à nouveau.

— Je veux ma maman.

— Elle a un dîner avec ton papa et ses amis du bureau.

— Moi aussi, je veux y aller.

— C'est un dîner où il n'y aura que des papas et des mamans.

Ce n'était sûrement pas ce qu'il désirait entendre car de grosses larmes jaillirent. Le dos à la fenêtre, ses deux petits poings pressés sur les yeux, il offrait un spectacle déchirant. Elle le prit dans ses bras. Scotty enfouit son nez dans le chandail en cachemire et s'y moucha résolument. Voilà ce que c'était d'être mère, d'être aimée et d'être la personne indispensable, songea Leah avec un petit sourire. Elle allait profiter de chaque seconde passée avec ce petit garçon.

Scotty mit un certain temps à s'intéresser à la préparation du repas. Andrew arriva au moment où l'enfant replongeait dans le pot de gelée la cuillère qu'il venait de lécher.

— Je vois que nous avons un invité, lança-t-il en accrochant sa veste au portemanteau.

Les grands yeux de Scotty suivirent chacun de ses gestes comme s'il s'agissait d'un intrus. Pendant ce temps, Leah expliquait à son mari la situation difficile où s'était retrouvée Pam.

— Oh! Des sandwiches au beurre de cacahuètes et à la gelée? s'étonna Andrew en examinant le plat.

— C'est Scotty qui a choisi le menu et c'est lui qui a tout tartiné lui-même! s'écria Leah afin de provoquer quelques compliments.

Il y avait plus de beurre de cacahuètes sur la table que sur le pain mais Scotty rayonnait de fierté.

— C'est bien ce que je pensais, dit Andrew en soulevant le coin d'une des tranches.

Il jeta un coup d'œil à Leah et tous deux éclatèrent de rire. Scotty les regarda d'un air perplexe. Leah l'embrassa en le félicitant.

Il tira une chaise, grimpa dessus et s'y agenouilla pour attraper son verre de lait à deux mains.

— Il semble que le repas soit servi, dit Andrew.

Il s'inclina cérémonieusement devant sa femme et la mena galamment à sa place.

— Et le menu du dîner, c'est Scotty qui le choisit? demanda-t-il, la première bouchée avalée.

— Hot dogs, macaronis et fromage râpé, annonça l'enfant, la bouche pleine.

Andrew prit un air abattu qui provoqua l'hilarité de sa femme. Il ne put y résister et se mit à rire aux éclats. En toute innocence, Scotty en fit autant, la bouche dégoulinante de lait.

170

Miséricorde observait la scène du haut du réfrigérateur. Son plan fonctionnait. Malgré un vague sentiment de honte d'avoir été obligée de terrasser la baby-sitter de Pam avec un mauvais virus, elle était satisfaite.

Le séjour de Scotty chez Leah et Andrew s'annonçait profitable. Leurs rires illuminaient la cuisine comme des projecteurs de théâtre. Miséricorde avait du mal à se retenir d'applaudir.

La tristesse s'effaçait, chassée par la joie qui fusait comme des éclairs lumineux. Le désespoir et le découragement dont la maison était imprégnée se levaient comme le brouillard au-dessus du Golden Bridge, et l'on pouvait découvrir sur quelles fondations solides reposait l'amour réciproque d'Andrew et de Leah.

Voilà ce qu'avait attendu Miséricorde.

La joie.

Elle regarda à nouveau la jeune femme et son âme se réjouit de son visage épanoui. Enfin, un progrès.

Le jour se levait.

C'était un début, tardif mais prometteur.

Le repas terminé, Leah souleva Scotty de sa chaise, lui lava la figure et les mains et l'emporta dans la chambre d'amis. Sachant qu'il préférait les jeux à la sieste, elle le garda sur les genoux et lui lut un livre jusqu'à ce qu'il s'endorme.

Puis elle resta ainsi, sans bouger, profitant du plaisir que lui procurait ce petit corps tiède et confiant, blotti sur son sein.

L'énergie de Pam la stupéfiait. Comment survivait-elle à une maisonnée d'enfants dont aucun n'allait à l'école, alors que Leah, au bout de deux heures en compagnie d'un seul petit garçon, se sentait littéralement épuisée?

Andrew la rejoignit. Un sourire ironique sur les lèvres, il s'adossa à la porte.

— Tu m'as l'air d'être mûre pour la sieste, toi aussi.

— Personne ne m'avait prévenue qu'un petit enfant pouvait être aussi fatigant, admit-elle.

— Couchons-le maintenant, dit Andrew en lui prenant Scotty des bras.

Il allongea doucement l'enfant dans le lit dont Leah repoussait le drap.

— C'est un personnage attachant, en tout cas, dit Andrew à mi-voix.

Leah se blottit dans les bras de son mari.

— Il a de l'énergie à revendre.

— Viens, allons faire la sieste, nous aussi, dit-il en l'embrassant dans le cou.

Au son de sa voix, Leah comprit que le sommeil ne figurait pas au programme.

— Andrew, ce n'est pas possible.

— Pourquoi donc ?

— Si Scotty se réveille...

— Crois-tu que cela retienne Doug et Pam ? D'ailleurs, je peux me montrer très discret et toi aussi, murmura-t-il en l'entraînant vers leur chambre.

Quelques instants plus tard, des sautillements tirèrent Leah de son sommeil. Basculant sur le côté, elle découvrit Scotty qui se trémoussait, les mains pressées sur le bas-ventre. Un vrai petit kangourou. Charmant, mais ses yeux exprimaient un appel au secours.

— Scotty ? Tu veux faire pipi ? demanda-t-elle en retenant le drap sur sa poitrine nue.

— On dirait bien, dit Andrew dans un bâillement. Viens, mon garçon. Je vais te montrer le chemin.

Il prit l'enfant dans les bras et l'emmena dans la

salle de bains. Leah en profita pour s'habiller rapidement.

— Comment vous en sortez-vous, tous les deux? cria-t-elle.

— Plutôt mal. Quelque chose lui manque, on dirait.

— Quoi donc?

Scotty intervint de peur qu'Andrew ne sache pas transmettre son message.

— Mon dodo... je veux mon dodo... mon dodo... je veux mon dodo...

La ritournelle tournait à la mélopée. Leah courut chercher la monstruosité jaune et se rua dans la salle de bains où Andrew maintenait Scotty sur le siège des toilettes. L'enfant agrippa son dodo et y enfouit le visage, ce qui eut pour effet de le mettre en confiance.

L'opération achevée, Andrew s'affala contre la baignoire.

— Je ne comprends pas ce qui s'est passé.

— Pam a oublié d'apporter le pot de chambre. Perché comme ça, il a dû être terrifié.

Andrew et Leah furent pris d'un fou rire.

— Je suis un grand garçon, claironna Scotty fièrement.

Et son rire se mêla au leur.

Sûrement Michael allait deviner que quelqu'un se cachait dans l'autre pièce. Quelle idée stupide Chet avait-il eue de disparaître ainsi?

Et pourquoi débarquer ainsi dans l'enceinte d'une église? Elle aurait été soulagée de lui hurler des horreurs et de lui jeter à la figure le contenu de son bureau. Il le méritait, et beaucoup plus encore. Une gifle à lui dévisser la tête n'aurait pas été superflue.

Mais comment gifler quelqu'un dont l'apparition vous fait bondir le cœur de joie?

— Cette coiffure vous va très bien, dit Michael avec un sourire admiratif.

— Merci.

Tel qu'elle connaissait Chet, il risquait fort de faire irruption pour revendiquer la responsabilité de cette amélioration.

— Ce soir, je joue du piano à l'église méthodiste. Leur pianiste habituel est cloué au lit avec la grippe. Cela vous plairait de venir?

— Ce soir? répéta Monica pour gagner du temps.

— J'en ai parlé à votre père et il a dit que vous étiez libre, insista Michael.

— Il me semble, en effet.

Merci, papa, ronchonna-t-elle intérieurement.

Michael se dandinait d'un pied sur l'autre comme si cette réponse ne le satisfaisait pas. Monica l'interrogea du regard.

— Je crois que le révérend avait parlé d'un dîner...

— Un dîner?

Voilà qu'elle se muait en perroquet.

— Ah oui... Papa m'en a parlé ce matin. Il vous a invité pour un soir de la semaine. Eh bien, si vous y tenez, pourquoi pas?

— Ce soir?

— Ce soir... Très bien, ce soir. Puisqu'il y a ce concert à l'église méthodiste.

— A quelle heure?

— Six heures. A ce soir, Michael.

Elle imaginait Chet, l'oreille collée à la porte, et cela la rendait nerveuse.

— Parfait! s'écria Michael, enchanté. A six heures, alors. Voulez-vous que j'apporte quelque chose?

174

— Non. Pas de problème. Au revoir, Michael.

Elle se réinstalla devant sa machine pour l'inciter à partir, vite, avant qu'elle ne devienne folle. Posant les mains sur le clavier, elle remarqua leur tremblement et les remit précipitamment sur les genoux.

— J'ai hâte d'être à ce soir, ajouta-t-il en reculant vers la sortie.

Elle refusa de lui fournir un prétexte à s'attarder et, malgré sa panique, parvint à glisser une feuille de papier dans la machine.

— Votre père m'a dit que vous faisiez très bien la cuisine.

— Je me débrouille, marmonna-t-elle.

Chaque seconde était pire que la précédente. Combien allait-elle pouvoir encore en supporter?

— Bon, alors, au revoir.

— Au revoir, Michael.

La porte se referma avec un cliquetis discret. Monica bondit aussitôt et se rua dans le bureau de son père.

— Pourquoi vous êtes-vous caché? cria-t-elle dans un hoquet de fureur. De toutes les folies que vous avez commises ces dernières semaines, celle-ci remporte le gros lot.

— Il aurait fallu se lancer dans des explications hasardeuses et je ne vous crois pas très douée pour ce genre d'activité.

— Eh bien, vous pouvez sortir de là, maintenant. Il est parti.

Le front plissé, il la fusilla du regard.

— Ainsi, malgré tout ce que je vous ai dit, vous continuez à voir ce type?

— Je n'y suis pour rien, protesta-t-elle en levant les bras dans un geste d'impuissance. Si j'ai accepté ce concert, c'est pour qu'il déguerpisse au plus vite. D'ailleurs, en quoi ça vous regarde?

De quel droit lui faisait-il des reproches alors que c'était lui qui l'avait mise dans cette situation?

— Vous avez raison, dit-il après un bref silence. Ce ne sont pas mes oignons.

Monica tenait à lui cacher qu'elle était satisfaite de le voir s'intéresser à elle et à ses fréquentations.

— D'ailleurs, Michael n'est pas si mal que ça, reprit-il. Et il est clair comme le jour qu'il vous aime éperdument.

Cet homme était malade. Il priait Monica d'éviter Michael dont ensuite il vantait les qualités. Où voulait-il en venir? Le savait-il lui-même?

Ses yeux s'étaient assombris. On eût dit qu'il portait le poids du monde sur ses épaules.

— Je n'aurais jamais dû venir, soupira-t-il en se dirigeant vers la porte.

S'il s'en allait, elle ne le reverrait plus jamais. Vite, il fallait faire quelque chose. Il avait la main sur la poignée lorsqu'elle trouva le courage de s'écrier :

— Ne partez pas!

Elle fit un pas en avant et s'arrêta.

Chet pivota au ralenti comme s'il doutait d'avoir bien entendu. Un sourire se dessina lentement sur ses lèvres.

— Vous voulez que je reste?

Les lèvres pincées, Monica secoua la tête. Répéter sa prière lui était physiquement impossible. Tout son courage avait été épuisé en une fois.

Il l'épiait, les paupières plissées.

— Et pourquoi donc?

Elle haussa les épaules.

— Allons, chérie, vous pouvez faire mieux que ça.

— Ne m'appelez pas ainsi.

Elle recula jusqu'à se retrouver contre le bureau.

— Comment voudriez-vous que je vous appelle?

Elle avait eu tort de lui demander de rester. Il avait pu constater son pouvoir sur elle. Elle qui avait toujours été forte et inflexible, il la rendait faible et hésitante. Et quelle compensation avait-elle trouvée à ces pertes ?

— Il vaut mieux que vous partiez, murmura-t-elle.

Il fronça les sourcils.

— Vous ne savez pas ce que vous voulez. Vous me demandez de rester, puis de partir. Et qui invitez-vous à dîner ? Un enfant de chœur bien propret.

— C'est mon père qui l'a invité.

— Votre père, répéta Chet, l'air pensif. Michael est le genre d'homme qu'il aimerait vous voir épouser, c'est ça ? Nous savons bien tous les deux ce que votre papa penserait d'un type comme moi.

— C'est faux. Mon père n'est pas sectaire.

— Tiens donc, ricana-t-il. C'est à bras ouverts qu'il m'accueillerait, je n'en doute pas. Ne vous leurrez pas, Monica. Nous savons à quoi nous en tenir. Écoutez, chérie, oubliez que j'ai mis les pieds ici, d'accord ?

— Non, non, je n'oublierai pas, murmura-t-elle avec chaleur. C'est quelque chose que je ne pourrai pas oublier.

Elle lut dans les yeux de Chet les questions qu'elle-même se posait et auxquelles ni l'un ni l'autre ne pouvait répondre.

Un accès de hardiesse, venu elle ne savait d'où, la poussa vers lui, un pas après l'autre. Plaçant les mains à plat sur sa large poitrine, elle leva lentement un regard douloureux.

Il ne lui laissa pas le temps de parler. Sa bouche se posa sur celle de Monica dans un baiser ardent. Poussée par l'instinct, elle noua ses mains sur sa nuque et s'abandonna totalement à cette merveilleuse étreinte.

Il la serra contre lui avec une sauvagerie non retenue.

A bout de souffle, ils durent s'écarter.

Monica en restait grisée, le cœur battant, le cerveau en ébullition. Il en avait toujours été ainsi entre eux. Une vraie folie. Son cœur s'emballait dans un tourbillon dément qui échappait à tout contrôle. Troublée moralement et physiquement, les yeux emplis de larmes, les jambes tremblantes, elle était au bord de l'évanouissement.

Les lèvres de Chet revinrent à l'assaut en une succession de petits baisers tendres. Le cœur de Monica parut s'apaiser. Tout se remit doucement en place. Elle écarta son visage et le monde extérieur reprit consistance.

Grands dieux, ils étaient dans une église! Cependant, même pour tout l'or du monde, elle n'aurait pu se dégager des bras de Chet.

— Il faut que je m'en aille, murmura-t-il dans son cou.

Il inspira profondément comme pour s'emplir du courage nécessaire.

— Pas encore, supplia-t-elle.

Un bruit de voix à l'extérieur fournit le prétexte dont ils avaient besoin. La séparation les déchira.

— C'est mon père, souffla Monica.

Chet examina les alentours.

— Je vais sortir par la fenêtre de son bureau, lança-t-il en courant dans la pièce voisine.

— C'est de la folie, protesta-t-elle en s'élançant à sa suite.

Il avait déjà ouvert la fenêtre et enjambé le rebord.

— On se retrouve ce soir, dit-il.

— Quand? Où?

— Peu importe.

— Non, non, chuchota-t-elle fébrilement. Dites-moi où et quand.

Le sourire de Chet réveilla son désir. Il se pencha et l'embrassa avec fougue.

— Je vous le ferai savoir.

Il se laissa glisser dans la cour et disparut.

La porte du bureau s'ouvrit et Lloyd Fischer entra en fredonnant, comme d'habitude.

— Tiens, tu es là, Monica? demanda-t-il, surpris.

— Oui, papa, bredouilla-t-elle du fond d'une hébétude sensuelle jamais éprouvée.

— Tu devrais fermer cette fenêtre. Il fait rudement froid, ici.

— Ah, d'accord, fit-elle comme s'il était parfaitement normal de se tenir devant une fenêtre grande ouverte en plein milieu du mois de décembre.

— Attends, je vais t'ouvrir la porte, cria Timmy.

Laissant Glen dénouer les cordes qui maintenaient le sapin sur le toit de la voiture, il courut vers la maison.

— Timmy a depuis peu sa propre clef, expliqua Jody.

Glen jeta un coup d'œil sur le garçon.

— J'ai l'impression qu'il s'est bien amusé.

Jody sourit.

— A le voir sauter d'un arbre à l'autre, convaincu chaque fois d'avoir trouvé le sapin idéal, on aurait dit un gros lièvre. C'est un miracle qu'il ait accepté de n'en choisir qu'un seul.

— Et vous, Jody, demanda le jeune homme prudemment, vous avez passé une bonne journée?

Curieusement, elle eut de la peine à admettre la vérité.

— J'ai passé une journée très agréable, dit-elle en détournant les yeux.

L'éclat de rire de Glen la prit au dépourvu.

— Bravo! Je savais que vous pouviez y arriver.

Elle rit de bon cœur. Nier l'évidence aurait été stupide.

Hors d'haleine, Timmy revenait en courant.

— La porte est ouverte! annonça-t-il triomphalement.

Soucieux d'apporter son aide de quelque manière que ce soit, le garçon se rua dans les jambes de Glen. Une vraie petite merveille, songea Jody en regardant son fils. Jamais elle ne l'avait vu aussi animé. Depuis le matin, il n'avait cessé de bavarder et de rire, au risque de rendre Glen cinglé. Mais pour un homme qui n'avait pas l'habitude des enfants, l'avocat s'était merveilleusement comporté.

— Hier soir, maman a sorti le socle du sapin et toutes les décorations de Noël, annonça Timmy.

C'était au moins la cinquième fois qu'il fournissait à Glen cette information capitale.

A trois, ils transportèrent l'arbre derrière la maison. Mesures prises, ils constatèrent que le tronc était trop large pour pénétrer dans le socle.

— Pas de problème, dit Glen. Nous allons le tailler de quelques centimètres. Timmy, tu crois que tu peux m'aider?

Autant lui demander s'il aimait le pop-corn. Le garçon hocha la tête avec gravité.

— Bien sûr que je peux.

— Je le savais, fit Glen en lui tapotant affectueusement l'épaule.

— Pendant que vous vous occupez de ça, je vais préparer du chocolat chaud, déclara Jody en poussant la porte vitrée.

Des larmes dont elle ignorait la raison lui picotaient les yeux. Tant pis ou tant mieux?

Timmy avait beaucoup changé ces derniers temps. L'excitation due à la perspective de Noël expliquait certaines choses mais pas tout. En tout cas, elle découvrait combien, dans leur vie passée, ces moments d'euphorie s'étaient faits rares. Timmy ne montrait d'enthousiasme que pour ses jeux vidéo — et le base-ball.

Furieuse de sa propre faiblesse, elle sortit du lait du réfrigérateur et posa une casserole sur la cuisinière.

Glen la rejoignit à la cuisine. Elle tourna la tête pour lui cacher ses larmes.

— C'est un sacré petit bonhomme que vous avez là, dit-il. Il n'a peur de rien.

— Cette journée a sûrement été la plus belle de sa vie.

Heureusement que la préparation du chocolat chaud l'autorisait à garder le dos tourné.

Glen se glissa derrière elle et posa doucement les mains sur ses épaules. Elle se pétrifia. Il y avait trop longtemps qu'un homme ne l'avait touchée. Cela la rendait gauche.

Il inclina la tête et l'embrassa dans le cou.

— Où est Timmy? demanda-t-elle d'une voix tremblante.

— Il range la scie.

Il la fit pivoter face à lui et fronça les sourcils en découvrant ses larmes. Ses doigts effleurèrent la joue de Jody dans une caresse rassurante.

— Des pensées tristes?

Elle secoua la tête.

— Je vais vous aider à les chasser.

Puis, avant qu'elle ait pu s'écarter, il posa ses lèvres sur les siennes. D'une pression d'abord si légère que cela méritait à peine le nom de baiser. Puis il insista et y mit un soupçon d'ardeur. Jody se laissait faire, inerte comme une poupée de chiffon. Elle était sensible à la tendresse de ce baiser qui n'exigeait rien et en même temps elle était désemparée. Ce n'était pas Jeff, et depuis Jeff il n'y avait eu personne. Un ouragan de doutes s'abattit sur elle avec violence. Repoussant des deux mains la poitrine de Glen, elle rompit le contact. Plus tard, elle analyserait ce qui s'était passé en elle. Pour l'instant, c'était trop nouveau, trop déconcertant.

Il soupira.

— Comme ce serait facile de tomber amoureux de vous.

Il ne desserra son étreinte que lorsqu'il entendit Timmy approcher.

Glen transporta l'arbre dans le salon et l'installa dans son socle. Une fois le sapin mis en place devant la fenêtre, ils s'assirent et burent du chocolat chaud.

Timmy ne supporta pas longtemps l'immobilité. Il entreprit d'inventorier le contenu des boîtes où, l'année passée, sa mère et lui avaient rangé les décorations. Toutes les trois secondes, il en exhibait une que Glen devait absolument examiner et commenter.

La patience de cet homme fit l'admiration de Jody qui lui en fit compliment.

— C'est un garçon épatant. Comment ne pas l'aimer?

— Et si on décorait le sapin maintenant? s'écria Timmy qui avait découvert les guirlandes lumineuses.

Des fils électriques lui ligotaient les chevilles, lui

pendaient de l'épaule, lui couronnaient les cheveux. Il souriait de toutes ses dents.

— Vous n'allez quand même pas me faire attendre jusqu'au matin de Noël pour me montrer mes cadeaux ? reprit-il. Je suis bien trop grand pour faire semblant de croire au père Noël.

— C'est la tradition, protesta Jody.

— Berk ! Déjà que je dois faire semblant pour ma grand-mère. Mais, moi, ça me fait honte. J'espère bien qu'aucun de mes amis ne l'apprendra.

— Il y a dans la vie des choses qu'un homme doit accepter de faire, déclara Glen avec une expression imperturbable qui émerveilla Jody.

— Alors, on décore l'arbre maintenant ?

— Entendu, dit Glen en posant sa tasse.

— Ça sera le plus beau qu'on ait jamais eu, hein, m'man ?

La sonnerie du téléphone évita à Jody de répondre. Elle laissa les deux hommes démêler le nœud de guirlandes et alla décrocher dans la cuisine.

— Allô ?

— Jody, chérie, quelle joie de t'entendre !

— Bonjour, Gloria.

Il y avait au moins un an que sa belle-mère ne l'avait appelée.

— Avez-vous reçu ma lettre ? demanda Jody.

Son regard se porta vers le salon. C'était idiot mais elle eut honte d'avoir invité Glen chez elle et de l'avoir embrassé, comme s'il s'agissait d'une trahison à l'égard de Jeff.

— J'ai des nouvelles capitales à t'annoncer, poursuivit Gloria sans répondre à la question de Jody.

— Qui est-ce ? demanda Timmy en passant la tête par la porte.

— Une minute, Gloria, fit Jody.

Posant la main sur l'écouteur, elle s'adressa à son fils.

— C'est grand-mère Potter. Tu lui parleras quand j'aurai fini. Je te ferai signe.

Timmy rejoignit Glen au salon.

— Excusez-moi de vous avoir interrompue, Gloria. Vous disiez que vous aviez quelque chose d'important à m'annoncer.

— Ma chérie, ce sont des nouvelles merveilleuses. Tiens-toi bien, tu vas avoir un choc. Jeff est vivant.

12

Monica arpentait sa chambre à grands pas fébriles. Que faire? Y avait-il seulement quelque chose à faire? La soirée avec Michael avait été sinistre. Le jeune homme n'y était pour rien. Il s'était montré prévenant et doux et n'avait cherché qu'à lui faire plaisir.

En arrivant pour le dîner, il lui avait offert un bouquet de fleurs qui avait dû le ruiner. Prise de remords, Monica n'avait pu que l'accepter. Puis, à peine la première bouchée avalée, il s'était répandu en compliments sur ses talents culinaires. Lloyd Fischer approuvait de hochements de tête bienveillants. Monica se savait bonne cuisinière mais le bœuf braisé et la purée de pommes de terre n'en méritaient pas tant et cette débauche de louanges l'irrita.

Le concert fut certainement très beau mais chaque note fut un supplice. Inutile de se demander pourquoi.

Du coin de l'œil, elle cherchait Chet dans l'assistance et s'attendait à chaque instant à le voir se glisser à côté d'elle sur le banc. Il en était capable. L'estomac noué, Monica se demandait où et quand il surgirait.

De retour à la maison, elle l'attendit encore mais, la nuit avançant, le doute la gagna.

Son père était monté se coucher de bonne heure. Elle n'était pas dupe. Il avait dû espérer qu'elle inviterait Michael à prendre une tasse de café et leur avait laissé le rez-de-chaussée. Mais Monica s'était prétendue fatiguée et, après avoir remercié Michael, elle lui avait refermé la porte au nez.

L'attente se faisait insupportable. Le doute. Allait-il venir ? Deux fois, sur la pointe des pieds, elle avait fait le tour de la maison et allumé toutes les lumières.

A dix heures, l'âme lourde, elle se laissa tomber sur son lit et se mit à ronger ses ongles pourtant déjà courts. Les mains manucurées d'autres femmes lui avaient souvent fait envie mais elle n'avait pas cédé à la tentation de les imiter, n'y voyant que vanité. La Bible en disait long sur la vanité ; sur beaucoup d'autres choses, d'ailleurs.

Un petit bruit discret à la vitre interrompit ses pensées. Monica bondit et se rua à la fenêtre. Elle l'ouvrit, au risque d'y perdre un doigt ou deux, et passa la tête dehors.

— Chet ? appela-t-elle à mi-voix, le buste s'avançant dangereusement au-dessus du rebord. C'est vous ?

Grâce au Ciel, la chambre de son père donnait sur le devant de la maison, c'est-à-dire de l'autre côté.

— Vous attendiez quelqu'un d'autre ?

Sa voix parvenait à Monica mais il restait invisible.

— Où êtes-vous ? demanda-t-elle en scrutant la nuit noire.

Des ombres vacillaient ici et là dans le peu de clarté qu'offrait la lune.

Il surgit enfin de l'obscurité et se planta devant elle. Un long moment, ils ne firent que se dévisager. Le cœur de Monica, lourd comme un bloc de ciment, semblait s'être arrêté de battre.

L'expression de Chet restait indéchiffrable. Dissimuler ses sentiments ne lui était apparemment pas difficile ; ceux de Monica étaient lisibles comme les caractères d'un livre de lecture pour écoliers débutants.

Le regard sombre, presque douloureux, il prit son visage dans ses mains et posa doucement sa bouche sur la sienne. Avec un soupir qui lui déchira la poitrine, elle s'accrocha à son cou.

— Je suis si contente que tu sois venu, murmurat-elle entre deux baisers.

Un désir ardent l'envahit tandis que, les doigts plongés dans les cheveux de Chet, elle lui caressait la nuque et répondait à sa fougue.

Quel pouvoir il avait sur elle ! A chacune de leurs retrouvailles, un peu plus de réserve lui était arrachée ; un peu plus de contrôle, un peu plus de bon sens.

Lorsqu'ils s'écartèrent, Monica tremblait de tous ses membres. Les zones de son corps qu'il avait touchées, caressées, lui semblaient animées d'une vie propre. Son visage, ses épaules, son cou. Une faim ardente la creusait intimement.

— Comment s'est passé votre rendez-vous ? demanda-t-il.

N'ayant aucune envie de parler de Michael, elle secoua la tête.

— Vous vous êtes amusée ? insista-t-il en retenant son visage des deux mains.

— Non. Je me suis sentie misérable.

186

Les épaules de Chet se détendirent et il la remercia d'un baiser fougueux. Puis, avant qu'elle ait eu le temps de comprendre ce qu'il faisait, il avait enjambé le rebord de la fenêtre.

Monica recula. Ses jambes se dérobèrent et elle dut s'asseoir sur le lit.

Chet examina la chambre austère, les murs nus, les meubles rustiques.

— Sortons d'ici.

— Pour aller où ?

— Chez moi.

— Ça ne me paraît pas une bonne idée.

Où avait-elle trouvé le courage de refuser ? Elle l'ignorait et s'admira. Les mains croisées autour des genoux, elle s'efforçait de retrouver une respiration normale. C'était le moment ou jamais d'avoir les idées claires.

Très agité, Chet allait et venait dans la pièce.

— Nous ne pouvons pas rester ici.

— Pourquoi ?

— Monica, soyez raisonnable. Votre père...

— Sa chambre est de l'autre côté de la maison et il a un sommeil de plomb. Il n'entendra rien et s'il entend, eh bien, j'ai vingt-cinq ans et j'ai bien le droit d'inviter qui je veux.

Le sourire de Chet manquait d'humour.

— Au cas où vous ne l'auriez pas remarqué, je suis dans votre chambre et inviter un type comme moi, c'est un peu comme inviter le renard dans le poulailler.

— Votre appartement offre-t-il plus de sécurité ?

La question le fit rire franchement.

— Non, mais ma conscience en souffrira moins. Le temps que nous y parvenions, j'aurai peut-être trouvé la force d'éviter de vous toucher. Ce n'est pas sûr, évidemment. Vous m'avez mis dans un tel état que je m'étonne d'arriver à faire encore mon boulot.

Monica n'était pas en meilleure condition. Repoussant ses cheveux en arrière, elle s'efforça de réfléchir. Ce qui, elle s'en aperçut tout de suite, ne la mena pas loin.

— Autant que je puisse le savoir, nous n'avons rien en commun, marmonna-t-elle, découragée.

— Sauf cette attirance mutuelle.

— Une relation bâtie sur une attirance physique est condamnée d'avance.

Chet hocha la tête.

— Entièrement d'accord avec vous, grommela-t-il.

En quête de détermination, Monica se redressa.

— Alors, où cela nous mène-t-il ? demanda-t-elle.

— Logiquement, au lit. Cela résoudrait le problème. En tout cas, c'est ce que ferait n'importe quel autre couple dans les mêmes circonstances. Ensuite, nous serions peut-être capables de tirer un trait sur cette histoire de dingues et de reprendre le cours normal de nos existences.

Ces mots firent à Monica l'effet d'une gifle en pleine face.

— Je n'ai jamais rien entendu d'aussi grotesque, s'écria-t-elle, très vexée. Ne me prenez pas pour une des petites minettes avec lesquelles vous satisfaisez vos appétits charnels avant de les rejeter... Grands dieux, gémit-elle en se couvrant le visage des deux mains, que nous en venions à parler ainsi me semble incroyable.

— Bon, d'accord, n'en parlons plus.

Il s'agenouilla devant elle, lui prit les mains et les embrassa.

— Vous avez raison. C'est une idée stupide. Je n'aurais pas dû vous dire ça.

Elle se pencha en avant et le récompensa de sa franchise par un long baiser qui en invita un autre puis encore un autre, avec une ardeur chaque fois accrue, jusqu'à ce qu'ils se retrouvent enlacés sur le lit, bras et jambes mêlés.

— Voilà exactement ce que vous n'auriez pas dû faire, murmura-t-il d'une voix rauque.

Il tentait de plaisanter afin de reprendre le contrôle de la situation. Monica aussi essayait de se raisonner mais que c'était donc délicieux d'être ainsi, dans les bras l'un de l'autre. Meilleur que tous les plaisirs qu'elle avait eu l'occasion d'éprouver en vingt-cinq ans d'existence.

— Je ferais mieux de m'en aller, souffla-t-il.

— Pas encore.

Un baiser sous la mâchoire de Chet la grisa du parfum de son after-shave. Se nichant plus intimement contre lui, elle eut la brève impression qu'il s'apprêtait à la repousser. Au lieu de quoi son étreinte se resserra tandis qu'il exhalait un profond soupir.

— Monica...

— Hmmm ?

Elle s'aperçut qu'il la désirait et, que le Ciel lui pardonne, s'en glorifia. Du genou, elle entreprit de le caresser.

— Arrête, gémit-il. Sinon je ne réponds plus de rien.

Elle sourit. Rien ne justifiait la certitude que cet homme ne lui ferait jamais de mal et pourtant cette certitude était en elle, solide, quasiment tangible.

— Je savais bien qu'il ne fallait pas que je vienne, murmura-t-il pour lui-même.

Monica recommença à l'embrasser. Sa langue dessinait des cercles voluptueux sur sa mâchoire, derrière son oreille, dans le creux de son cou.

— Tu joues avec le feu, remarqua-t-il d'une voix tendue.

— Je sais.

— Un homme ne pourrait en supporter plus.

— Ça aussi, je le sais.

Les mains de Chet s'affairèrent sur les boutons de son chemisier qu'il ouvrit sans peine. Un dixième de seconde, elle pensa l'arrêter avant qu'il ne le lui ôte complètement mais, bouleversée par les sensations incroyables qui se succédaient, elle y renonça. Lorsque l'air froid de la nuit caressa ses seins nus, elle ferma les yeux, soudain effrayée.

— Ouvre les yeux, souffla Chet.

Monica secoua la tête.

— Je ne peux pas.

— Tu es très belle.

Le ton admiratif dont il usa lui fit l'effet d'une chaude caresse. Depuis la puberté, sa poitrine ample et ferme avait été une source constante de gêne et elle n'avait cessé de la dissimuler sous des vêtements trop grands.

Les mains de Chet se glissèrent sous chaque sein. Elle se mordit les lèvres et tourna la tête de côté.

Puis le geste se transforma en caresse, éveillant des sensations aiguës, à la limite de la douleur. Un gémissement lui échappa.

Le visage de Chet s'approcha et il embrassa avidement chaque sein, l'un après l'autre, tout en caressant les bras et les épaules de la jeune femme dans un geste de réconfort.

Monica ne comprit pas ce qui la fit se détendre soudain. Ses yeux s'ouvrirent. La tempête s'était calmée. Chet leva une main pour écarter une boucle de son visage. Les doigts s'attardèrent sur sa joue tandis que son regard s'assombrissait. Était-ce de regret ?

— Les choses sont allées plus loin que je ne le voulais, murmura-t-il.

Il la fit basculer à son côté. La tête de Monica se nicha sous son bras ; quelques centimètres seulement séparaient leurs lèvres. Souffles mêlés. La béatitude. Elle ne demandait qu'à rester ainsi durant les cent ans à venir.

La solitude dans laquelle elle avait vécu ces dernières années la stupéfia. Sa mère était morte et ses deux meilleures amies s'étaient mariées et avaient quitté la ville. Elle ne s'était même pas rendu compte combien sa vie était devenue vide et ennuyeuse. Ni quelle triste compagnie elle était pour elle-même comme pour autrui.

— A quoi penses-tu ? demanda-t-il.

Son regard attentif l'embarrassa ; elle tourna la tête.

— Je ne savais pas quel délice c'était d'être dans les bras d'un homme.

Avec un petit rire, il l'embrassa sur le bout du nez.

— Voilà une remarque très honnête.

— Vu les circonstances, il m'aurait été difficile de ne pas l'admettre.

— Tu aurais pu et, d'ailleurs, rappelle-toi, tu l'as fait.

Ses doigts parcouraient le visage de Monica comme s'il tentait de l'apprendre par cœur.

— Moi aussi, je vais être franc. C'est sacrément bon d'être dans tes bras... Ce soir, ajouta-t-il en chuchotant, pendant que tu étais avec Michael, j'étais comme un fauve en cage.

— Vraiment, je ne m'intéresse pas du tout à lui, se hâta-t-elle de préciser.

Il hocha la tête, les yeux fermés.

— Je sais, mais quand même ! Chaque fois que je vous imaginais ensemble, je sentais un étau se resserrer autour de ma poitrine. Et en même temps, je ne peux m'empêcher de constater que Michael est un type bien, dix fois meilleur que je ne le serai jamais.

— Ne dis pas cela, protesta-t-elle, effrayée.

Qu'il en vienne à suggérer de ne plus se voir, elle en mourrait, à coup sûr.

— Monica, écoute...

— Non. Attends. Ne dis rien. J'ai une idée.

Les mots avaient jailli en se télescopant.

— Une idée à notre sujet?

Elle fit oui de la tête mais au lieu de parler, elle se rua sur lui et l'embrassa sauvagement, de toutes les façons qu'il lui avait enseignées, jusqu'à ce que, cramponnés l'un à l'autre, ils dussent s'arrêter, à bout de souffle.

— Comme tu le disais ce matin, murmura-t-elle, haletante, il semble que sur le plan physique nous nous entendions merveilleusement bien.

Il enfouit en riant son visage dans la poitrine de Monica.

— Ça, c'est ce qu'on appelle un euphémisme.

— Donc, il nous reste à nous entendre sur d'autres plans.

Elle le sentit se figer et s'obligea à sourire. Les yeux de Chet s'étaient rétrécis en deux fentes étroites.

— Mon idée, c'est que, compte tenu de cette attirance, nous devrions...

— Nous devrions faire quoi?

Monica rassembla tout son courage et lâcha tout d'un trait :

— Nous devrions nous marier.

— Leah? murmura Andrew dans l'obscurité.

A contrecœur, elle quitta des yeux l'écran de cinéma où se déroulait un dessin animé de Walt Disney.

Son mari lui désigna du menton l'enfant blotti sur ses genoux. Scotty était profondément assoupi. Les deux adultes échangèrent un regard complice.

— On pourrait sortir? demanda Andrew en plongeant la main dans le sac de pop-corn.

Elle secoua la tête.

— Non, c'est le meilleur passage. Et Scotty voudra qu'on lui raconte ce qu'il a manqué.

La vieille dame assise devant eux se retourna pour fusiller Andrew du regard.

— Mon mari s'excuse de vous avoir dérangée, dit Leah en se penchant en avant.

— Ma femme aussi, dit Andrew.

La femme se retourna en maugréant tandis que Leah retenait un fou rire. Les grimaces d'Andrew ne l'y aidèrent pas.

Les gloussements de Leah devenant parfaitement audibles, la femme se retourna à nouveau. Leah faillit périr étouffée du fou rire ravalé. Une fois calmée, elle posa la tête sur l'épaule d'Andrew avec un soupir de bonheur.

Depuis combien de temps n'avait-elle pas ri ainsi? Elle ne savait plus. Peu importait finalement. Elle riait et se sentait incroyablement heureuse. Quand donc avait-elle laissé sa vie tourner à la morosité? Le temps avait glissé entre ses doigts sans qu'elle y soit sensible.

Scotty était délicieux. Une bouffée d'amour emplit le cœur de Leah. Le petit garçon avait le même âge que celui qu'ils avaient failli adopter. Scotty avait hérité de l'amour que Leah avait accumulé pendant les longs mois d'attente pour l'enfant qu'on lui avait ôté. Pam et Doug l'avaient deviné et ils avaient choisi les Lundberg comme parrain et marraine de leur bébé.

Depuis sa naissance, ils l'avaient comblé de cadeaux divers mais s'étaient privés du plaisir qu'aurait apporté de temps à autre la présence de l'enfant chez eux.

Elle avait craint, en aimant trop Scotty et en le montrant, de courir le risque qu'on le lui retire, comme l'autre.

Le film s'acheva et la lumière revint. Scotty se redressa, bâilla, se frotta les paupières.

— Comment allez-vous, grand garçon? demanda Andrew.

L'enfant cligna des yeux plusieurs fois. Un air de panique apparut sur son visage tandis qu'il examinait la salle, les voisins, puis Leah.

— Tu te rappelles? Ton papa et ta maman sont allés dîner chez des amis.

Il hocha la tête, peu satisfait.

— Je parie que tu as faim, dit Andrew en le hissant sur ses épaules.

Quand l'allée fut dégagée, ils gagnèrent la sortie. Il faisait nuit et les étoiles brillaient comme des diamants sur un lit de satin noir.

— Tu veux faire un vœu? demanda Leah. C'est le moment.

L'enfant regarda le ciel. Il ferma les yeux, inspira profondément puis souffla de toutes ses forces. Un grand sourire découvrit toutes ses dents.

— Diane et Jason doivent beaucoup lui manquer, dit Andrew qui ouvrait la voiture.

— Non, lança Scotty. C'est toi que j'aime le plus.

— Ne te monte pas la tête, conseilla Leah à son mari. Il en dit autant à tous ceux qui l'emmènent au cinéma et lui offrent une balade sur leurs épaules.

— C'est possible, admit Andrew. Mais en attendant, c'est moi qu'il aime.

— Tante Leah aussi.

Leah se rua sur la petite joue rebondie et y planta un baiser.

Beaucoup plus tard, la vaisselle terminée, le bain donné et l'histoire racontée, Scotty bordé dans son lit, un sentiment de vide assaillit Leah, aux côtés d'Andrew déjà assoupi.

Elle se glissa hors des draps et se rendit dans la chambre de Scotty. Elle s'approcha de l'enfant qui dormait paisiblement et le contempla, une immense tristesse lui torturant l'âme.

Puis, s'écartant sur la pointe des pieds, elle ouvrit un placard et en sortit un album recouvert de satin. *Le Livre de Bébé*.

Assise sur un pouf, elle tourna les pages vierges l'une après l'autre. Depuis la première destinée à la photo du nouveau-né jusqu'à celle où devait figurer l'heureux diplômé vêtu de sa toge. Le livre refermé, elle le pressa sur son cœur et se mit à se balancer d'avant en arrière comme pour bercer l'enfant tant désiré.

Mais ses bras n'enserraient qu'un album vierge et son cœur ne chérissait qu'un rêve vain.

Jody hoqueta.

Jeff vivant! Ce n'était pas possible. Sa belle-mère continuait à parler mais les mots, inaudibles, semblaient venir de très loin. Elle s'aperçut alors qu'elle avait reculé et lâché l'écouteur.

— Jody.

Glen l'avait rejointe. Elle se tourna vers lui et posa la tête sur sa poitrine.

— Que se passe-t-il? demanda-t-il, inquiet.

— M'man?

Timmy tenait l'écouteur contre son oreille tandis que Gloria continuait à pépier imperturbablement.

— Grand-mère dit qu'elle veut te parler, dit l'enfant.

Jody secoua la tête.

— Non, non. Je ne peux pas. Pas maintenant.

— Dis-lui que ta mère la rappellera un peu plus tard, suggéra Glen.

Prenant Jody par les épaules, il la ramena au salon et la fit s'asseoir sur le canapé.

— Que se passe-t-il?

Elle ouvrit la bouche mais aucun mot n'en sortit. Des larmes affluèrent, lui brûlant la peau comme une coulée d'acide.

— M'man, ça ne va pas? s'inquiéta Timmy en se jetant à côté d'elle. Grand-mère dit qu'elle n'avait pas l'intention de te bouleverser. Elle voudrait que tu la rappelles dès que tu te sentiras mieux.

— Est-ce qu'elle t'a dit quelque chose? s'écria Jody.

Elle prit son fils par les épaules et scruta son visage. Si Gloria avait lancé à l'enfant sa déclaration douloureuse, jamais elle ne pourrait le lui pardonner.

— Dit quoi?

— Je crois que ta mère a besoin d'un verre d'eau fraîche, intervint Glen. Tu peux aller lui en chercher un?

— Bien sûr! s'écria Timmy en se ruant à la cuisine.

Les mains de Glen s'emparèrent de celles de Jody.

— Que vous a dit la mère de Jeff?

Les mots eurent du mal à sortir.

— Elle... elle déclare que Jeff est vivant.

Glen poussa une exclamation étouffée.

— Y a-t-il une possibilité pour que ce soit vrai ?
Jody secoua la tête.

— Aucune. Son corps a été identifié grâce aux radios dentaires. Il n'y a pas de doute possible. Il s'est passé la même chose lors du Noël qui a suivi son enterrement. Gloria affirmait qu'il n'était pas mort. Nous nous sommes disputées et, depuis, nos relations sont restées tendues. Mon divorce l'a beaucoup choquée. Elle voulait nous entretenir, Timmy et moi. Ce que je refusais absolument. Il n'était pas question que je continue à pomper financièrement mes parents et ma belle-mère.

Glen s'assit à côté d'elle et lui tapota affectueusement la main.

— C'est une vieille dame esseulée.

— Je sais. Je ne devrais pas me laisser abattre par ce genre d'incidents mais c'est plus fort que moi. Je croyais... j'avais l'impression qu'elle avait fait des progrès. Je l'espérais. Elle fait des efforts, j'en suis sûre, mais c'est très dur pour elle. Jeff était son fils unique et elle l'aimait beaucoup.

— Voilà, m'man ! cria Timmy en accourant, un verre d'eau à la main dont la moitié du contenu laissait un sillage sombre sur la moquette.

— On dirait qu'elle va mieux, déclara Glen pour le calmer.

— Grand-mère Potter est très gentille, expliqua l'enfant, mais il y a des fois où elle est vraiment bizarre. Elle va chez des vieilles dames qui parlent avec les morts et pas seulement au moment d'Halloween.

A l'allusion à la fête d'Halloween, Jody avala de travers sa gorgée d'eau. L'humour souvent involontaire des enfants aidait à prendre du recul.

— Ton père manque beaucoup à ta grand-mère,

197

expliqua Glen en s'agenouillant devant le petit garçon. Et quand on souffre autant de la mort de quelqu'un, on cherche du réconfort en l'imaginant encore parmi nous, ou du moins accessible.

— Ça fait longtemps que ma grand-mère est malheureuse à cause de lui, dit Timmy avec gravité.

Il regarda sa mère et reprit :

— Ma maman aussi. Avant que t'arrives, elle faisait que penser à lui ou à son jardin.

— Et toi, quel effet ça te fait ? demanda Glen.

— Ça m'ennuie un peu parce que j'aimerais bien avoir un papa vivant, qui m'apprendrait toutes les choses qu'un garçon doit savoir. En fait, ce que j'espère, c'est que tu nous aimes, ma maman et moi, suffisamment pour rester un peu avec nous.

— Je vous aime beaucoup tous les deux, assura Glen.

— Assez pour rester jusqu'à la fin de la saison de base-ball ?

En riant, Glen attira l'enfant contre lui.

— Ça me paraît possible. Mais, bien sûr, à condition que ta mère le souhaite aussi.

— Elle le souhaite, affirma Timmy de manière péremptoire. Hein, m'man ?

Jody se reprochait d'avoir cru aux propos incohérents de sa belle-mère. Elle aurait dû réagir autrement, l'incident s'étant déjà produit plusieurs fois au cours des années.

Une discussion semblable avait gâché une fête de Noël. Pas question de revivre cela. Elle avait fait la connaissance d'un homme gentil et intelligent ; cette fête de Noël avait toutes les chances d'être la première un peu gaie depuis des années ; il ne fallait pas que sa belle-mère vienne tout gâcher.

Les choses étant ainsi décidées, pourquoi Jody ne pouvait-elle trouver le sommeil ? Elle errait de pièce en pièce dans la maison silencieuse, le cœur déchiré.

Son chagrin était aussi vif que le jour où elle avait été obligée d'admettre la mort de son mari.

Son père l'avait appelée d'Allemagne pour lui annoncer qu'il ramenait le corps de Jeff. Elle avait noté les références du vol et l'avait remercié de s'être chargé de ces détails sinistres. Et ce n'est qu'une fois le téléphone raccroché que la réalité l'avait frappée de plein fouet.

Jeff était mort. Les années d'incertitude, l'attente insupportable avaient pris fin. La question lancinante qui ne cessait de la hanter avait reçu une réponse définitive. Ce qui avait commencé alors, c'était la douleur aiguë et vivace qu'elle connaissait si bien aujourd'hui.

Tant que le corps de son mari n'avait pas été enfoui dans la terre, tant qu'elle ne s'était pas tenue devant sa tombe ouverte, il était resté un espoir, très mince mais qui l'avait aidée à vivre. Désormais, ne restait qu'un trou béant dans son cœur, une blessure à vif qui saignait.

Elle se revit en train de déchirer la feuille du bloc où elle avait noté les références du vol, puis de la plier et de la replier en petit carré qu'elle avait gardé serré dans son poing. A quoi se cramponner ? A ce petit bout de papier plié qui indiquait quel vol lui ramenait le corps de Jeff. C'était tout.

Un long moment, elle était demeurée assise, les yeux dans le vide. Son cœur semblait s'être arrêté.

C'était sans doute pendant ces minutes de douleur intense qu'une partie d'elle-même était morte. Personne ne pouvait endurer une telle torture morale et y survivre intact.

Helen Chandler était arrivée peu après. Elle s'était

approchée de sa fille qui l'avait regardée, les yeux secs, d'un air hagard, comme si elle ne la reconnaissait pas. Hermétique à toute parole de réconfort, semblait-il, même venant de sa mère.

— Il est parti, avait murmuré Helen.

Jody avait hoché la tête. Le fait était indéniable.

Sa mère l'avait prise dans ses bras. Mais Jody était restée raide et inflexible.

— Laisse-le partir, avait supplié sa mère. Laisse-le reposer en paix.

— En paix, répéta Jody.

Comment pourrait-elle trouver la paix à présent?

Elle secoua la tête avec une sorte de fureur, se raccrochant de toutes ses forces à son mari, à leur vie passée.

— On l'a retrouvé, Jody. Jeff rentre à la maison.

On avait peut-être retrouvé le corps de Jeff, mais elle-même était perdue à jamais. Le chemin de la vie s'était effacé.

Combien de temps s'était écoulé depuis ce jour sinistre? Quatre ans? Cinq ans? Elle avait vécu au jour le jour, écrasée sous le fardeau de son chagrin.

La lettre que Timmy avait écrite au Bon Dieu avait été un choc. Soudain, elle s'était rendu compte de ce qu'elle infligeait à son fils et la révélation l'avait poussée à réagir.

Pour la première fois depuis la mort de Jeff, elle avait entrepris de se bâtir une nouvelle existence. Pas question qu'elle y renonce, qu'on la lui détruise. Se remettre debout lui avait pris trop de temps pour qu'elle se laisse jeter à terre à nouveau.

13

Les anges pleurent rarement. Et d'ailleurs, cela ne se produisait que lors de missions sur terre. Miséricorde en avait entendu parler mais sans l'avoir jamais expérimenté. C'était parfaitement désagréable. Les larmes avaient surgi inopinément, lui brouillant la vue et lui obstruant la gorge. Le chagrin de Leah qui serrait sur son sein *Le Livre de Bébé*, l'accablait comme si c'était le sien. Elle s'essuya les yeux.

Elle avait conscience d'avoir fait tout son possible. En vain. Cette affaire était la plus difficile qu'elle ait jamais eu à traiter.

Si seulement elle pouvait s'asseoir en face de Leah et lui parler franchement. Lui expliquer que, pour que sa prière soit exaucée, elle devait d'abord acquérir une certaine sérénité. Impossible.

Aussi pleuraient-elles toutes les deux.

Leah pleurait silencieusement dans la chambre où dormait le petit garçon de son amie tandis que Miséricorde s'abandonnait sans retenue aux sanglots.

— Nous marier.

Les mots heurtèrent Chet avec la violence d'un coup de poing. Il se leva brutalement, envahi d'un sentiment de panique.

— Ça me paraît la solution la plus logique, avança Monica d'une voix douce.

Chet se frotta la figure dans l'espoir de remettre ses idées en place. La terreur avait suscité dans son cerveau une sorte de tourbillon frénétique.

— Chérie, au cas où tu ne l'aurais pas remarqué, je ne suis pas de la race qui se marie.

— Justement, répliqua posément Monica. Moi

non plus. Et c'est pourquoi nous sommes faits l'un pour l'autre.

— Toi non plus? Ne dis pas de bêtises.

Elle était si belle, à demi nue sur le lit, qu'il détourna les yeux de peur que sa suggestion ridicule ne devienne tentation. Encore un peu de ces jeux sensuels et il se retrouverait ligoté.

— J'ai vingt-cinq ans et personne ne m'a encore demandée en mariage, lui rappela-t-elle.

— Eh bien, il y a Michael et, à mon avis, il ne va pas tarder à t'en parler.

Étonnant qu'il en vienne à lui rappeler l'existence du jeune homme alors qu'il avait souffert mille morts, quelques instants plus tôt, en les imaginant ensemble, dansant, flirtant et Dieu sait quoi encore.

Il examina la pièce. Que pouvait-il bien oublier, à part son cœur et du bon sens? L'inspection terminée, il enjamba le rebord de la fenêtre, de peur de poursuivre cette discussion sur un mariage dont l'idée seule lui glaçait l'échine.

— Tu t'en vas?

Agenouillée sur le lit, son chemisier plaqué sur ses seins nus, elle le regardait de ses grands yeux suppliants.

— Je t'en prie. Ne pars pas.

Ce « Je t'en prie » avait dû lui coûter. Chet refusa d'y céder. La fuite était urgente.

Quelle histoire incroyable! L'enchaînement de leurs rapports le stupéfiait. Après avoir subi son sermon sur la déchéance de l'alcoolique, il n'avait pas du tout eu l'intention de la revoir. Puis le hasard s'en était mêlé et, petit à petit, il s'était laissé attirer par cette fille de pasteur. Un instant plus tôt, il s'en était fallu de peu qu'ils ne fassent l'amour. S'en était-elle rendu compte, seulement?

— J'aurais dû deviner que tu ne voudrais pas m'épouser, dit-elle d'une petite voix pitoyable.

Chet retint un gémissement. Au moment où il s'apprêtait à se fondre dans la nuit, elle trouvait les mots, le ton, l'air qu'il fallait pour retourner la situation. Cette femme savait exactement sur quel bouton appuyer. Il en avait été ainsi chaque fois qu'ils s'étaient vus. Et d'ici peu, s'il ne réagissait pas, il allait se retrouver piégé, physiquement et sentimentalement.

— Ce n'est pas ça, dit-il en gardant le dos tourné.

Il était trop dangereux de la regarder, surtout avec ses lèvres encore gonflées de leurs baisers et ses cheveux ébouriffés. Pour lui, une femme n'était jamais aussi belle qu'avant son premier coup de peigne.

— Alors, qu'est-ce que c'est?

Sa voix soudain proche lui fit comprendre qu'elle se tenait derrière lui.

Sachant qu'argumenter avec le diable en personne ne lui ferait pas peur, il hésita à lui répondre franchement.

— Dis-moi exactement ce qu'il y a, insista-t-elle d'une voix plus ferme.

— Écoute, chérie, dit-il en choisissant délibérément le terme détesté, je ne suis pas assez bien pour toi.

Jusqu'à ce qu'il rencontre Monica, sa vie se résumait à une succession de week-ends échevelés où l'argent lui filait entre les doigts et à quelques frissons minables dans les bras d'une serveuse. On lui avait tiré dessus, on l'avait roué de coups et, un soir, il avait dû prendre la fuite à demi nu pour éviter la colère d'un mari jaloux. Bref, pour une fille de pasteur, il était loin d'incarner le parti idéal. Comment expliquer cela à Monica?

— Ne dis pas une chose pareille, protesta-t-elle.

Elle enlaça Chet et appuya la joue sur son dos. Ce contact tiède, tendre et confiant le bouleversa.

— Rien n'est plus faux, insista-t-elle. Regarde tout ce que tu m'as appris. Avant de te rencontrer, j'étais prude, coincée et malheureuse. Maintenant, je sais ce qu'aimer veut dire. Tu m'as rendue fière d'être une femme.

— La leçon a coûté cher. Mais, dans la vie, il n'y a pas de leçon bon marché.

— Qu'est-ce que tu veux dire?

Les bras de Monica le lâchèrent. Reconnaissant, il sauta de la fenêtre et atterrit sur le sol dans un bruit sourd.

Il se retourna. Une erreur de plus dans ce qui semblait n'être qu'une succession d'erreurs. Les yeux de la jeune femme étaient emplis de larmes et sa lèvre inférieure tremblait. Il sentit quelque chose lui déchirer les tripes. La colère de Monica était plus supportable que son chagrin.

— Je ne t'épouserai pas, Monica, jeta-t-il. Alors sors-toi cette idée du crâne. Ça n'arrivera pas, un point c'est tout.

Elle resta silencieuse un instant puis hocha la tête.

— J'ai bien entendu, Chet. Tu as été on ne peut plus clair. Bonne nuit.

Sa voix douce avait eu un écho triste qui le crucifia.

Bon sang, elle l'avait bel et bien harponné! La meilleure chose à faire était de prendre le large au plus vite. Il y avait longtemps qu'il aurait dû le faire.

— A une autre fois, jeta-t-il en reculant dans l'obscurité.

Il tendit l'oreille, guettant le bruit de la fenêtre se refermant mais le silence persista. Combien de temps allait-elle rester ainsi debout devant la fenêtre ouverte? se demanda-t-il en montant dans sa voiture.

Là, ses pensées s'affolèrent et au bout d'une longue réflexion difficile, il admit que laisser les choses en l'état serait insupportable.

Il frappa le volant du poing, sortit de la voiture et fit en sens inverse le chemin qu'il venait de parcourir.

Monica avait éteint la lumière de sa chambre. Après deux secondes d'hésitation, il frappa doucement au carreau. Le bruit des pieds nus sur le plancher lui parvint et la fenêtre s'ouvrit.

Ils se dévisagèrent dans un silence absolu. Chet ne savait comment expliquer son retour; Monica le regardait, bouche bée.

— Je me suis proposée pour quêter, murmura-t-elle.

L'obscurité noyait ses traits mais, à sa voix, il sut qu'elle avait pleuré.

Pauvre folle! Quelle idée de s'éprendre d'un type comme lui!

— Quand?

La question lui avait échappé. Ce jeu infernal les menait à leur perte, Chet le savait, mais il ne trouvait pas la force de se détacher définitivement.

— Demain après-midi entre deux et trois.

— Au même endroit que l'autre fois?

— Oui.

La réponse avait été soufflée plutôt que prononcée.

— Chet? reprit-elle d'une voix plus ferme.

— Oui?

Leurs visages se touchaient presque.

— Es-tu... es-tu amoureux de moi?

— Je ne sais pas.

C'était la vérité pure. Qu'est-ce qu'un type comme lui pouvait savoir de l'amour ? Pas grand-chose, bien sûr.

— Tu devrais pouvoir être plus précis, protesta-t-elle d'un ton indigné qui le fit sourire.

— Je t'aime bien, admit-il.

L'expression lui parut aussitôt peu appropriée.

— En d'autres mots, je t'excite.

La vulgarité du terme le choqua, mais qui était-il pour lui en faire reproche ? C'était à lui qu'elle devait d'avoir découvert sa propre sensualité. Il n'avait pas prévu qu'elle se montrerait aussi bonne élève.

— C'est plus que ça, admit-il à contrecœur.

— C'est-à-dire ?

Il aurait dû deviner qu'elle ne se contenterait pas d'une réponse aussi vague.

— Je ne sais pas, lâcha-t-il, excédé.

Sa voix déchira le silence comme un coup de tonnerre. Si maintenant il réveillait le vieux monsieur, ce serait le bouquet, songea Chet qui reprit à mi-voix :

— Honnêtement, je ne sais pas. Écoute, Monica, ne te fatigue pas à répéter la même question sous différentes formes, la réponse ne changera pas. Je ne connais rien à l'amour. Ça ne m'est jamais arrivé d'aimer quelqu'un, aussi je n'ai pas d'élément de comparaison.

— Tu as sûrement quelque expérience.

— De l'expérience ? répéta-t-il après un gloussement amer. J'en ai une tonne, mais d'ordre physique exclusivement.

— Autrement dit... si nous avions fait l'amour, tu aurais été capable de me dire ce que tu éprouves ?

De nouveau, un accent indigné faisait vibrer sa voix comme une corde trop tendue.

— Comment le savoir?

Qu'elle se mette en colère causa un certain plaisir à Chet et, en même temps, il prit conscience qu'aucune femme jusqu'à présent ne l'avait irrité à ce point. Aucune non plus ne lui avait fait découvrir une telle gamme de sentiments divers et contradictoires. La question suivante était : cela lui plaisait-il ou non? Quelqu'un de vraiment irrité ne serait pas venu en réclamer encore et encore.

— Il me reste quelques principes, Chet Costello. Et parmi eux, il y en a un qui m'interdit de coucher avec un homme sans que nous soyons mariés.

Il rit et ce fut sa énième erreur. Cette fille, il aurait pu l'avoir trente-six fois. Seule l'avait retenue la crainte de l'irréversible.

Monica était complètement innocente et il s'était refusé à lui prendre une virginité destinée à quelqu'un d'autre. A quelqu'un de mieux...

Ses pensées furent interrompues par la fenêtre qu'on lui refermait au nez.

Il se reprocha d'avoir ri et, en guise d'excuse, il pressa les doigts contre ses lèvres puis les appuya sur la vitre froide.

Dans le peu de clarté que dispensait la lune, il resta soudé au regard de Monica. Au bout d'un bref moment, elle l'imita et posa la main sur le carreau, en face de celle de Chet.

Profitant d'un sursaut de courage, il s'éloigna.

Où diable cette histoire les menait-elle? Dans une impasse, très probablement. Alors pourquoi ne pouvait-il y mettre un terme? Est-ce que c'était ça, aimer? Dieu tout-puissant!

— Jeune homme?

La voix le fit sursauter. L'âge le rendait négligent; jamais, autrefois, il ne se serait laissé surprendre. Un homme mince, vêtu d'une robe de chambre et chaussé de pantoufles, se tenait debout sur la pelouse, une lampe de poche à la main.

Ce ne pouvait être que le père de Monica.

Chet attendit la suite.

— J'aimerais savoir très précisément ce que vous faites chez moi à cette heure de la nuit, demanda Lloyd Fischer en l'éblouissant de sa torche électrique.

Enfin! Le réveil venait de sonner et, avant même d'ouvrir les yeux, Leah se sentit nauséeuse. Était-ce possible? Serait-elle enceinte?

Elle tenta de se souvenir des dates de ses dernières règles. La première moitié de novembre, lui sembla-t-il. Dommage qu'elle ait jeté son carnet à la poubelle.

A moins qu'une fois de plus elle ne prenne ses désirs pour des réalités. La grippe, un virus quelconque pouvait expliquer ce malaise.

— Bonjour, fit Andrew.

Sa main se glissa autour du ventre de sa femme et il se blottit contre elle. Leah savoura la chaleur de son corps.

— Tu as bien dormi?

— Hmmm.

— Moi aussi.

Leah sourit. Ce petit bavardage matinal faisait partie d'un rituel immuable sur lequel reposait en partie leur mariage.

Elle profita de ce qu'Andrew soit parti préparer le petit déjeuner pour prendre sa température. Deux minutes plus tard, le chiffre, très normal, la fit se traiter de grosse sotte et remercier le Ciel qu'Andrew ne l'ait pas surprise, le thermomètre dans la bouche.

— Je ne prendrai qu'un yaourt ce matin, dit-elle en entrant dans la cuisine.

Andrew la regarda avec inquiétude.

— Tu ne te sens pas bien ?

— Si, si, dit-elle en sortant un paquet de yaourts allégés du réfrigérateur.

Un toast jaillit du grille-pain. Andrew le prit du bout des doigts et y étala une fine couche de beurre. Tout en continuant ses préparatifs, confiture, café, lait, il examina à nouveau sa femme.

— Tu as mauvaise mine, remarqua-t-il.

— Vraiment ? s'écria-t-elle d'une voix aiguë.

Andrew reposa sa tartine sur l'assiette.

— Combien de jours de retard as-tu ?

— Je ne sais pas. J'ai jeté mon carnet, tu te souviens ?

— Essaie de t'en souvenir.

— Je n'y arrive pas. Et toi ?

Il secoua la tête.

— Non. Mais ça n'a pas d'importance finalement. Si tu es enceinte, nous en serons ravis.

— Et si je ne le suis pas ? demanda-t-elle.

— Eh bien, tant pis, fit-il avant de mordre dans sa tartine.

A l'entendre, on aurait pu penser que cela lui était égal. C'était faux, Leah le savait. Et depuis le séjour de Scotty chez eux, elle savait aussi qu'il serait un père merveilleux. Il méritait d'avoir un enfant. La douleur familière resurgit mais estompée, comme si les années l'avaient rognée peu à peu.

A quoi s'ajouta une sensation étrange qu'elle n'avait éprouvée qu'une fois dans sa vie. Le soir où elle avait fait la connaissance d'Andrew.

Les souvenirs affluèrent. Ils étaient tous les deux étudiants à l'université de Washington. Des amis les avaient présentés l'un à l'autre et, dès que leurs regards s'étaient croisés, Leah avait éprouvé un choc réel. Les mots pour décrire cette sensation étrange lui manquaient.

Elle s'était dit que cet homme allait jouer un rôle essentiel dans sa vie. Puis, les jours passant, elle s'était reproché cet engouement et l'avait imputé au verre de bière bu peu avant qu'on les ait présentés. Andrew sortait avec une autre fille et la rumeur parlait de fiançailles prochaines.

Trois ou quatre jours s'écoulèrent encore et ils se rencontrèrent inopinément à la bibliothèque. Leah se battait avec son cours de chimie; l'issue du combat semblant incertaine, elle avait décidé de se réfugier à la bibliothèque pour y travailler dans le calme.

Andrew, lui, était aux prises avec son mémoire de fin d'études. Leah fut très heureuse de le revoir mais après un bref « Salut. Content de te revoir », ils étaient restés à la même table sans échanger un mot.

Andrew était sorti le premier sur un marmonnement d'adieu. Elle avait quitté la bibliothèque une demi-heure plus tard et avait découvert le jeune homme au pied de l'escalier. Des amis l'avaient retenu, avait-il expliqué; après quoi il s'était dit qu'une jeune fille ne devait pas traverser seule de nuit le campus. Il l'avait donc raccompagnée jusqu'à son pavillon.

Les soirées d'étude à la bibliothèque s'étaient renouvelées sur un rythme régulier, même longtemps après que le mémoire d'Andrew eut été rendu. Plus tard, il lui avait confié qu'elle était la seule de ses petites amies à laquelle il devait une très nette amélioration de ses notes. Aucune autre ne l'avait autant incité à étudier.

Quand donc s'était-elle aperçue qu'elle l'aimait? Dès le premier soir.

Tout comme, ce jour-ci, elle savait qu'elle allait avoir un enfant.

Leah ignorait d'où lui venait cette certitude. Ce n'était pas l'intuition, ni l'instinct, ni rien de psychique mais l'intime assurance que l'attente avait pris fin.

— Je suppose que tu vas acheter un test de grossesse, dit Andrew.

Il se leva et rinça sa tasse et son assiette avant de les disposer dans le lave-vaisselle.

Un test. Elle en avait déjà acheté une douzaine, pas moins. Dès le premier jour de retard, dans sa hâte de connaître la réponse, elle courait au drugstore. Elle avait largement mérité qu'on lui propose un rabais.

— Pas cette fois-ci, répondit-elle.

— Pourquoi?

— Tu l'as dit toi-même. Ou bien je suis enceinte, et c'est parfait. Ou bien je ne le suis pas, eh bien, tant pis.

Elle le prit par la nuque et l'embrassa.

— Je t'aime.

Il étudia son visage attentivement.

— Il y a quelque chose de différent.

— Ah bon? Quoi donc? demanda-t-elle avec un sourire heureux.

— Je ne sais pas. C'est dans tes yeux.

Leah le savait. Elle était enceinte.

Elle le sentait jusque dans la moelle de ses os. D'autres fois, elle l'avait cru et la déception avait été cruelle.

Aujourd'hui, c'était différent. C'était une sensation aussi forte que celle éprouvée le soir où elle avait rencontré Andrew mais elle ne pouvait laisser sa santé mentale reposer sur quelque chose d'aussi flou.

— Tu es sûre que tu vas bien? insista Andrew, l'air inquiet.

— Je me sens en pleine forme, assura-t-elle en se blottissant contre lui.

Elle ferma les yeux et pria pour qu'il ne s'agisse pas d'un mauvais tour de son imagination.

Jody redoutait de rappeler sa belle-mère. Elle attendit d'abord que Timmy soit couché. Puis il lui fallut une bonne demi-heure avant de trouver le courage de décrocher le téléphone. Affronter Gloria quand elle était en état de transe demandait beaucoup de cran.

— Bonsoir, Gloria, commença-t-elle d'une voix calme.

— Jody, c'est toi?

La voix pâteuse de sa belle-mère lui fit penser qu'elle sortait d'un profond sommeil. Puis aussitôt elle enchaîna d'une voix plus nette :

— Merci de me rappeler. Je sais que la nouvelle t'a fait un choc mais...

Ne désirant pas en entendre davantage, Jody l'interrompit d'un ton posé.

— Gloria, Jeff est mort.

Comment lui expliquer que quelqu'un avait eu la cruelle idée de leur jouer ce sale tour?

— Qui vous a téléphoné? reprit-elle d'une voix qui trahissait un début de panique.

— Je n'ai pas compris son nom. Tu comprends, l'émotion m'a un peu brouillé l'esprit. Mais il paraissait très sérieux, très responsable. Il m'a donné des détails.

— Quelle sorte de détails?

Elle sentait combien cet interrogatoire serré déplaisait à sa belle-mère mais, pour leur bien à tous, il était nécessaire.

— Je ne sais comment t'expliquer.

— A-t-il dit d'où il appelait?

— Oh, oui. D'Allemagne. Un jeune homme charmant, bien élevé. Tu comprends, c'était en plein milieu de la nuit et, au début, je ne l'ai pas cru. Ensuite, plus il parlait, plus je me disais qu'il ne pouvait pas avoir inventé tout ça, que c'était forcément la vérité. Jeff est vivant. Dans mon cœur, je l'ai toujours su et voilà que les faits le confirment.

— Mais pourquoi les autorités ne m'ont-elles pas contactée?

— Je ne sais pas, chérie. Peut-être le divorce y est-il pour quelque chose.

— Quand même, Timmy reste son fils. Donc on devrait nous prévenir.

— Je ne peux pas répondre à toutes tes questions, Jody. Je ne peux que te répéter ce qu'on m'a dit.

— Et que vous a-t-on dit exactement?

— J'aurais dû tout mettre par écrit mais j'étais trop émue et, avec ce nouveau médicament qu'on m'a donné pour le cœur, ma tête s'embrouille à certains moments.

Les doigts de Jody se desserrèrent sur le combiné.

— Et c'était l'un de ces moments-là, maman? demanda-t-elle le plus gentiment possible.

— Oh, non, ne va pas penser ça. Ce coup de téléphone, je l'ai vraiment reçu. J'ai pensé t'appeler tout de suite mais...

— Mais vous ne l'avez pas fait, acheva Jody comme la vieille dame hésitait.

— Non, effectivement, admit-elle à contrecœur.

— Et pourquoi?

— Parce que, répondit Gloria après un soupir qui venait du fond du cœur, je savais que tu ne me croirais pas; j'avais peur que ça se termine par une dispute et j'ai horreur de ça. Timmy et toi, vous êtes la seule famille qui me reste.

Les morceaux du puzzle se mettaient en place dans la tête de Jody. Sa belle-mère prenait un nouveau médicament qui lui brouillait les idées. Elle dormait profondément, assommée par la drogue. Un rêve avait pris forme dans sa tête, très vivant, très troublant. Gloria s'était réveillée en sursaut. Doutant de la réalité du coup de téléphone, elle avait attendu le lendemain soir pour appeler sa belle-fille.

Elle avait tant aimé son fils, tant souhaité qu'il soit encore vivant que son cerveau avait bâti un rêve consolateur auquel elle s'était cramponnée jusqu'à ce qu'il prenne l'authenticité d'un fait.

— Et, depuis, quelqu'un d'autre vous a appelée?

— Non. Tu crois qu'ils auraient dû?

— Peu importe ce que, moi, je crois. Vous, qu'en pensez-vous?

Le téléphone était un moyen de communication frustrant, songea Jody en entendant sa belle-mère respirer difficilement. La pauvre vieille dame devait pleurer. Elle souffrit de ne pouvoir la prendre dans ses bras et la réconforter.

La veille au soir, après le premier appel de Gloria, Jody avait éprouvé le besoin d'un réconfort et l'avait trouvé dans les bras solides et rassurants de Glen. Sa présence affectueuse l'avait considérablement aidée à encaisser le choc.

— Comment va Timmy? demanda sa belle-mère dans un louable effort pour changer de sujet. Je parie qu'il est très excité par l'approche de Noël.

— Timmy va très bien, s'écria Jody qui ne pouvait parler de son fils sans sourire. Ce week-end, nous sommes allés choisir notre sapin que nous avons coupé et rapporté.

— Tout seuls?

Jody hésita. Devait-elle mentionner la présence de Glen? Le moment lui parut mal choisi. Une réponse évasive suffirait.

— Un ami est venu nous aider, répondit-elle avec diplomatie.

— Un ami? répéta Gloria. Un jeune homme?

— Oui. Enfin, je ne connais pas son âge.

En rester là lui parut impossible.

— Glen est avocat dans le cabinet où je travaille.

— Je vois, dit Gloria.

La brièveté de sa réponse en disait long. Un silence s'écoula puis elle reprit:

— Ça fait combien de temps que tu vois ce... cet autre homme?

— Belle-maman, ce n'est pas ça du tout. Nous ne sommes sortis ensemble que deux fois et ce n'est pas...

Elle retint de justesse le mot « sérieux ». Glen était sérieux. Il l'avait affirmé dès le début. Ce qu'il voulait, c'était plus que quelques sorties avec une jolie femme; c'était une épouse et des enfants. Timmy aussi était sérieux; lui voulait un papa. Quant à elle, elle voulait un mari. Pour rire avec lui, pour qu'il la prenne dans ses bras, pour qu'il comble le vide de son cœur.

— Tout s'éclaircit, dit Gloria d'une voix sèche. Je comprends maintenant pourquoi tu ne veux pas qu'on te parle de Jeff. Il y a un autre homme dans ta vie.

— Belle-maman, ce n'est pas vrai.

La conversation tournait au dialogue de sourds. Simultanément, un sentiment de culpabilité empêchait Jody de se justifier.

— L'homme qui m'a appelée d'Allemagne était au courant de ton divorce.

— Belle-maman, nous avons discuté de ça des milliers de fois, si ce n'est plus. Ce n'est pas parce que je n'aimais plus Jeff que j'ai divorcé mais pour des raisons financières.

— Cette excuse ne m'a jamais convaincue, et tu le sais. Tes parents et moi, nous étions d'accord pour t'aider.

— S'il vous plaît...

— L'homme qui a appelé m'a posé des questions sur Timmy et toi.

— Belle-maman, je vous en prie, murmura Jody d'une voix tremblante. C'était un rêve. Cet appel n'a pas eu lieu.

— Il a réellement appelé, protesta Gloria d'un ton aigu qui fit vibrer l'écouteur. Jeff est vivant.

— Je comprends qu'il vous soit difficile d'accepter que je sorte avec un autre homme mais il est temps que je me remette à vivre. Vous ne trouvez pas que j'ai porté le deuil assez longtemps ? Il est temps que je m'arrête, non ?

Malgré ses résolutions, elle s'était mise à pleurer comme lors de chacune de leurs conversations.

— J'imagine que tu t'es mis dans la tête d'épouser cet homme ? reprit Gloria avec mépris.

— Je n'ai jamais dit ça.

— Tu peux te remarier, tu sais. Je n'ai pas les moyens de t'en empêcher.

— J'ignore encore ce que je vais faire, bredouilla Jody qui cherchait comment terminer la conversation.

— Voilà qui ferait plaisir à mon fils ! Rentrer chez lui pour trouver sa femme mariée avec un autre homme !

— Bellle-maman, je vous en prie, épargnez-moi cela.

— Tu sais ce que je pense ? Tu ne désires pas que

Jeff soit vivant. Tu t'es arrangé une existence agréable que le retour de Jeff réduirait en miettes.

— Vous savez bien que c'est faux, protesta Jody dans un sanglot.

— Vraiment ? Tu as pourtant un petit ami. Que ferais-tu de Jeff maintenant ?

— Glen n'est qu'un ami comme les autres.

— Ce n'est pas ce que j'ai cru comprendre.

— Je crois que nous ferions mieux d'interrompre cette conversation, dit Jody dans un sursaut de bon sens.

— Pas de problème en ce qui me concerne. Mais sache-le : je me charge d'expliquer à Jeff quel genre de femme tu es devenue. Il va bientôt m'appeler et je le mettrai au courant. Il saura alors la vérité à ton sujet.

14

Leah fut accueillie chez elle par le parfum du sapin que la décoratrice avait installé dans l'après-midi. Il était splendide.

Couvert de flocons artificiels, il n'aurait pas déparé l'entrée d'un hôtel de luxe. Une guirlande de nœuds dorés se déroulait en spirale du sommet au socle et des anges ornaient ses branches. Leah en compta douze. En robe dorée, muni d'énormes ailes immaculées, chacun jouait d'un instrument de musique. Guitare, harpe, saxophone, tuba, flûte, cor, trombone... Les découvrir l'un après l'autre, sous les branches alourdies de flocons, était très amusant.

— Tiens, te voilà, dit Andrew en sortant de la cuisine. Eh bien, qu'en penses-tu ?

— C'est magnifique.

— Je trouve aussi.

Elle suspendit son manteau dans le placard de l'entrée.

— Debbi s'est surpassée, cette année, dit Andrew en appuyant sur l'interrupteur.

Dix guirlandes de minuscules ampoules rouges jetèrent leur lueur chaude dans la pièce.

Tous les ans, la mère d'Andrew offrait à son fils et à sa belle-fille un sapin décoré par les soins d'une amie à elle.

— Les anges me plaisent beaucoup, déclara Leah en posant la tête sur l'épaule de son mari.

— Comment s'est passée ta journée?

La question dépassait le récit des activités qu'avait pu avoir sa femme. Andrew demandait en fait si les nausées de ces derniers jours, tôt le matin et en fin d'après-midi, avaient persisté.

— La journée a été bonne, répondit-elle avec désinvolture. Et la tienne?

— Asseyons-nous, dit-il.

Ils s'installèrent sur le canapé, le bras d'Andrew autour des épaules de Leah.

— J'ai réfléchi, commença-t-il.

— Hou la la! tu me fais peur.

Andrew se força à rire.

— Je serais beaucoup plus à l'aise si nous achetions un de ces tests de grossesse, reprit-il.

— Pourquoi? demanda-t-elle en riant. Nous finirons bien par le savoir, non?

— Tu as passé toute la semaine dans un état d'euphorie qui m'inquiète et...

— Mais je suis enceinte, affirma-t-elle tranquillement. Cela nous arrive enfin, je le sais. Il n'y a jamais eu d'impossibilité physique. Le Dr Benoit nous l'a dit

218

et redit. Rappelle-toi, selon lui, il suffisait que nous nous détendions, que nous n'en fassions plus une obsession et cela arriverait au moment où nous n'y penserions plus. Et voilà! Je ne sais pas pour toi, Andrew, mais, moi, ça me sidère.

— Leah, s'il te plaît, sois raisonnable.

— L'attente est finie, insista-t-elle.

— Si tu en es persuadée à ce point, alors pourquoi refuses-tu de faire le test?

— Pas question que j'achète encore un de ces affreux trucs. Je ne peux plus les voir.

Elle s'écarta légèrement et croisa les bras.

Des quantités de fois ils étaient passés par là, pour aboutir au même résultat négatif, et à ses conséquences dévastatrices.

Elle avait beau examiner et réexaminer les petites fioles, on y lisait toujours la même chose. Négatif. Les tests s'obstinaient à lui refuser ce qu'elle désirait tant. Non, elle ne se soumettrait plus à cette épreuve.

— Leah, tout ce que je veux éviter, c'est que tu te montes la tête. Tu n'as que quelques jours de retard et déjà...

— Et encore, je ne suis pas sûre d'avoir du retard. A mon avis, tu t'affoles pour rien. Comme tu le disais, si je suis enceinte, tant mieux; si je ne le suis pas, tant pis.

Il garda le silence mais Leah savait d'expérience combien le calme de son mari pouvait être trompeur. Elle lui prit la main et l'embrassa.

— Laisse-moi faire à ma façon et n'aie pas peur.

— Je ne peux pas rester les bras ballants pendant que tu te démolis sous mes yeux. Combien de fois as-tu déjà enduré cette épreuve? C'est toujours pareil et chaque fois tu t'emballes un peu plus pour retomber plus brutalement.

Il disait vrai. Sauf que cette fois-ci, c'était différent. Cette fois-ci, une joie puissante lui gonflait le cœur. Cette fois-ci, elle ne souffrirait pas, et lui non plus. Elle aurait tant aimé pouvoir l'en persuader et qu'il cesse de se tourmenter mais les arguments lui faisaient défaut.

— Je ne veux pas que tu t'inquiètes pour moi.

— Je suis inquiet.

— Il ne faut pas, insista-t-elle en s'appuyant contre lui.

— Bon, si j'ai bien compris, tu ne vas pas acheter ce test?

Elle détestait lui refuser quelque chose mais il le fallait. Ces tests suscitaient trop de souvenirs pénibles. Ils appartenaient au passé alors que son avenir, leur avenir n'était que promesses.

— Non, Andrew. Je n'en achèterai pas. C'est fini pour moi, ce genre de truc.

Elle se renversa sur les genoux de son mari et lui adressa un sourire enjôleur.

— Embrasse-moi, espèce d'idiot.

Il ferma les yeux.

— Leah, pour l'amour de...

— Arrête. Je pense à quelque chose de tout à fait différent. Pas toi?

Elle entreprit de déboutonner la chemise d'Andrew. Lorsque ses doigts effleurèrent la peau nue, il gémit doucement.

— Le dîner, parvint-il à murmurer entre deux baisers.

— Oui? fit-elle en lui caressant le dos.

Leurs deux cœurs cognaient à l'unisson.

— Il peut... attendre, souffla-t-il.

— C'est aussi ce que je pensais.

Ce ne fut qu'en s'habillant le lendemain matin que Leah remarqua le test de grossesse, sur le meuble de la salle de bains. Depuis combien de temps était-il là? Sans doute depuis la veille au soir.

La veille au soir. Un sourire heureux éclaira son visage. Ils étaient peut-être un vieux ménage mais qu'y avait-il de plus exaltant que de faire l'amour devant un feu de cheminée et sous un sapin de Noël scintillant de tous ses feux?

Elle prit la petite boîte et alla la déposer sous le nez de son mari qui prenait son petit déjeuner à la cuisine.

— Est-ce une suggestion?

— C'est ce que j'ai trouvé de plus parlant, dit-il. Pour l'amour du Ciel, finissons-en avec cette incertitude éprouvante!

Elle comprit enfin.

Jusque-là, elle avait cru qu'il ne s'inquiétait que pour elle. Il y avait beaucoup plus. Lui aussi souffrait. Lui aussi voulait savoir.

Pour ne pas ajouter au chagrin de Leah, il avait toujours bien masqué son regret de ne pas avoir d'enfant.

Les traits tirés, il levait vers sa femme un visage inquiet.

— Combien de temps vas-tu encore attendre?

Elle chercha une repartie amusante qui détendrait l'atmosphère. Rien ne vint.

— Si cela peut te rassurer, dit-elle à contrecœur, je vais prendre rendez-vous avec le Dr Benoit.

Bien qu'elle l'aimât beaucoup, le médecin éveillait un flot de souvenirs douloureux. Elle ne pouvait prononcer son nom sans penser aux mois durant lesquels elle avait subi des injections d'hormones, des ultrasons et toutes sortes de traitements.

221

— D'accord, appelle ton copain médecin, dit Andrew sans grand enthousiasme.

Il avait hâte de savoir. Leah n'était pas aussi pressée. Elle avait déjà reçu toutes les assurances qu'elle désirait.

Cela faisait près de quarante-cinq minutes que Monica piétinait dans le froid en agitant sa sonnette. Elle était glacée jusqu'aux os et ses pieds devenaient insensibles. Mais le pire était qu'elle doutait de voir apparaître Chet.

Après avoir été surpris par son père au beau milieu du jardin et en pleine nuit, il ne viendrait pas. Son père ayant gardé un silence bizarre sur l'incident, elle avait dû imaginer toute seule comment ça s'était passé.

Elle avait bien essayé de soutirer quelques informations mais s'était heurtée à une apparente incompréhension. Insister risquait de trahir son inquiétude et d'autres questions dépasseraient les limites d'une curiosité légitime.

Monica tressaillit avant même de l'apercevoir. Son moral remonta en flèche. Elle respira un grand coup et chuchota une brève prière de gratitude.

— Bonjour, dit-elle comme il glissait un billet de vingt dollars dans l'urne.

— Il faut que nous parlions, dit-il sans la regarder.

— Oui, je sais.

— On peut se retrouver quand tu auras fini?

— Bien sûr.

Elle était amoureuse et une femme amoureuse ferait à peu près n'importe quoi pour être avec l'élu de son cœur. Aussi, pensant lui faire plaisir, proposa-t-elle:

— Chez toi?

— Non.

Un refus net qui fit rire Monica.

— Comme tu voudras. Où, alors?

— Au quai 56. Il y a un restaurant. Je t'y attendrai. Tout au fond, près de la fenêtre.

— Entendu. J'y serai très bientôt, dit-elle avec enthousiasme.

— A tout à l'heure, murmura-t-il en s'enfonçant dans la foule.

Monica le chercha en vain des yeux, il avait disparu. Tel un magicien, songea-t-elle; il pouvait apparaître brusquement et disparaître tout aussi soudainement.

Vingt minutes plus tard, Monica dévalait la rue qui menait au quai. On lui avait vanté la décoration des vitrines de Nordstrom, des anges qui se baladaient dans un petit train sur des nuées mousseuses, un firmament constellé d'étoiles et dans une autre vitrine des lutins agglutinés autour de la mère Noël qui s'affairait à cuire des cookies. Toutes ces merveilles, elle les admirerait sur le chemin du retour, se promit-elle en accélérant le pas.

Chet l'attendait près d'une baie donnant sur le Puget Sound. Sous un ciel bleu et limpide, le ferry venait de s'écarter du quai. Monica ne put s'empêcher d'admirer la scène.

— Quelle joie de te voir, dit-elle.

Elle ôta son manteau et resta debout pour lui laisser le temps de remarquer sa nouvelle robe. Trop préoccupé, il ne vit rien et garda le silence. Monica se résigna à s'asseoir.

— J'ai très envie d'une tasse de café, dit-elle.

Chet fit signe à la serveuse.

— Veux-tu manger quelque chose?

— Non. Du café seulement. Merci.

— La même chose pour moi.

La serveuse remplit les tasses.

Chet sourit enfin avant de hausser les sourcils en signe d'étonnement.

— Il y a quelque chose de changé.

Monica rayonna. Ses efforts n'avaient pas été vains.

— Je me suis un peu maquillée, murmura-t-elle en se penchant vers lui. De façon tout à fait inattendue, j'ai reçu un coup de fil de Donna Watkins, une dame que je connais par la paroisse. Elle est experte en matière de vêtements, de foulards, de coiffures... Je n'ai pas toujours eu la même opinion à son sujet mais peu importe maintenant. La voilà qui raconte un truc bizarre : alors qu'elle était en train de s'habiller, un besoin irrésistible la prend de m'appeler et de m'inviter à déjeuner. J'ai accepté et, après le repas, elle m'a emmenée faire des courses. J'ai acheté la robe. Et ceci aussi.

Elle tourna la tête et écarta ses cheveux pour lui montrer ses boucles d'oreilles.

— Elles sont jolies, non ?

Les sourcils de Chet se froncèrent à nouveau légèrement.

— Je croyais que tu voyais dans les bijoux des instruments du diable.

Si elle l'avait pensé, elle ne l'avait sûrement pas dit en public.

— Ne sois pas ridicule. J'ai dit que si une femme tenait absolument à porter des bijoux, ils devaient exprimer un esprit doux et modeste.

— Sans blague ? Je ne me rendais pas compte que les boucles d'oreilles parlaient aussi bien.

Elle ne se formalisa pas de la raillerie.

— Eh bien, je pense qu'elles expriment quelque

chose. Donna le pense aussi mais elle, c'est une vraie décoration d'arbre de Noël qu'elle porte. Complètement fou. En fait, chaque femme doit trouver sa propre interprétation de ce principe.

Le café commençait à la réchauffer; elle se sentait mieux.

— Et ma robe, elle te plaît?

Le ton léger ne s'accordait pas du tout avec les battements désordonnés de son cœur. Chaque achat de l'après-midi avait eu pour but de plaire à Chet. Campée devant la glace, elle avait essayé une douzaine de robes en se demandant laquelle il préférerait.

— Elle est très jolie.

Compliment plutôt faible mais dont elle sut se contenter.

— C'est la première fois, depuis des années, que je m'achète une robe qui ne soit ni noire, ni grise, ni bleu marine. Selon Donna, j'incarne l'été, si tu vois ce que ça veut dire. Moi, elle a dû m'expliquer. En gros, ça signifie que je devrais me cantonner aux couleurs pastel, rose, bleu ciel, etc.

Chet hocha la tête. Ces histoires estivales le dépassaient. Monica le comprit.

— Excuse-moi, je m'égare, dit-elle en reposant sa tasse. Dis-moi ce qui s'est passé avec mon père... Il ne m'a rien dit, ajouta-t-elle d'une petite voix craintive.

— Il ne s'est rien passé.

Jamais elle n'avait vu Chet aussi taciturne.

— Rien? Comment ça, rien? insista-t-elle.

— Je lui ai dit que j'étais détective privé et que mon boulot m'avait amené à traverser sa cour. Je m'en suis excusé et lui ai montré ma licence. Après ça, il est rentré chez lui.

— C'est tout ?

Elle en doutait. Son père avait gardé toute la matinée un silence inhabituel. Il avait l'air préoccupé. Quand Donna avait téléphoné pour inviter Monica à déjeuner, il l'avait poussée à accepter comme s'il avait hâte de se débarrasser d'elle. Il avait même insisté pour qu'elle ne rentre pas ensuite. Puisqu'elle devait quêter en ville, le mieux était qu'elle se rende directement sur place.

Chet aussi paraissait préoccupé.

— Tu es bien silencieux, remarqua-t-elle.

Il avait une expression sérieuse qu'elle ne connaissait pas. Jusqu'à ce jour, elle l'avait vu furieux, ironique, empli de désir, mais jamais sérieux.

Il ne releva pas sa remarque.

— Je n'avais pas réalisé à quel point tu es belle, vraiment belle.

Peu habituée aux compliments, Monica piqua un fard.

Son cœur se mit à battre très fort contre sa poitrine. Voilà ce que provoquait l'amour chez une femme ! Pour rien au monde, elle n'aurait renoncé à cette sensation stupéfiante.

Il se pencha en avant et lui prit la main.

— J'ai pas mal réfléchi.

— A notre sujet ?

Pressentant ce qu'il allait dire, elle sentit la peur l'envahir. En même temps, elle eut la conviction que rien de ce qu'elle pourrait avancer comme argument ne le ferait changer d'avis.

Chet hocha la tête.

— Il faut en finir, Monica. Je ne pensais pas que les choses iraient aussi loin entre nous. Maintenant, il faut s'arrêter. Tu es intelligente, belle et un jour tu rencontreras...

Elle posa deux doigts sur les lèvres de Chet.

226

— Ne dis rien, supplia-t-elle en écarquillant les yeux pour refouler ses larmes.

Il agrippa le poignet de la jeune fille et ferma les yeux, comme s'il éprouvait autant de chagrin qu'il en infligeait. Puis il embrassa ses doigts et les reposa sur la table.

Elle baissa la tête.

— Il y a une chanson que Michael joue au piano, murmura-t-elle sur un rythme haché. Elle vient d'une comédie musicale, je ne sais laquelle. Deux jeunes gens doivent rompre et elle exige une chose, une seule.

— Laquelle ?

— Choisir le moment et l'endroit où ils se diront adieu. Elle décide que ça se passera le dimanche matin et au zoo. Je ne sais pas pourquoi mais c'est ce qu'elle demande.

Son sourire n'aurait pas dupé un enfant.

— Je trouvais cette chanson ridicule et Michael ne la jouait que pour m'agacer... Aujourd'hui, je crois que je comprends.

Chet garda un long silence avant de lâcher :

— Eh bien, le moment est venu, Monica. C'est fini.

Elle inclina la tête.

— Au moins, laisse-moi choisir le lieu. Pas ici, pas dans ce restaurant luxueux avec la moitié du monde qui nous surveille du coin de l'œil. Sortons, marchons jusqu'au bout du quai. Et là-bas, tu me diras que tu ne m'aimes pas, que tu ne veux plus me voir.

Sans attendre la réponse de Chet, elle se leva, enfila son manteau et sortit du restaurant, la tête droite. Une fois dehors, elle s'interdit de se retourner et suivit le quai jusqu'à son extrémité.

Le visage fouetté par le vent, elle s'appuya sur la rambarde métallique et contempla les eaux vertes et boueuses. Malgré les sentiments violents qui lui déchiraient le cœur, elle parvenait à garder un calme apparent.

Elle craignit un instant que Chet ne la rejoigne pas et respira un peu mieux lorsqu'elle le vit s'accouder à côté d'elle. Le crépuscule tombait et une douce lueur rose nappait l'horizon. Le vent gémissait au-dessus de leurs têtes.

— Je ne peux pas dire que je ne t'aime pas.

La souffrance avait donné à ces mots un accent sévère.

Monica enfonça les mains dans les poches de son manteau. Des boucles de cheveux lui voletaient tout autour du visage. Elle se tourna vers Chet.

— Alors, pourquoi ?

— Bon sang, Monica, on ne va pas reprendre cette discussion. Les raisons, nous les connaissons tous les deux. Pourquoi ressasser ? Ça ne nous avancera à rien. Moi, en tout cas, je refuse de reprendre ce débat. Qu'au moins l'un d'entre nous garde la tête froide. Tu crois que cette scène de rupture m'amuse ?

— Non.

— Alors, résigne-toi. Accepte. Finissons-en avant de nous fabriquer d'autres regrets.

C'était donc cela, mourir ? songea Monica. Elle ferma les yeux sur la douleur qui lui brisait le cœur et inclina lentement la tête.

— Michael est un type bien, dit Chet.

— Je ne l'aime pas, c'est toi que j'aime, répliqua-t-elle d'un ton uni.

Cette déclaration d'amour ne parut pas l'émouvoir.

— J'ai fait une petite enquête sur lui. Il est propre comme un sou neuf. Tu ne pourrais pas trouver meilleur mari.

— Arrête, je t'en prie, murmura-t-elle.

228

Elle comprenait bien qu'il voulait l'aider, mais il se trompait !

— Si Michael ne te plaît pas, très bien. Il y a d'autres poissons dans la mer. Tu retomberas amoureuse. D'ici trois semaines, peut-être moins.

Monica eut un petit gloussement amer.

— Chet, tu me connais donc si mal ? Tu me prends vraiment pour une femme capable de passer d'un amour à un autre ? Crois-tu sincèrement que je pourrais épouser un homme que je n'aime pas ?

Le silence de Chet fut une réponse suffisante.

— Tout ce que je te demande, c'est de ne pas faire de bêtises, dit-il quelques secondes plus tard.

— Par exemple ?

— Bon sang, je ne sais pas. T'enfuir dans un couvent ou quelque chose de similaire.

— Les couvents, c'est pour les catholiques.

— Je sais, mais je sais aussi que tu es capable de te convertir juste pour me contrarier. Il y a trop de passion en toi pour une vie monastique, tu comprends. De passion contenue pendant des années et des années... Tu t'en sortiras, tu verras, jeta-t-il en s'éloignant.

— Chet ?

Il s'arrêta mais sans se retourner.

— Prends-moi dans tes bras, s'il te plaît. Une dernière fois.

Il fit un pas en avant, puis un autre, comme s'il voulait s'en aller. Monica se mordit les lèvres jusqu'au sang pour se retenir de l'appeler. Puis il se ravisa.

Et la seconde suivante, elle était dans ses bras. Il la serra fort, très fort, tandis qu'elle se cramponnait à lui.

— Tu es fou, dit-elle, la voix brouillée de larmes.

— Je l'ai toujours été. Pourquoi changerais-je ?

— Parce que je t'aime.

— Ouais, voilà qui n'arrange pas nos affaires.

Il s'écarta si brutalement qu'elle faillit perdre l'équilibre. Lui prenant les mains dans l'une des siennes, il lui effleura la bouche du bout des doigts.

— Grands dieux, j'ai du mal à y croire...

— Croire à quoi ?

— A rien.

Il ferma les yeux et étreignit les mains de Monica.

— Je te dois tant.

— Voyons, Chet, protesta-t-elle. Tu n'as rien compris. C'est moi qui te dois beaucoup.

— En tout cas, ceci est mon cadeau de Noël.

— Quoi ? Me briser le cœur ?

— Non. Te laisser partir avant que je ne bousille ta vie comme j'ai bousillé la mienne.

Il lâcha les mains de Monica et s'éloigna.

Il était tout à fait inhabituel d'être convoqué par Gabriel en plein milieu d'une mission sur terre. Charité en déduisait qu'on allait lui retirer l'affaire. Elle avait préparé tous ses arguments, de bons arguments, mais encore fallait-il que Gabriel lui laisse le temps de les exposer.

Les choses se passaient en fait beaucoup mieux qu'il n'y paraissait au premier coup d'œil. La bonne nouvelle était que Monica avait recouvré son bon sens. S'occuper de cette fille de pasteur avait été un rude travail, une sorte de défi. Les progrès étaient indéniables. Le coup de téléphone de Donna Watkins était l'œuvre de Charité mais quelle déception de constater que les efforts de coquetterie de Monica étaient destinés à éblouir Chet, et non Michael.

Gabriel l'attendait, en marchant de long en large, les mains derrière le dos.

— Bonjour, Charité... J'aimerais un compte rendu sur l'affaire Monica Fischer.

— Je suis heureuse que vous me le demandiez, s'écria Charité dans sa hâte d'exposer la nouvelle tournure des événements. Il y a dans sa paroisse un charmant jeune homme du nom de Michael Simpson...

Gabriel l'interrompit un peu sèchement.

— J'ai appris qu'elle voyait très régulièrement un certain Chet Costello et que tu étais directement responsable de leur rencontre.

— Elle le voyait, oui, mais c'est fini à présent, dit Charité qui n'avait aucune envie de décrire la chute de Monica dans les bras de Chet, et encore moins ce qui l'avait provoquée.

— Tu en es sûre ?

— Vous n'avez plus besoin de vous inquiéter de ce détective de pacotille, conclut Charité avec un mouvement majestueux des ailes. Michael Simpson reste seul en piste et il a beaucoup de chances de son côté. Il est correct, gentil, attentionné et il a un vrai talent de musicien. Je suis convaincue que d'ici quelques jours Monica...

— Quelques jours ? répéta Gabriel.

— Peut-être cela prendra-t-il une semaine, mais j'ai confiance, Monica ne tardera pas à reprendre ses esprits.

Gabriel continuait à aller et venir.

— Une chose est sûre, reprit-il. Monica est sincèrement éprise et ce n'est pas de Michael Simpson.

— Cette histoire avec le détective n'a été qu'une passade.

— C'est ce que tu crois, s'écria Gabriel. Eh bien, regarde ça et dis-moi ce que tu en penses.

Sur un geste de ses bras, les pans du ciel s'écartèrent et une rafale de vent chaud et humide s'éleva. Charité cligna des yeux pour tenter de percer le brouillard épais qui tourbillonnait à ses pieds.

Puis la vue se dégagea. L'intérieur austère d'une vieille église se dessina et Charité reconnut le sanctuaire où ses amies et elle avaient tenu conférence un soir, celui où le révérend Fischer guidait son troupeau sur le chemin du salut.

Monica était agenouillée devant l'autel, le visage dans les mains, les épaules secouées de sanglots. Une mélopée triste émanait de ses pleurs et montait vers le ciel.

— Elle a changé, remarqua Gabriel. Sa coiffure est différente.

— Il se trouve que Chet, c'est-à-dire le détective privé...

— Oui, je le connais bien.

— Ah bon?

— Le reste aussi, on le lui doit? La jolie robe, les boucles d'oreilles?

— C'est possible.

Charité préféra s'abstenir de raconter le déjeuner avec Donna Watkins.

Gabriel prit un air pensif.

— Je m'en doutais. Si je me souviens bien, Monica était une jeune personne emprisonnée par sa propre vertu. On dirait qu'à présent elle en est venue à admettre les différences de chaque être.

— Je ne saurais le dire avec précision mais, au sujet de ce détective privé, je dois vous dire qu'une petite enquête m'a révélé un passé plutôt sordide.

— Je vois, fit Gabriel que cela ne parut pas émouvoir. Mais ta petite enquête, elle remonte jusqu'à quand?

232

— Deux ans.

— Tu as appris qu'il a été blessé ?

— Ah... je ne savais pas.

— Il a failli mourir. Si je me souviens bien, il s'est jeté en avant pour sauver son ami. Il voulait offrir sa vie en sacrifice pour sauver celle d'un homme qu'il respectait. Malheureusement, ça n'a pas marché. Son ami a été aussi touché et il est mort.

— Ô mon Dieu !

Charité comprenait un peu mieux qui était Chet. Elle regarda à nouveau Monica qui priait de tout son cœur au pied de l'autel. Une brise parfumée s'élevait vers le ciel.

— Que dit-elle ?

— Elle remercie Dieu de lui avoir enseigné l'amour et de lui avoir offert ces quelques instants de bonheur avec Chet. Son cœur déborde de gratitude.

— La gratitude fait pleurer ? s'étonna Charité.

— Très souvent, admit Gabriel avec un soupir résigné. Bon, eh bien, il me semble que tu as enseigné à Monica Fischer un certain nombre de choses qui lui seront profitables.

— Mais je n'ai rien fait, s'écria Charité, de plus en plus confuse. Tous ces changements sont dus à Chet Costello, pas à moi.

— Oui, je sais. Allons à sa recherche.

Charité pinça les lèvres avec mépris.

— Il doit être en train de boire dans un bistrot mal famé.

— Très précisément.

La silhouette de Monica s'effaça pour laisser place à celle de Chet, avachi sur un tabouret de bar, un verre dans les mains. Les tentatives du barman pour engager la conversation restaient vaines.

— Vous avez remarqué que ce n'est pas à l'église

que cet homme se réfugie, se crut obligée de sou-ligner Charité.

— Ça ne m'a pas échappé.

Une serveuse s'approcha de Chet et lui murmura quelque chose à l'oreille.

— C'est Trixie, dit Charité.

Elle tenait à ce que Gabriel constate qu'elle était bien informée et qu'elle n'avait pas failli à sa tâche.

— Je sais tout ce qu'il y a à savoir au sujet de Trixie.

— Alors vous n'ignorez pas qu'ils entretiennent une longue liaison.

— Qui s'est terminée le jour où il a rencontré Monica, fit remarquer Gabriel. Tu vois, il recommence.

— A boire?

— Non. Il se sacrifie pour quelqu'un d'autre. Il aime Monica mais se croit indigne d'elle. Il me semble qu'un homme qui, à deux reprises, met le bien d'autrui avant le sien mérite autre chose que de souffrir.

— Il mérite l'amour, murmura Charité en regar-dant Trixie.

Charité sursauta. Était-ce Gabriel qui venait de pousser ce gémissement?

— Non. Pas Trixie! protesta-t-il.

— Qui donc, alors?

— Monica Fischer.

Charité allait de sursaut en sursaut.

— Le Seigneur n'a quand même pas l'intention d'exaucer la prière de Monica en lui donnant Chet Costello pour mari!

Gabriel éclata d'un rire sonore qui retentit comme un gong chinois.

— Très chère Charité, c'est très exactement ce qu'Il voulait dès le début.

15

De toute la nuit, Jody ne dormit que par à-coups de dix ou quinze minutes. Exactement comme lors de la disparition de Jeff. A peine couchée, elle sombrait dans un sommeil agité. Le schéma se répétait.

Jeff était vivant.

Jeff était mort et enterré. Enterré et pleuré.

Ressuscité.

Lorsque le réveil sonna, elle eut la tentation de se déclarer malade mais la perspective de passer toute la journée à la maison, seule face à son angoisse, la retint d'appeler le bureau.

Sensible à son humeur, Timmy fut d'une sagesse remarquable. Il s'habilla pour l'école sans ronchonner, prit son petit déjeuner à toute allure et attendit gentiment que sa mère soit prête, elle aussi.

— Passe une bonne journée, lança-t-elle en le déposant à l'arrêt du bus.

— Toi aussi, m'man, cria-t-il en courant rejoindre ses amis.

Ses pensées sautant d'un sujet à l'autre, elle pilota machinalement sa voiture au milieu des embouteillages et se gara dans le parking, sans garder aucun souvenir du trajet effectué.

Au moins le travail allait-il lui occuper l'esprit d'une façon plus saine. Malgré tout ce qu'elle pouvait se dire, une petite partie d'elle-même — non, rectifia-t-elle, une grande partie d'elle-même souffrait des propos de Gloria.

En quoi cela importait-il que cette pauvre vieille dame explique à son fils décédé et enterré quelle horrible épouse était Jody ?

Eh bien, cela importait.

Constater combien elle attachait d'importance à l'opinion de Gloria la troublait. Jody avait été une bonne épouse. Aucune femme n'aurait pu aimer Jeff comme elle. Aucune ne l'aurait pleuré plus sincèrement, plus longtemps — sauf, sans doute, sa mère.

A cause de Timmy, elle ne pouvait continuer à se cloîtrer dans son deuil. Pour que l'enfant soit heureux et équilibré, sa mère devait renouer avec le présent. Elle s'en était bien tirée avec son petit garçon ; du moins c'est ce qu'elle supposait jusqu'à ce qu'elle découvre la lettre adressée au Bon Dieu. Timmy n'avait pas besoin d'une mère en larmes et passéiste, mais d'une mère droite et fière, capable de le mener vers l'avenir.

Jody venait de s'installer derrière son bureau, le cerveau plus embrouillé que jamais, lorsque Glen Richardson poussa la porte. Elle leva les yeux et l'expression chaleureuse de l'avocat lui donna un sentiment de sécurité immédiat.

Depuis le début, il avait eu le pouvoir de l'apaiser et, très vite, il était devenu un véritable ami, ce dont elle n'avait jamais eu autant besoin.

— Comment ça s'est passé avec votre belle-mère ? demanda-t-il en s'asseyant sur le bord du bureau.

— Pas bien, dit-elle en détournant les yeux.

— Il faut comprendre ; c'est une vieille dame qui souffre de la solitude.

— Je le sais bien mais ça ne rend pas les choses plus faciles.

Il la regardait avec une chaude sympathie qui lui fit du bien.

— Évidemment. Et Timmy, comment va-t-il ?

— Très bien. Tous les matins, il observe vos prescriptions et vérifie le niveau d'eau du socle. Tous les gamins du quartier ont été invités à admirer l'arbre coupé par ses soins.

— Et moi, je n'y suis pour rien ?

— Apparemment, non. Ses amis le prennent pour un bûcheron émérite. Ce matin, pour aller en classe, il a mis sa chemise en flanelle écossaise et ses bottes. C'est qu'il a une image à entretenir.

Glen rit de bon cœur.

— J'espère que cela ne vous ennuiera pas, je lui ai acheté un gant de base-ball pour Noël. J'aurais dû vous en parler d'abord.

Jody fut troublée. L'idée était bonne mais elle savait qu'un gant de base-ball coûtait cher et un cadeau de cet ordre semblait impliquer qu'il existait entre eux plus que de l'amitié.

— Le gant qu'il m'a montré est trop petit pour sa main, expliqua Glen. Je suis surpris que son entraîneur le laisse jouer avec. Si Timmy a l'intention de devenir lanceur, et il semble que ce soit le cas, il lui faut un gant à sa taille.

— C'est très gentil de votre part, Glen.

— Mais ?

Il se leva comme pour mieux encaisser les reproches.

— Timmy sera enchanté.

Comment lui en vouloir ? Sans lui, elle n'aurait pas su que le gant de Timmy était trop petit. En tout cas, cet incident prouvait que Timmy avait eu raison ; il lui fallait effectivement les conseils avisés d'un père.

Glen consulta sa montre.

— Il faut que je m'en aille. Je plaide, ce matin.

— Merci d'être passé me voir.

— Je vous en prie. Que diriez-vous de dîner ensemble, un soir de cette semaine ?

Sans réfléchir, elle fit oui de la tête.

Tournant décisif.

Elle avait accueilli un homme dans sa vie et accepté sa compagnie. Elle trouvait normal de le revoir et, même, cela lui faisait plaisir.

Son regard dut trahir ses sentiments car Glen revint sur ses pas. Il contourna le bureau et tira une chaise pour s'asseoir à côté d'elle.

— Qu'y a-t-il? Un déclic s'est produit en vous. A l'instant. Je l'ai vu très clairement. Dites-moi ce que c'était.

— J'ai compris tout à coup combien j'étais heureuse de nos sorties.

Il rit. Manifestement, il ne saisissait pas toute la signification de ce qu'elle venait de dire. Sept ans de prison. Une existence réglée, sans imprévu, peuplée d'ombres. Autant dire un abri, un cocon triste mais douillet où aucune souffrance ne pouvait plus l'atteindre. Un refuge hors de la vie. Mieux valait ne pas penser à tout ce dont elle avait été privée.

Et voilà qu'un homme surgissait de nulle part et se faufilait doucement, gentiment derrière ses barricades. Un homme qui ne tentait pas d'oublier le mari défunt mais affirmait se contenter d'une petite place dans un coin de son cœur.

— Glen?

— Oui, fit-il en lui prenant la main.

D'où lui vint cette audace? Elle l'ignorait et ne se posa pas la question. Soudain, elle fut là, chaude comme les premiers rayons du soleil après une nuit froide.

— Voudriez-vous m'épouser?

Un silence ahuri lui répondit. Glen la dévisageait comme s'il doutait de ses oreilles.

— Ai-je bien compris?

Jody se recroquevilla de honte. Qu'est-ce qui l'avait poussée à dire ça? Tout à coup, l'idée avait

238

surgi et les mots s'étaient bousculés sur ses lèvres. Comment faire pour les rattraper ?

— Je serai très honoré de devenir votre époux et le beau-père de Timmy, dit enfin Glen d'un ton solennel.

— Je n'aurais pas dû...

— Si ! s'écria Glen. Il se trouve simplement que je ne pensais pas que cela arriverait aussi vite.

Il consulta à nouveau sa montre et son visage prit une expression de regret.

— Nous en reparlerons, promit-elle.

— Fixez la date, Jody. Et ce week-end, nous irons choisir une bague de fiançailles.

Son impatience la rassura. Peut-être n'était-ce pas si fou que ça, après tout ? Après une éternité de deuil, la chance d'être heureuse se représentait. Il ne fallait pas la laisser passer.

Oui, tout se passait très vite mais n'était-ce pas ce qu'elle avait voulu ? Trop de tergiversations l'auraient fait se raviser.

— Eh bien, marions-nous en janvier, après les congés de Noël et du Jour de l'An, lâcha-t-elle comme Glen ouvrait la porte.

Il se retourna, un grand sourire sur les lèvres.

— Alors, ce sera en janvier.

— Bravo !

Shirley sauta de l'armoire métallique et tous les papiers empilés sur le dessus s'envolèrent.

— Que se passe-t-il ? cria Jody.

Une collègue accourut du bureau voisin.

— Regarde, fit Jody.

— C'est le chauffage. Il envoie de temps en temps des bouffées d'air chaud... Attends, je vais t'aider à les ramasser.

Jody examina la pièce. Aucune bouche de chaleur ne s'ouvrait à proximité de l'armoire. Les mains plaquées sur la bouche, Shirley s'écrasait contre le plafond.

— Tu crois qu'on devrait prévenir le technicien?

— Non, répondit l'autre femme. Ça n'arrive pas souvent.

— Hé! Regarde ça. Une plume! Comment une plume a-t-elle pu arriver là?

— Je n'en ai aucune idée. Tiens, range tes papiers.

Shirley s'éclipsa avant de causer d'autres dégâts et, propulsée par la joie, monta directement au ciel. Elle vit avec plaisir que Gabriel l'attendait.

— Entre, entre.

Il émanait de lui une puissance sereine qui faisait l'admiration de Shirley.

— C'est pour rendre compte de l'affaire Timmy Potter que tu es venue? demanda-t-il.

— Exactement. Ma mission est accomplie. La mère de Timmy s'est fiancée ce matin avec Glen Richardson.

— Glen Richardson, répéta Gabriel.

Il s'approcha du bureau et feuilleta l'énorme registre. Son doigt courut le long des pages jusqu'au nom de Glen. Puis il leva sur Shirley un regard soucieux.

— C'est un jeune homme très gentil qui fera un très bon père pour Timmy, se hâta d'expliquer Shirley.

La main massive de Gabriel l'empêchait de lire ce qui l'avait troublé.

— Il faut que tu y retournes tout de suite, déclara-t-il. Il y a un malentendu. Jody et Timmy vont avoir besoin de toi. Une tempête approche.

— Vous ne pouvez pas m'en dire un peu plus?

Elle aurait dû deviner qu'avec son inexpérience cette mission ne se réglerait pas aussi vite que ça.

— Je ne peux t'en dire plus, dit Gabriel d'un ton désolé.

— Mais...

— Va ! ordonna Gabriel en ouvrant ses ailes immenses. Tu as du travail devant toi.

Pendant des années, Leah avait évité le rayon enfants des grands magasins. A présent, elle s'y précipitait.

Elle errait avec délices de la table à langer à la baignoire en passant par un berceau sculpté dont elle caressa tendrement le bois verni. Son cœur débordait de joie.

Après tant d'années, elle portait un enfant. L'attente, les souffrances répétées appartenaient au passé.

Dans le fond de sa tête, un écho désagréable subsistait, les avertissements inquiets d'Andrew. Quels mots trouver pour lui communiquer sa certitude ? Comment le débarrasser de ses doutes, le rassurer, l'entraîner avec elle dans cette douce euphorie ?

Elle avait hâte de voir son expression lorsqu'elle pourrait lui confirmer, scientifiquement, qu'elle portait dans son corps leur enfant. Un rêve qu'elle entretenait depuis des années. Quelle tête ferait-il, grands dieux ?

Elle s'interdit d'acheter immédiatement une layette complète de peur de se heurter à nouveau à Andrew. Ils avaient déjà le mobilier nécessaire et, dès que le Dr Benoit aurait donné le feu vert, ils se rueraient dans les magasins acheter ce qui manquait.

Son rendez-vous était fixé au vingt-trois décembre. Elle n'aurait pas à attendre longtemps avant d'annoncer la nouvelle aux deux familles. Noël serait le jour idéal.

La mère d'Andrew serait enchantée. La sienne aussi, bien sûr, mais ses parents avaient déjà de nombreux petits-enfants tandis que Shirley Lundberg attendait impatiemment son premier.

Les prénoms avaient été choisis des années plus tôt. Si c'était une fille, il faudrait trancher entre Sarah, Hannah ou Elizabeth. Un garçon s'appellerait Isaac, Samuel ou Jean. Peu de gens savaient ce qui l'avait poussée à faire ce choix.

Ces prénoms étaient tirés de la Bible. Leah se sentait proche des trois femmes, Sarah, Hannah et Elizabeth, qui étaient restées stériles jusqu'à ce que Dieu entende leurs prières. Il les avait exaucées et leur avait envoyé un premier-né.

Cet enfant que Leah portait était aussi un miracle, un signe de fidélité. Au cours des années, son espoir s'était épuisé et sa propre foi avait faibli. Mais Dieu n'avait pas cessé d'écouter. Même quand elle se croyait seule et abandonnée, Dieu était là, fidèle, à l'écoute.

Incapable de quitter ce rayon les mains vides, Leah choisit un petit hochet en argent massif destiné à décorer le sapin et qui portait l'inscription « Premier Noël de Bébé ». Elle l'offrirait à Andrew en plus de tout le reste. Évidemment, l'enfant ne serait pas encore né et elle prenait un an d'avance, mais l'envie d'observer la réaction de son mari quand il ouvrirait la boîte l'emporta. Il serait enfin convaincu qu'elle était enceinte.

Elle rentra tard et Andrew l'attendait. Il la suivit pas à pas du garage jusqu'à la chambre d'amis où elle stockait ses cadeaux.

— Les courses se sont bien passées ? demanda-t-il en affectant un air indifférent quoiqu'il ne la lâchât pas d'une semelle.

Leah posa ses paquets et lui adressa un sourire narquois.

— Très bien, merci.

— Tu m'as acheté quelque chose?

Elle adorait son comportement enfantin qui resurgissait chaque année au moment de Noël. Les cadeaux l'excitaient autant qu'un petit garçon.

Il tâchait de deviner ce qu'elle avait choisi, tripotait les paquets et secouait ceux qui portaient son nom avec une dangereuse énergie.

— Peut-être bien que oui, peut-être bien que non.

— Je sais que oui, dit-il avec assurance.

Il s'adossa au chambranle de la porte et prit une attitude désinvolte qui signifiait : « Inutile de te donner le mal de faire de beaux paquets puisque, de toute façon, je sais. »

— En tout cas, tu es restée sortie longtemps.

— Hmmm.

Elle préparait le papier, les ciseaux, le Scotch.

— Où es-tu allée?

— Andrew, franchement!

— Tu savais que le magasin de golf faisait des soldes?

— Bon, ça suffit. Va-t'en. Si tu restes dans mon dos, je n'en sortirai pas.

— J'adore te regarder. Tu as des gestes tellement gracieux...

— Andrew, je t'en prie. Laisse-moi seule.

— Ah! Ça veut dire que tu m'as acheté quelque chose!

— A tout à l'heure, chéri.

Elle lui ferma la porte au nez. Elle tendit l'oreille. Andrew n'avait pas bougé.

— Tu m'appelles si tu as besoin de quelque chose, d'accord? insista-t-il avec une cordialité excessive.

— Promis.

Une minute s'écoula. Pas plus de deux, en tout cas.

— Veux-tu quelque chose à boire ?

— Non, merci. Pourquoi ne vas-tu pas regarder la télévision ?

— Il n'y a rien d'intéressant.

— Pas de football ?

— Pas à cette heure-ci. Dans combien de temps auras-tu fini ?

— Je n'en sais rien.

Sa famille et ses amis se moquaient de sa technique d'emballage. Harcelée par son mari qui se comportait plus comme un enfant de six ans que comme un adulte, elle utilisait plus de papier et de Scotch que trois personnes réunies. Tant pis.

— Je vais me préparer une tasse de chocolat chaud, annonça-t-il d'un ton désespéré.

— Fais-en deux, cria-t-elle.

Elle finirait plus tard. Par miracle, elle avait déjà emballé les cadeaux qu'elle lui destinait. Y compris une boîte de balles de golf, ce qui ne le surprendrait pas puisqu'il avait remarqué les soldes du magasin.

Elle enfouit tous les paquets en bas du placard et rejoignit Andrew au salon où deux tasses fumantes attendaient sur la table basse. Ils ôtèrent leurs chaussures et se blottirent sur le canapé.

— Quand as-tu rendez-vous ? demanda-t-il.

Question à laquelle elle avait déjà répondu quatre ou cinq fois.

— Le vingt-trois.

Il garda le silence un moment puis reprit :

— Comment te sens-tu ?

— Merveilleusement bien.

Leah retint un sourire. Il se mettait à y croire.

Petit à petit, chaque jour un peu plus que le précédent. Comme elle, il craignait de se monter la tête et, comme elle, il ne pouvait s'en empêcher.

— Tu sais ce que je pensais cet après-midi? dit-elle en rejetant la tête en arrière pour le regarder dans les yeux. J'aimerais recommencer à aller à l'église.

— Tiens? Comment l'idée t'en est-elle venue?

— Je ne sais pas. Il y a un temps fou que nous n'y sommes allés et ça me manque, finalement.

— J'ai toujours aimé chanter. Les cantiques de Noël, les psaumes...

Leah faillit s'étrangler.

— Mais tu chantes faux!

— Je le sais. Et alors? Ça ne me gêne pas.

— Je l'ai remarqué, effectivement.

Elle aimait le taquiner. Il s'y prêtait volontiers et ces moments d'intimité étaient délicieux.

— Donc, tu ne serais pas opposé à ce que nous retournions à l'église?

Il la regarda dans les yeux.

— Pas du tout. Je trouve que c'est une bonne idée.

Leah se blottit dans ses bras rassurants.

— J'ai l'impression que nous aurons de quoi faire des actions de grâce.

— Il me semble aussi.

Elle laissa ses pensées vagabonder. Et se retrouva en train d'essayer d'imaginer, comme des centaines d'autres fois, à quoi ressemblerait leur enfant. Pourvu que, garçon ou fille, il hérite de l'amour de la vie d'Andrew, de son enthousiasme et de son appétit pour toutes les petites choses qui constituent la trame de l'existence.

— Leah? fit-il au bout d'un instant. Tu crois toujours que tu es enceinte?

— Je sais que je le suis. Ce sentiment est là, à l'intérieur de moi. Nous allons avoir un enfant, Andrew.

— Est-ce que tu te rends compte que, moi aussi, je me mets à y croire?

— Oui, et c'est tant mieux.

— Ça pourrait être dangereux. Nous sommes peut-être en train de nous préparer une énorme déception. Serons-nous capables de l'encaisser, d'y survivre?

— Non, il n'y aura pas de déception, protesta-t-elle. Donne ta main.

Elle posa sa tasse sur la table et appuya la main de son mari sur son ventre.

— Maintenant, qu'en penses-tu?

Il garda le silence pendant ce qui parut être une éternité puis enlaça sa femme et la serra contre lui de toutes ses forces, comme s'il craignait de sombrer.

— Je t'aime, murmura-t-elle.

— Je sais, répondit-il dans un chuchotement et, lorsqu'ils s'embrassèrent, elle s'aperçut qu'il tremblait.

— Monica, fit Lloyd Fischer en entrant dans le salon. Michael a appelé.

L'aiguille entre deux doigts, elle s'apprêtait à piquer dans le tissu.

— Je n'ai pas envie de bavarder, papa. Peux-tu m'excuser?

— C'est fait. Je lui ai dit que tu étais un peu souffrante.

— Merci, dit-elle en reprenant son ouvrage.

La broderie était destinée à lui occuper l'esprit autant que les mains mais, pour l'esprit, le succès était douteux. L'achèverait-elle, d'ailleurs ? Les Dix Commandements ne cessaient de répéter : « Tu ne... Tu ne... Tu ne... » C'était bien ainsi qu'elle voyait la vie lorsqu'elle avait commencé cet ouvrage. Depuis, grâce à Chet, sa vision des choses s'était radicalement modifiée.

Son père s'installa dans son fauteuil préféré et ouvrit sa bible. Il en lut quelques pages puis referma le livre aux pages jaunies.

— Depuis trois jours, j'attends que tu m'expliques pourquoi tu as l'air aussi triste. Je crains de ne pouvoir attendre plus longtemps.

Monica posa son ouvrage. Où commencer ? Comment expliquer ? La douleur était trop vive, la blessure trop fraîche. Elle baissa les yeux et croisa les doigts. Son père était un homme patient ; il comprendrait son hésitation.

Il lui laissa quelques instants puis se pencha en avant et lui tapota affectueusement le genou.

— C'est dans des moments comme celui-ci que je regrette que ta mère ne soit plus là. Elle comprendrait beaucoup mieux que moi ce qui ne va pas... C'est curieux, n'est-ce pas ? ajouta-t-il avec un petit rire triste. Les gens viennent me demander conseil pour toutes les choses de la vie, et ma propre fille, je suis incapable de l'aider.

— Papa, ce n'est pas ça.

— Je sais, chérie. Ne te donne pas le mal de me préciser qu'il y a un homme dans cette histoire. J'ai des yeux pour voir. Au début, j'ai cru qu'il s'agissait de Michael mais, manifestement, je me suis trompé.

Il sortit un mouchoir de sa poche et essuya soigneusement ses lunettes.

— Pardonne-moi d'avoir joué à l'entremetteur entre Michael et toi. J'aurais mieux fait de m'abstenir. Je suis un vieil homme qui a très envie d'être grand-père un jour.

Une vive douleur envahit Monica. Elle ferma les yeux. Il n'y aurait pas d'enfant. Il n'y aurait ni Chet ni enfant. Elle ne tomberait plus jamais amoureuse et ne se marierait pas, elle en était convaincue.

— Qui que soit ce jeune homme, j'aimerais bien le remercier, reprit son père après un long silence.

— Tu ne le connais pas, papa.

— Peu importe.

Elle lui fut reconnaissante de ne pas chercher à savoir son nom.

— Pour la première fois depuis tes vingt ans, tu as cessé de ne t'intéresser qu'à toi. Jusqu'à ces dernières semaines, tu te donnais tant de mal pour atteindre la perfection que tu ne t'occupais plus que de toi. Et tu ne regardais les autres que pour en noter les défauts. Un cercle vicieux dont je ne savais comment te sortir.

Monica leva les yeux.

— Je ne comprends pas.

— Pardonne-moi de te parler comme le prêcheur que je suis. Tu es ma seule enfant et je t'aime plus que je ne saurais le dire, mais il y a eu des jours où j'avais vraiment envie de te prendre par les épaules et de te secouer un bon coup.

— Pour quelle raison ?

Elle aurait pu se dispenser de poser la question ; la réponse, elle la connaissait déjà.

— Parce que tu t'érigeais en juge au lieu de regarder les autres comme Dieu les regarde, avec amour et confiance.

Elle sentit que son père méritait quelques explications.

— Cet homme... il s'appelle Chet, murmura-t-elle. Je l'ai rencontré en ville la première fois où nous avons chanté. Il allait dans une taverne et j'ai essayé de l'en empêcher en lui montrant combien il avait tort de boire.

Un sourire amusé sur les lèvres, son père se renfonça dans son fauteuil.

— J'imagine qu'il ne t'a pas écoutée.

— Il m'a écoutée mais ça l'a fait éclater de rire.

A ce souvenir, elle rit aussi, tristement.

— Nous nous sommes rencontrés à nouveau, d'abord par hasard puis à dessein. J'étais stupéfaite, je n'arrivais pas à comprendre ce qui m'attirait chez lui. Il ne ressemble à personne que j'aie connu.

— Tu as été élevée quasiment dans une église. Ton expérience du monde est très limitée.

Elle prit un mouchoir en papier et se mit à le triturer.

— Il a été policier et a mené une vie difficile. Il a fait des choses qu'aucun d'entre nous n'imaginerait pouvoir faire. On lui a tiré dessus. Parfois, il porte un revolver sur lui. Il croit que ça ne se voit pas mais je l'ai remarqué.

— Un revolver?

— Au premier coup d'œil, on le prend pour un homme brutal et méprisable. Mais ensuite, on découvre ce qu'il y a en lui... Je ne pourrais trouver un homme plus digne d'être aimé. Il a fait preuve de franchise et de vraie gentillesse alors qu'il aurait pu s'en dispenser. A plusieurs reprises, il aurait pu me séduire et s'est abstenu.

— Je vois.

Le ton soudain nerveux de son père la fit sourire légèrement. Elle n'aurait pas dû lui confier cette dernière information. N'importe quel père en aurait souffert.

— Il a une âme noble... à pleurer. D'ailleurs, j'ai pleuré, dit-elle en serrant les poings.

— Je devine que c'est lui qui a insisté pour que vous rompiez.

Monica inclina la tête.

— Il ne l'a jamais dit mais je sais qu'il m'aime. Il m'aime tant qu'il préfère me repousser plutôt que de me faire du mal.

— Monica, s'écria son père, pourquoi ne me l'as-tu pas amené ?

Cette question la tourmentait depuis quelques jours. Chet avait décidé de rompre pour éviter qu'ils ne se fabriquent d'autres regrets mais dans quoi vivait-elle depuis ? Des regrets, des regrets à n'en plus finir ! Entre autres, celui-ci : Chet avait dû se mettre en tête qu'elle avait honte de lui. Et c'était faux !

— Je ne sais pas pourquoi, avoua-t-elle. J'ai eu sans doute peur que tu ne le juges mal, ou que tu ne me juges mal.

— Mais voyons, Monica, tu aimes cet homme. Pour moi, c'est suffisant. Ta mère et moi t'avons élevée de notre mieux ; si tu ne pouvais juger le caractère d'un homme, tu ne serais pas notre fille.

— Oh, papa, je regrette tant de m'être comportée aussi sottement... Maintenant, c'est trop tard. Pardonne-moi de ne pas avoir eu confiance en toi. J'ai honte. Et je suis si malheureuse.

Son père lui tapota le genou.

— Un homme t'est destiné. Rappelle-toi comme tu as souffert quand tu as appris les fiançailles de Patrick.

Patrick ! Elle l'avait quasiment oublié. Dire qu'elle avait cru l'aimer ! Il y avait de quoi rire. Seul son amour-propre avait été blessé. Mais cette fois-ci, la blessure avait atteint son âme et elle doutait de pouvoir jamais s'en remettre.

16

— Hé, dis donc, vieux, tu en fais une tête! s'écria Lou en servant à Chet un autre verre de bourbon.

— Si c'est une jolie figure que tu veux, appelle Trixie, grogna Chet.

— T'as attrapé la grippe?

— Exactement.

— Alors, dégage le plus vite possible. Personne n'a envie d'être malade pour Noël.

Noël. Pour Chet, c'était un jour comme les autres. Seules les familles se réjouissaient à Noël et Chet n'en avait pas. Personne ne lui offrirait de cadeaux et lui n'aimait personne au point d'en acheter, sauf... Il bloqua net le cours de ses pensées.

Bizarre comme une bonne femme pouvait mettre sens dessus dessous l'esprit d'un homme. Il connaissait Monica depuis... quoi? deux ou trois semaines? Peu importait. En tout cas, en ce peu de temps, elle avait réussi à se frayer un chemin jusqu'à son cœur, à s'y nicher comme un virus et à le contaminer tout entier.

A cause d'elle, il ne pouvait plus ni manger ni dormir. Dès qu'il fermait les yeux, elle surgissait et hantait ses pensées. L'image qui revenait le plus souvent était celle des adieux : les cheveux ébouriffés par le vent, Monica le regardait, avec des yeux brillants de larmes... et d'amour. Un amour profond qui éblouissait Chet comme une torche qu'on lui aurait braquée sous le nez.

Cette vision le hanterait jusqu'à la tombe. Comment vivre désormais?

Vivre. Chet retint un éclat de rire. Était-ce seulement une vie? La vraie question était là. Il était malade à en mourir des mensonges incessants, d'une existence truquée, des jeux malsains et vains.

D'ailleurs, avec Monica, cela avait commencé par un jeu. Elle l'agaçait et il avait voulu se moquer d'elle. Une blague de trop et à présent il lui fallait payer.

Une longue succession de journées vides l'attendaient, suivies de nuits cruelles à faire la planque dans de sinistres impasses ou bien à se morfondre dans des chambres d'hôtel suant la solitude.

Il vivrait en enfer. Il y était né et y avait passé la majeure partie de son existence, à l'exception d'une brève permission avec la fille d'un pasteur. Le temps de goûter à ce qui aurait pu lui appartenir et de se fabriquer des regrets.

Il finit son verre, jeta la monnaie sur le comptoir et se leva. La pièce se mit à tourner. Il s'ébroua. L'après-midi n'était pas assez avancé pour qu'il ait le droit de se payer une cuite.

Dehors, un froid mordant le saisit. Il cligna des yeux, furieux contre la lumière crue, furieux contre le monde entier et surtout furieux contre lui-même.

La seule personne à blâmer, c'était lui. Voilà ce qui arrivait quand on fréquentait une évangélisatrice. Dès le premier baiser, il avait compris qu'il se fourvoyait. Ce qui ne l'avait pas empêché de la revoir. Quant à bousiller la vie de la jeune fille, il s'en était fallu de peu.

Marcher jusqu'à son bureau lui fit du bien. Ses idées s'éclaircissaient et il commençait à espérer pouvoir travailler un peu avant la fin de la journée lorsqu'il passa devant la vitrine d'un grand magasin. Le Père Noël était à son poste et, rangés en file indienne, de nombreux enfants attendaient leur tour pour lui exposer leurs souhaits. Un petit garçon se tortillait sur les genoux du vieil homme à la barbe blanche.

Quelque chose chez cet enfant saisit Chet. Étaient-ce ses yeux ou bien ses cheveux de la même couleur que les siens ? Il l'ignorait. Une souffrance inattendue le tortura. C'était le fils qu'il aurait pu avoir s'il avait mené une autre vie.

Ce rêve, ainsi que d'autres, il l'avait souvent fait des années auparavant alors qu'il était assez présomptueux pour croire en la justice et en la vérité. Bien avant qu'il se soit montré incapable de sauver Tom d'une mort absurde.

Il hâta le pas. Son bureau n'avait rien d'un havre de paix où l'on aime à se réfugier, mais Chet avait perdu assez de temps comme ça.

Il avait du boulot.

Du courrier l'attendait, qu'il jeta à la poubelle sans même l'ouvrir. Le répondeur ne transmit qu'une succession de bip-bip ; personne ne voulait de lui, pas même ses clients.

Ce qu'il lui fallait, décida-t-il tout à coup, c'était un changement de décor. Il y avait des années qu'il aurait dû quitter cette ville puante. Il avait beau réfléchir, il ne comprenait pas ce qui l'avait amené à s'y incruster.

La décision prise, il débrancha le téléphone et le rangea dans le tiroir du bureau. Ensuite, il entreprit de retrouver son bail de location dans le fouillis de papiers qui encombrait l'armoire.

On frappa à la porte.

— C'est ouvert, cria-t-il sans interrompre ses recherches.

Il regrettait à présent de ne pas avoir embauché de secrétaire. Ses moyens le lui permettaient mais jamais il n'avait pu s'y résoudre.

— Je cherche Chet Costello.

— Ne cherchez plus, vous l'avez trouvé.

Il se retourna et faillit avaler sa langue. Le père de Monica.

— Alors, c'était donc vous? s'écria Lloyd Fischer avec un sourire. Je l'ai deviné tout seul, vous voyez. Monica ne m'a pas dit votre nom. D'ailleurs, je ne le lui ai pas demandé.

— Que puis-je faire pour vous, révérend Fischer? demanda Chet d'un ton sec.

Il n'était pas en état de subir un interrogatoire. En fait, il n'était pas en état de subir quoi que ce soit.

— Nous travaillons en ce moment à la Maison de la Mission, dit le vieil homme comme si cela pouvait intéresser son hôte.

Il examinait la pièce sans manifester ni approbation ni critique, mais une simple curiosité.

— Que puis-je pour vous? insista Chet.

La question parut déconcerter le pasteur. Son attention se porta sur le jeune homme.

— Je ne sais pas exactement. Puis-je m'asseoir?

— Je m'apprêtais à sortir.

Une longue discussion avec le père de Monica ne le tentait absolument pas.

— Cela ne prendra que quelques minutes, prévint Lloyd Fischer en tirant une chaise à lui.

Chet serra les dents.

— Quand avez-vous vu ma fille pour la dernière fois?

— Mardi, répondit Chet qui jeta un coup d'œil impatient à sa montre. Si Monica ne vous a pas donné mon nom, comment m'avez-vous trouvé?

— Vous m'avez montré votre licence, rappelez-vous.

Décidément, songea Chet, ce métier ne lui convenait plus. Comment avait-il pu oublier que cet homme l'avait surpris dans sa cour et avait demandé à examiner ses papiers?

— Ma fille souffre beaucoup, vous savez.

Pendant une seconde, Chet imagina que Monica avait été blessée et la peur l'étreignit, plus brûlante que la balle qui l'avait transpercé des années auparavant.

Il se reprit. Ce ne devait pas être ça.

— La vie est dure et, à la fin, on meurt, déclarat-il en cachant son émotion.

Le vieil homme sourit comme s'il lisait dans le jeu de Chet.

— Écoutez, faites vite, j'ai du travail, continua-t-il, irrité.

— Monica dit que vous l'aimez. Est-ce vrai?

— Non.

Le mensonge lui perça le cœur. Gardant un calme apparent, il enchaîna :

— Mais si cela peut vous rassurer, il ne s'est rien passé entre nous. Rien du tout. Maintenant, si cela ne vous ennuie pas, j'ai un rendez-vous.

— Oui, je comprends bien, dit le révérend en se levant.

Il tendit la main.

— C'était un plaisir de vous rencontrer, jeune homme. Je comprends à présent pourquoi Monica vous tient en telle estime.

La poitrine de Chet se serra douloureusement tandis qu'ils se tendaient la main.

— Vous devriez me rouer de coups pour avoir osé effleurer votre fille.

Le regard du vieil homme s'adoucit.

— Moi aussi, j'ai été jeune, vous savez, et profondément amoureux. Monica est assez mûre pour connaître son propre cœur. Je ne suis pas venu pour vous juger, ni vous ni elle. Mais par pure curiosité. Et puis je voulais vous remercier.

— Me remercier?

Il s'était attendu à une condamnation et voilà qu'on le remerciait!

— Oh, oui, vous avez considérablement aidé Monica.

Soudain, le pasteur parut plus âgé. Un très vieil homme, las et triste.

— S'il y a quelque chose que je puisse faire pour vous, reprit-il, je vous en prie, n'hésitez pas à venir me voir.

— Entendu, dit Chet par pure politesse.

Un homme qui avait vécu la vie qu'il avait vécue ne rendait pas de visites amicales à un pasteur.

Il poussait doucement Lloyd Fischer vers la porte qu'il ouvrit. Encore quelques minutes de ces salamalecs, et il se mettrait à croire à l'impossible.

— Elle m'oubliera, dit-il.

Le vieil homme hocha la tête d'un air sceptique.

— Peut-être. Mais elle vous aime vraiment et, pour ce qui est de l'amour, elle ressemble beaucoup à sa mère.

Non seulement Chet n'avait aucune idée de ce que cela voulait dire, mais il ne tenait pas à le savoir. Les remords lui pesaient déjà sur l'estomac.

— Au revoir, jeune homme, dit Lloyd Fischer. Et merci d'avoir pris le temps de me recevoir.

Il tapota le bras de Chet qui se sentit redevenir écolier et sortit de la pièce.

Du seuil de son bureau, Chet suivit des yeux le vieil homme qui, plongé dans ses pensées, longeait le couloir sans s'arrêter devant l'ascenseur. Butant sur le mur du fond, il fit demi-tour et, l'air égaré, repartit en sens inverse.

Chet referma la porte et, s'adossant à l'épaisse vitre blanche, ferma les yeux. Il puait la bière ; une barbe de deux jours lui couvrait le menton ; en gros, il avait l'air de ce qu'il était, un voyou et un pauvre type. Et voilà que cet homme de Dieu le remerciait d'avoir failli déflorer sa fille.

Il y avait quelque chose de dingue là-dedans, mais quoi ?

La tête lui tourna à nouveau. Sans doute parce que depuis la veille il n'avait avalé que de la bière.

Une douche et une légère collation seraient bienvenues. Il avait à peine terminé ses œufs brouillés que l'idée s'insinua dans sa tête. Monica était à la Maison de la Mission. N'était-ce pas ce que son père avait dit ?

— Non, protesta-t-il à haute voix. Je n'irai pas.

Il attrapa la télécommande et resta, le doigt en suspens au-dessus du bouton.

— Tu es fou, grogna-t-il, sachant déjà que rien ne pourrait le retenir.

Il ne lui parlerait pas. Non. Il jetterait juste un œil par la fenêtre, observerait Monica pour vérifier si elle avait l'air aussi abattue que son père le prétendait et s'éloignerait avant qu'on le remarque. Épier faisait partie de son boulot, il l'avait fait des centaines de fois. Il était même assez doué pour ça.

Son plan bien arrêté, il bondit hors de son bureau. L'ascenseur n'étant pas à l'étage, il se rua dans l'escalier.

La Mission était située à quelques centaines de mètres qu'il parcourut au pas de course. Chet repéra immédiatement Monica. Une sorte de fête se déroulait. Une longue file de miséreux se présentait devant Lloyd Fischer qui leur servait une portion de dinde et de légumes.

Monica avait regroupé les enfants dans une autre partie de la pièce et leur lisait une histoire. Ils étaient assis à ses pieds et l'écoutaient, bouche bée, tandis qu'un tout petit, blotti sur ses genoux, tentait d'attraper ses boucles d'oreilles.

Voilà à quoi devait ressembler l'enfer, songea Chet. Se cacher pour observer la femme qu'il aimait à en perdre la tête et se dire que jamais elle ne serait sienne. La regarder tenir un enfant dans les bras et savoir que jamais elle ne tiendrait leur enfant.

Il remarqua son teint livide et les cernes qui ombraient ses yeux. Rien d'étonnant à ce que son père s'inquiète. Elle ne se portait pas mieux que Chet. Il aurait voulu la secouer et lui insuffler un peu de bon sens. Mais cela aussi faisait partie de l'enfer. Il ne la toucherait plus jamais.

Quelle stupide idée il avait eue de venir l'épier! Il recula d'un pas, puis d'un autre et allait faire demi-tour lorsque le regard de Monica rencontra le sien.

Un sursaut lui fit lâcher le livre qui glissa sur le sol. Le cœur de Chet défaillit. Il pouvait encore prendre la fuite. Mais ce serait lui laisser supposer qu'il l'épiait. Vite, il fallait faire quelque chose.

A grands pas décidés, il fonça vers la Mission et poussa brutalement la porte. Contournant la file des miséreux, il se dirigea vers le coin des enfants et se campa devant Monica.

— Tu diras à ton père qu'il me fiche la paix, ordonna-t-il d'un ton railleur.

Les yeux de Monica s'écarquillèrent.

Sans lui laisser le temps de répondre, il pivota et traversa la salle. La porte claqua bruyamment derrière lui.

Jody rentra chez elle à l'heure habituelle. Timmy était assis sur la moquette du salon et jouait à un jeu vidéo.

— Je suis là, annonça-t-elle en se rendant directement à la cuisine.

— Salut, m'man, cria-t-il. Grand-mère a appelé.

Le sang de Jody se glaça.

— Grand-mère Potter?

— Oui. Elle veut que tu la rappelles tout de suite. Elle a dit... oh, zut!

— Qu'est-ce qu'elle a dit? demanda Jody en se retenant de crier.

Il lui arrivait souvent de regretter d'avoir offert à Timmy tant de jeux vidéo. Quand il s'y mettait, rien d'autre n'avait d'importance.

— Grand-mère a dit que si tu ne la rappelais pas tout de suite, c'est elle qui te rappellerait.

Tout de suite... Non, elle ne se sentait pas de taille à affronter Gloria dès son retour du bureau.

— Glen va venir dîner, annonça-t-elle, espérant qu'un cri de joie de son fils lui rendrait un peu d'assurance. Je pensais faire des spaghettis.

— Chouette! Il va sûrement adorer ça.

Subjugué par son jeu, il gardait les yeux rivés sur l'écran.

Glen s'était invité à dîner afin qu'ils puissent dès maintenant annoncer leurs fiançailles à Timmy. L'idée avait plu à Jody mais à présent elle regrettait de n'avoir pas d'abord préparé son fils à l'éventualité d'un remariage.

Timmy serait sûrement enchanté. N'était-ce pas ce qu'il avait demandé au Bon Dieu? Son petit cœur de neuf ans soupirait après un père et c'était ce désir qui avait fait comprendre à Jody combien elle s'était renfermée sur elle-même.

— Tu m'aides à mettre le couvert? demanda-t-elle bien qu'il restât au moins une heure avant le dîner.

— Dans une minute.

Jody leva les yeux au ciel. Cette réponse, trop souvent entendue, l'excédait.

Voyant qu'elle n'obtiendrait rien de plus de son fils pour l'instant, elle mit les filets de dinde à frire. Puis elle composa le numéro de téléphone de sa mère. Un soutien moral lui était plus que jamais nécessaire.

— Bonsoir, maman.

— Jody, comment vas-tu?

— Très bien, très bien.

La proximité de Timmy l'empêchait d'annoncer ses fiançailles; elle se contenta de mentionner le coup de fil de Gloria.

— A mon avis, elle veut s'excuser, lui dit sa mère, le récit terminé. Elle était malheureuse et la colère lui a fait dire des choses qu'elle ne pensait pas. Maintenant, elle cherche à rectifier le tir.

Que sa mère pensât comme elle rasséréna Jody.

— Tu ne dois pas oublier, poursuivit Helen, que Timmy et toi, vous êtes les seuls parents qui lui restent. Je suis sûre qu'elle regrette ses propos et aimerait se réconcilier. Elle a dû recevoir tes cadeaux de Noël et cela lui donne un bon prétexte pour te rappeler. Elle n'a que de bonnes intentions, chérie.

La sonnette de l'entrée retentit. Jody consulta sa montre.

— Ce doit être Glen, fit-elle.

— Décidément, ce jeune homme me plaît beaucoup, déclara sa mère. Va, va vite. A bientôt, ma chérie.

Jody courut ouvrir. Elle ne s'était pas trompée. Glen se tenait sur le seuil, une bouteille de vin dans une main, un bouquet de roses rouges dans l'autre. Il l'embrassa sur la joue et lui tendit ses présents.

— Comment va Timmy? demanda-t-il tandis qu'elle disposait les roses dans un vase.

— Très affairé, répondit-elle.

Le bras de Glen lui encercla la taille avec tendresse. Timmy, qui avait entendu la voix de l'invité, éteignit son jeu vidéo.

— Bonsoir, Glen.

— Comment ça va, mon vieux?

— Super bien. Tu viens dîner?

— Oui. Ça ne t'ennuie pas?

— Oh, non, s'écria Timmy. Ça me plaît bien mais elle a décidé de faire des spaghettis et elle veut toujours que je les mange avec une cuillère. Elle te demandera sûrement d'en faire autant.

— Si tu y arrives, je pense que j'y arriverai.

— Ouais, sans doute.

Jody intervint.

— Timmy, Glen et moi, nous voudrions te parler avant le dîner.

Se frottant les mains comme pour se réchauffer, elle quêta du regard l'aide de Glen. Ils n'avaient pas discuté du moment auquel ils lâcheraient la nouvelle mais elle craignait qu'avec cette bombe suspendue au-dessus de leur tête le dîner ne soit un désastre.

— D'accord, dit Timmy.

Ils s'installèrent tous les trois dans le salon, Glen et Jody côte à côte sur le canapé et Timmy en face d'eux. Glen prit la main de la jeune femme et la serra.

— Ta mère et moi, nous avons eu une petite conversation cet après-midi et nous nous sommes rendu compte que nous nous aimions beaucoup, commença Glen.

— Ça, je l'avais deviné, s'écria Timmy, l'air rusé. Je t'ai vu l'embrasser, un jour.

— Est-ce que ça t'a ennuyé ? demanda Jody en épiant sur le visage de son fils le moindre signe de jalousie.

Timmy désirait un père mais avait-il compris que cela impliquait de partager sa mère, son attention, sa tendresse avec quelqu'un d'autre ?

— Je ne sais pas pourquoi les gens s'embrassent sur la bouche, reprit Timmy. Ça me paraît idiot après tout ce que tu m'as dit sur la contagion et les microbes. Mais les grandes personnes ont l'air d'aimer ça, et même les enfants. Rick m'a dit qu'il avait embrassé une fille et que c'était pas mal du tout.

— Mais quel effet ça te fait que ta mère et moi, nous nous embrassions ?

Timmy parut se creuser la cervelle.

— J'ai idée que ça me va.

Les doigts de Glen étreignirent ceux de Jody. Cet homme calme et pondéré semblait soudain être la proie d'une nervosité inhabituelle. Leurs regards se croisèrent. Il eut un petit sourire inquiet.

— Glen et moi, nous voulions te dire que nous... enfin que nous avions envie de nous marier, déclara Jody d'une voix éteinte qui la surprit.

C'était la première fois qu'elle prononçait ces mots à haute voix et son cœur s'emballa comme si elle grimpait une côte raide. Elle se lançait sur une voie nouvelle et tournait résolument le dos aux méandres du passé.

— Est-ce que ça veut dire que nous serons une famille, une famille comme les autres ?

Jody fit oui de la tête.

— Je serai ton beau-père, expliqua Glen.

Le terme fit sourciller l'enfant.

— Mais on sera quand même une famille ?

— Bien sûr. C'est bien ce que tu voulais ?

Jody sentait un petit flottement d'incertitude chez son fils et désirait le rassurer, lui dire que rien ne le priverait jamais de l'amour de sa mère.

— Tu auras d'autres bébés, comme la maman de Rick ?

Jody jeta un regard embarrassé à Glen. Le sujet n'avait pas été abordé.

— J'aimerais beaucoup. Mais ce sera à ta mère de décider.

— Qu'en penses-tu, Timmy ? Tu aimerais que nous nous mariions ?

Jody était au bord de la crise de nerfs. Un étau se resserrait de seconde en seconde autour de sa poitrine.

— Ouais, ça serait super ! Glen pourrait m'aider à devenir un bon lanceur et toi, tu serais moins triste à cause de mon papa. Je serais content d'avoir une *vraie* famille.

Jody retint une protestation. Son fils et elle ne formaient-ils pas déjà une *vraie* famille ?

— Alors, c'est entendu, déclara Glen. A partir de maintenant, nous sommes officiellement fiancés. Tu sais ce que cela signifie, n'est-ce pas, Timmy ? Un autre groupe de grands-parents, d'oncles et de tantes dont tu devras faire la connaissance.

Il passa un bras derrière les épaules de Jody et l'étreignit tendrement.

Le téléphone dérangea leur intimité. Ce devait être Gloria. Se munissant de tout son courage, Jody alla décrocher.

Elle ne s'était pas trompée.

— Je voudrais m'excuser pour l'autre soir, dit Gloria d'une voix calme comme si le brouillard s'était dissipé dans sa tête.

— Nous avons toutes les deux dit des choses que nous ne pensions pas, affirma gentiment Jody. Cette période de l'année nous rappelle des souvenirs et il est normal que nous craquions une fois ou deux.

— Ce n'est pas ça du tout, s'écria Gloria. La vie ne pourrait être plus belle qu'en ce moment. J'ai toujours adoré la période de Noël et cette année, plus que jamais.

— Moi aussi, j'aime beaucoup Noël. Vous vous rappelez l'année où vous êtes venue passer les fêtes avec Timmy et moi ? J'aimerais que votre santé vous permette de voyager plus souvent.

— Jeff aussi a toujours aimé les fêtes de Noël et du Nouvel An.

Parler de son défunt mari quelques minutes après s'être fiancée avec un autre homme, Jody ne s'en sentit pas capable.

— Belle-maman, il y a quelque chose que vous devez savoir, jeta-t-elle précipitamment. Quelque chose de merveilleux que vous serez la première à apprendre, après Timmy.

Elle n'avait pas prévu de révéler la nouvelle aussi abruptement mais cela lui parut l'unique moyen d'empêcher Gloria de se lancer dans un long bavardage sur les qualités et les goûts de son fils décédé.

— Tu as l'air très excitée.

— Je vous ai dit que j'avais fait la connaissance d'un avocat...

Elle attendit un oui qui ne vint pas.

— Nous avons décidé de nous marier, reprit-elle. Ce sera en janvier.

— Te marier ? hurla Gloria. Mais tu ne peux pas ! Tu ne peux pas ! Et Jeff ?

— Si Jeff est vivant, pourquoi ne m'appelle-t-il pas? demanda Jody en s'efforçant de garder son calme.

— Il a été malade, il est très fatigué. Je ne l'ai pas eu en personne mais cet officiel allemand affirme qu'il est en bonne voie de guérison et qu'il ne cesse de demander des nouvelles de Timmy et de toi.

— Belle-maman, donnez-moi le numéro de téléphone de cet Allemand et je l'appellerai.

— Je suis désolée, ma chérie. Je ne l'ai pas. Mais tout ce qu'il dit est vrai, je jure que c'est vrai. Il faut que tu me croies, tu dois rompre tes fiançailles avant que Jeff ne l'apprenne. Ça le tuerait.

— Belle-maman, on vous a fait une horrible farce. Nous avons enterré Jeff, vous vous en souvenez?

Gloria ne parut pas avoir entendu.

— Que dirai-je à mon fils quand il appellera? S'il te plaît, dis à cet homme que tu as changé d'avis. Non, non, je vais le lui dire, moi. Il m'écoutera.

— Belle-maman, s'il vous plaît, balbutia Jody.

Glen s'était approché d'elle et l'entourait d'un bras rassurant. Il lui prit délicatement le combiné des mains et expliqua qu'il était l'homme que Jody allait épouser. Elle ne put entendre la réponse de sa belle-mère.

Jody appuya le front contre l'épaule de Glen qui raccrocha au bout d'une minute.

— Grand-mère Potter pense que mon papa est vivant? demanda Timmy.

Secouée de tremblements, Jody ne put répondre. Glen la maintenait contre lui en lui tapotant le dos.

— Ta grand-mère a tellement envie que ton père soit vivant qu'elle s'en est convaincue, expliqua-t-il.

Ils dînèrent tant bien que mal, chacun faisant de son mieux pour alléger l'atmosphère. Glen fut le plus persévérant. Sans grand succès. Aussi Jody fut-elle soulagée lorsqu'il annonça qu'il devait rentrer tôt pour travailler sur un dossier urgent.

Elle le raccompagna.

— Je suis désolée pour cet incident.

— Ne vous tracassez pas, dit-il en appuyant le front contre celui de la jeune femme. Nous nous en sortirons.

Il la prit dans ses bras et l'embrassa tendrement.

Elle resta sur le seuil tandis que la voiture s'éloignait.

C'est un chic type, songea-t-elle. Un homme généreux et patient. Dommage qu'il ne suscitât pas de passion en elle. Un petit sourire triste sur les lèvres, elle se félicita d'avoir connu le grand amour avec Jeff. Avec Glen, il s'agissait de tout autre chose. Ils étaient sincèrement attachés l'un à l'autre ; ils partageaient les mêmes buts, croyaient aux mêmes valeurs et aimaient à se trouver ensemble. De nombreux mariages reposaient sur bien moins.

— J'ai fini mon travail, annonça Timmy un moment plus tard.

La vaisselle achevée, Jody s'était mise à écrire ses cartes de Noël, travail pour lequel elle avait pris du retard.

— Est-ce que tu parles de Glen à tout le monde ? demanda Timmy abruptement.

Il prit une des cartes et en lut le bref message.

— Non.

— Pourquoi ?

— J'enverrai des faire-part plus tard. J'ai déjà posté la moitié de mes cartes. Ce ne serait pas juste qu'une partie seulement de mes amis soit au courant.

Le raisonnement parut convaincre l'enfant. Il

planta les coudes sur la table et le menton dans les mains et regarda sa mère sérieusement.

— Tu sais ce que j'aimerais ?

— Quoi donc ? demanda-t-elle, craignant qu'il n'ajoute un cadeau à sa liste déjà longue.

— J'aimerais que ce qu'a dit grand-mère Potter soit vrai. J'aimerais que mon papa soit vivant.

Les doigts de Jody se crispèrent autour du stylo.

— Moi aussi, chéri.

— Eh bien, qu'en penses-tu ? demanda Shirley en jetant un regard anxieux à Charité. Gabriel parle de tempête mais moi, je vois que Jody s'est fiancée à un homme qui lui convient parfaitement.

Charité, qui oscillait au sommet de l'arbre de Noël, hocha la tête.

— Tu ne t'y connais pas trop en relations humaines et en rapports amoureux, on dirait ?

— C'est vrai.

— Moi, après avoir suivi à la trace Monica et Chet, je pourrais écrire un livre sur le sujet.

— Alors, explique-moi ce qui ne va pas, s'écria Shirley avec agacement. Ils s'entendent très bien, il me semble.

— Oui, je l'ai remarqué et c'est très bien pour débuter une histoire.

— Si tu veux dire que Jody est toujours amoureuse de Jeff, je suis d'accord avec toi... Mon Dieu, je ne pensais pas que cette mission serait aussi difficile. J'ai suivi très exactement les consignes de Gabriel et voilà qu'il me renvoie sur terre en prétendant qu'il y a du drame dans l'air. Mais il refuse d'en dire plus.

— Moi, ça me paraît évident, dit Charité. Glen n'est pas plus amoureux d'elle qu'elle ne l'est de lui.

— Voyons, je ne suis pas d'accord du tout. Glen est fou de Jody.

— Il est fou du petit garçon, rectifia Charité. Glen meurt d'envie d'avoir une famille et Jody lui en offre une.

— Mais non, mais non.

Shirley avait beau savoir qu'elle manquait d'expérience, elle ne doutait pas une seconde des intentions honnêtes de Glen.

— Allons enquêter sur lui, proposa Charité. Je t'accompagne et, ensuite, peut-être pourras-tu m'aider? Moi aussi, j'ai des problèmes.

Glen était assis à sa table de travail, un stylo dans les mains. Elles restèrent quelques instants à l'observer sans qu'il fasse autre chose que regarder dans le vide, l'air un peu hagard.

— Que fait-il donc? s'impatienta Charité.

— Je ne sais pas. Peut-être qu'il réfléchit.

— Vu sa tête, ça n'a pas l'air réjouissant.

— Regarde, dit Shirley, il ouvre le tiroir.

Un grand soupir souleva les épaules de Glen tandis qu'il sortait une photographie. Charité et Shirley se penchèrent pour la regarder. Une jeune femme aux longs cheveux noirs souriait à l'objectif.

— Le voilà, le problème, murmura Charité. Il aime une autre femme.

17

Ça n'allait pas être facile. Monica s'était armée de courage et se tenait, le cœur battant, devant la porte de Chet.

Avait-elle eu tort de venir? Elle ne le pensait pas. Laisser les choses en l'état était tout simplement impossible.

On bougeait de l'autre côté de la cloison. Chet était là. Elle frappa et entra sans attendre.

Debout devant l'armoire ouverte, Chet jetait un à un des dossiers dans un grand carton. Des piles de boîtes encombraient chaque espace disponible. Le bureau était enfin dégagé et l'infâme calendrier avait été décroché.

Il déménageait. Il quittait Seattle. Il la quittait.

— Je ne prends plus de...

Apercevant Monica, il s'interrompit net. Un trop bref instant, un éclair de tendresse illumina ses yeux. Chassé aussitôt par une froideur délibérée. Son regard devint hargneux comme celui d'un animal acculé, prêt à mordre pour se défendre.

— Que fais-tu là ? dit-il.

— Mon père m'a priée de venir nous excuser, commença-t-elle d'un ton hésitant. Il n'a jamais eu l'intention de t'offenser.

— Bon, les excuses sont faites. Tu peux t'en aller maintenant.

— Pourquoi déménages-tu ? demanda-t-elle en se retenant de prendre la fuite.

Sans répondre, il se remit à ses rangements avec fébrilité, jetant plusieurs classeurs à la fois dans le carton.

— Où vas-tu ? insista-t-elle.

— Loin, Monica, très loin, lâcha-t-il dans un soupir. Je t'en prie, va-t'en. Ne rends pas les choses plus difficiles qu'elles ne le sont.

— Bon, d'accord...

Elle le vit se détendre, ce qui ne l'empêcha pas de poursuivre :

— ... à condition que tu répondes à une question.

— C'est fini, protesta-t-il. On en reste là.

— Je ne peux pas.

Elle avait sincèrement essayé de se résigner. Ça n'avait pas marché du tout.

— Je n'ai pas l'intention d'entamer une discussion avec toi.

— Dis-moi seulement pourquoi tu ne veux pas de mon amour, s'écria-t-elle. Qu'y a-t-il en moi qui...

— Ça n'a rien à voir avec toi. Le problème est en moi.

— Alors, explique-toi. J'ai besoin de savoir.

En dépit de ses efforts pour garder son calme, la voix de Monica s'était fêlée.

Chet fit quelques pas dans la pièce, lourdement, comme un homme perclus de douleur, et se campa devant la fenêtre. Du seuil, Monica ne voyait qu'un dos massif. Elle n'osa plus bouger. Mille reproches l'assaillaient. Pourquoi était-elle venue ? Pourquoi leur infligeait-elle cette énième épreuve ? Pourquoi, pourquoi, pourquoi ?

L'atmosphère était chargée d'électricité.

— Je sais que tu m'aimes, murmura-t-elle soudain. Tu ne me feras pas croire le contraire. Il y a autre chose.

— Je ne suis pas digne de toi, explosa-t-il. Maintenant, pour l'amour de Dieu, taille-toi !

— Non, répliqua-t-elle tranquillement. Pas tant que tu ne m'auras pas expliqué en quoi tu es indigne de moi.

— Monica, je t'en prie.

Elle s'approcha ; la frustration émanait de lui en vagues perceptibles, douloureuses, lancinantes.

— En quoi es-tu indigne de moi ? répéta-t-elle.

Les mains de Chet se crispèrent sur le rebord de la fenêtre. Une guerre sauvage se livrait en lui, dont l'issue paraissait incertaine, mais forcément sanglante. Le regard assombri par l'amertume, il se retourna et fit face à la jeune fille.

— J'ai tué un homme, gronda-t-il. Voilà, tu sais. Maintenant, va-t'en.

Son doigt désignait la porte qu'elle avait laissée entrouverte.

— Sors de ma vie avant que je ne bousille la tienne, compris ?

Cet accès de fureur bouleversa Monica. Elle tint bon cependant.

— Je ne connais pas les circonstances, dit-elle, mais si tu l'as tué, c'est qu'il méritait de mourir.

Chet sursauta comme sous l'effet d'une gifle.

— Peu importe ce que tu as fait, dit-elle. Je t'aimerai toujours.

— Espèce de...

Il se rua sur elle, l'enserra dans ses bras, la pressa contre lui avec violence. Les côtes écrasées, Monica se sentit fondre de bonheur. Il n'y avait aucun autre endroit au monde où elle désirât être. Les yeux fermés, Chet respirait profondément et semblait s'imprégner de sa douceur comme si elle lui était aussi vitale que l'oxygène.

Au bout de quelques secondes, il s'écarta légèrement et embrassa Monica sur la tempe.

— Moi aussi, je t'aimerai toujours, murmura-t-il sur un rythme saccadé.

Monica soupira. Quel délice d'être dans ses bras ! Pour la première fois depuis des jours et des jours, elle se sentait entière, et non plus amputée d'une partie d'elle-même.

— Tu as raison, il méritait de mourir. C'était un gros trafiquant de drogue et il a répandu le malheur chez des milliers de gens, tout ça pour du fric. Il ne méritait pas de mourir par balle, mais de souffrir comme ceux qu'il avait intoxiqués.

— La police te recherche ?

Avec un petit rire amer, il fit non de la tête.

— Non, j'ai été très malin. C'est moi qui l'ai provoqué, il a sorti son arme mais j'étais prêt. Après enquête, on a conclu à la légitime défense. Mais ce n'est pas la vérité. Je l'ai assassiné exactement comme si je l'avais attendu dans un coin sombre pour lui tirer dans le dos. Il n'avait pas une chance d'en réchapper.

— Et ta blessure? dit-elle en lui caressant l'épaule. C'est ce jour-là que tu as été blessé?

— Non. Une autre fois.

— Mais il t'a effrayé, menacé? Dis-moi comment ça s'est passé.

— Ça n'a pas d'importance, dit-il en reculant. Tu as eu ta réponse, alors va-t'en maintenant.

— Chet...

— Va-t'en, Bon Dieu!

Les épaules de Monica s'affaissèrent.

— Bon, d'accord, mais il y a une chose que tu dois savoir.

— Quoi encore?

— Presque rien, je te le promets.

Sa voix trembla, mais, dans un sursaut de fierté, elle se reprit.

— Personne ne t'aimera jamais plus que moi.

— Monica, gémit-il. Arrête, s'il te plaît. C'est inutile.

— J'ai besoin de parler. Écoute-moi, je t'en prie. Un jour, tu feras un bilan de ta vie et tu regretteras cet instant.

— La seule chose que je regrette, c'est de ne pas être parti plus tôt. Dans vingt-quatre heures, je serai loin. Tu ne pouvais pas attendre un jour de plus?

— Non! cria-t-elle, soudain en larmes. Je te hanterai... ou plutôt, mon amour te hantera. C'est ce qui arrivera, je le jure. Tu peux courir te réfugier au bout du monde, j'y serai. C'est mon visage que tu verras quand tu regarderas une autre femme. Et... quand tu voudras dormir, je serai encore là. Tu ne pourras plus fermer les yeux sans penser à moi, sans te rappeler que tu as fui la seule femme au monde qui t'aime vraiment.

— Nom de nom de nom de nom! hurla Chet, les poings serrés. Et ensuite tu vas prétendre que tu veux m'offrir ta vie en sacrifice? Écoute, Monica, ôte-toi de la tête l'espoir que quelque chose me fera changer d'avis. C'est fini, tu as compris? Fini.

— Ne t'inquiète pas, murmura-t-elle. Sache encore ceci : je ne t'attendrai pas. Je vais vivre sans tarder. J'ai déjà perdu trop de temps.

— Parfait, jeta-t-il. C'est exactement ce que je veux.

Jody redoutait la fête que le cabinet donnait pour Noël. Ce genre de réception ne lui avait jamais plu et en général elle n'y restait que quelques minutes, le temps de dire bonjour, pas plus. Glen avait cependant jugé que ce serait le moment idéal pour annoncer leurs fiançailles.

Il lui avait offert un diamant très pur. Son alliance, elle l'avait rangée depuis longtemps dans son coffret à bijoux, non pour se débarrasser du passé mais pour rassurer ses parents qui s'inquiétaient de la voir éternellement endeuillée.

A la rumeur qui parvenait de la salle, elle comprit que la réception avait déjà commencé. Elle jeta un œil par la porte entrouverte. Le buffet croulait sous les plats que chacun avait apportés. Un pays du tiers monde aurait nourri la moitié de sa population pendant un an. Jody elle-même y avait contribué avec une tarte au fromage et des biscuits au gingembre, préparés la veille au soir avec l'aide de Timmy.

Helen Chandler, qui gardait Timmy, avait recommandé à sa fille de ne pas se presser ; d'ailleurs, il lui faudrait bien s'attarder aussi longtemps que Glen.

Un sourire tendre sur les lèvres, Glen la rejoignit.

— Prête ?

— Dans deux minutes. Je voudrais aller me recoiffer.

— Entendu.

Aucun des deux fiancés ne manifestait d'enthousiasme excessif. Glen paraissait fatigué. Une affaire difficile accaparait tout son temps, mais Jody se demandait si sa fatigue n'avait pas d'autres origines.

Les toilettes se trouvaient un peu plus loin dans le couloir. Un brouhaha joyeux émanait de plusieurs salles. Combien de fêtes de Noël cet immeuble abritait-il ?

Elle venait de s'enfermer dans une cabine lorsque deux voix s'élevèrent près des lavabos.

— Tu es sûre qu'il est fiancé ?

— Oui. Lily a pris grand plaisir à me l'annoncer.

La seconde voix était lourde de larmes contenues.

Jody se mordit les lèvres. Lily était une avocate qui travaillait avec Glen. Était-il possible que ces deux femmes parlent de lui ? Que faire ?

— Franchement, Maryann, qu'espérais-tu ? Tu lui as expliqué sans aucune ambiguïté que le mariage ne t'intéressait pas.

Maryann. La femme dont Glen lui avait parlé. Son grand amour. Jody ferma les yeux et réfléchit. Que lui avait-il raconté de cette histoire ? Voyons. Glen et l'inconnue avaient rompu. Il était convaincu qu'elle ne l'aimait pas. Qu'elle préférait sa carrière à tout engagement sérieux. Et il en avait été très malheureux.

Il partageait avec Jody un point commun : chacun avait perdu l'amour de sa vie.

— Je... je pensais que nous pourrions vivre ensemble, reprit Maryann. De nombreux couples font ça aujourd'hui, tu sais ; un essai avant de s'engager sérieusement. Vu le nombre de divorces que j'ai eu à traiter ces dernières années, ça me paraît très raisonnable... Oh, flûte, gémit-elle. Je déteste pleurer. Mon maquillage est fichu.

— Que vas-tu faire ?

— A quel sujet ? demanda Maryann d'une voix étouffée.

Jody l'imagina en train de s'examiner dans la glace.

— Tu vas le laisser se marier ?

— Comment pourrais-je l'en empêcher ?

— Dis-lui la vérité.

Maryann garda le silence deux secondes.

— La vérité ? répéta-t-elle, d'une voix brouillée par les larmes. Je ne sais même pas ce qu'est la vérité.

— La vérité, c'est que tu l'aimes. Dis-le-lui.

— Il est trop tard... Shelly, franchement, tu es trop romanesque. L'amour ne règle pas automatiquement tous les problèmes.

— Mais si. A condition que vous le vouliez, tous les deux.

Refusant d'en entendre plus, Jody sortit de sa cabine. Découvrant brusquement sa présence, les deux femmes se détournèrent et Jody en profita pour s'éclipser.

Sans s'arrêter à la salle où se donnait la réception, elle gagna son bureau. Il lui fallait quelques instants de solitude pour éclaircir ses idées. Elle s'assit et ferma les yeux. Que faire ?

La question étant simple, la réponse aurait dû

l'être. Son sens inné de la justice lui conseillait de rompre ses fiançailles et de raconter à Glen ce qu'elle avait entendu. Un hasard malicieux avait voulu qu'après tant d'années de travail dans ce bâtiment elle ne rencontre Maryann qu'aujourd'hui et que ce soit pour surprendre cette conversation.

En même temps, elle désirait ardemment donner un père à Timmy et celui-ci s'entendait à merveille avec Glen. Jamais l'enfant ne s'était montré aussi joyeux, aussi animé que depuis que le jeune avocat était entré dans leur vie.

La vraie question était donc la suivante : Jody était-elle capable de s'emparer d'un bonheur, même limité, aux dépens d'autrui ? Ayant ainsi formulé la question, elle comprit qu'elle n'avait pas le choix.

— Je pensais bien vous avoir vue passer, dit Glen en entrant dans la pièce. Que faites-vous là ?

Jody lui jeta un regard effaré. Il la dévisagea avec inquiétude.

— Que se passe-t-il ?

Cet homme foncièrement bon allait lui manquer. C'était sûr. Mais pas autant qu'à Timmy.

— Asseyez-vous.

— Jody ?

Il s'assit sans la quitter des yeux.

Elle regarda le splendide diamant qui ornait sa main. Sans réfléchir plus longtemps, elle l'ôta de son doigt.

— Je n'aurais jamais dû l'accepter.

— Oh ? Pourquoi ? s'écria-t-il en repoussant la bague sur le bureau.

— Nous ne nous aimons pas vraiment, expliqua Jody, le cœur serré. Vous êtes un homme d'exception et vous méritez une femme qui vous aimera et vous chérira de tout son cœur, sans arrière-pensée.

— Vous êtes cette femme, protesta-t-il.

— Nous savons tous les deux que c'est faux. Vous m'avez distinguée des autres femmes parce que j'avais un fils. Timmy incarne la famille dont vous rêvez depuis si longtemps... Moi aussi, je me suis trompée, poursuivit-elle après un soupir, j'ai bousculé les événements, j'ai parlé de mariage alors que ni l'un ni l'autre n'étions prêts à un tel engagement. Je ne comprends pas pourquoi cela m'a paru aussi urgent. En tout cas, c'était beaucoup trop tôt.

— Ne précipitons pas les choses, proposa Glen très calmement comme s'il s'agissait d'examiner un problème juridique. Réfléchissons. Rien ne nous empêche d'avoir de longues fiançailles afin de nous connaître un peu mieux. Vous avez raison, j'aime Timmy de tout mon cœur, mais ne sous-estimez pas ce que j'éprouve pour vous.

— Il y a une excellente raison pour que vous ne m'épousiez pas, murmura Jody. J'aime un autre homme.

— Jody, je vous en prie, nous en avons déjà parlé. Vous n'avez pas à vous tracasser. Jamais je n'essaierai d'évincer Jeff de votre cœur.

— Et vous, poursuivit-elle sans se laisser démonter, vous aimez une autre femme.

Il avait fallu qu'elle prononce ces mots à haute et intelligible voix pour en saisir toute la portée.

Glen ne discuta pas, ce dont elle lui fut reconnaissante.

— Je ne vous trahirai jamais, assura-t-il.

— C'est vous-même que vous trahirez.

Il garda le silence deux secondes puis reprit :

— C'est fini, Jody. Depuis des mois. Cet amour est mort.

— Il n'est peut-être pas aussi mort que vous le pensez, déclara Jody en se levant. Attendez-moi ici.

— Où allez-vous ?

— Chercher quelqu'un. Je n'en ai pas pour long-temps.

Elle sortit en courant. Dans le hall de l'immeuble, on lui indiqua où travaillait Maryann.

— Bonjour, fit-elle en poussant la porte. Je suis Jody Potter.

Elle attendit deux secondes que la jeune femme enregistre son nom.

— C'est moi qui étais dans les toilettes, il y a quel-ques minutes, quand vous parliez avec une amie.

Maryann pâlit.

— J'ignorais qu'il y avait quelqu'un... Nous ne nous sommes jamais rencontrées et...

— Ne vous inquiétez pas. Je vous crois sur parole. Je viens vous voir parce que j'ai une question impor-tante à vous poser. Aimez-vous Glen Richardson ?

La jeune femme croisa les doigts sur son bureau tandis que son regard évitait celui de Jody.

— Je ne voudrais pas être grossière, répondit-elle, mais en quoi cela vous regarde-t-il ? Je sais que Glen et vous êtes fiancés et...

— Eh bien, justement, c'est ce qui fait que ça me regarde, s'écria Jody. Vous ne croyez pas ?

— Je comprends que vous ayez été déconcertée par ce que vous avez entendu mais... Bon, il me semble préférable de ne pas en dire plus.

Elle respira profondément puis afficha un sourire affable.

— Sachez que je vous souhaite, ainsi qu'à Glen, tout le bonheur possible.

— Glen est un type merveilleux.

— Oui, je sais, murmura Maryann.

— Ce qui complique un peu les choses pour moi, c'est que je sais qu'il vous aime.

Sous l'effet de la surprise, la tête de Maryann eut un sursaut et ses yeux s'écarquillèrent.

— Voyons! Après tout ce qui s'est passé entre nous, ce n'est pas possible. Vous devez vous tromper. Je me suis comportée comme une sotte. Il n'y a pas d'espoir. Aucun.

— N'en soyez pas si sûre. Glen est libre.

— Libre?

— Nous ne sommes plus fiancés. En ce moment même, il vous attend dans mon bureau.

Des années de travail auprès d'avocats ne l'avaient pas préparée à voir un membre de cette profession, diserte par définition, rester à court de paroles.

— Pourquoi... pourquoi...

— Ce genre d'amour, passionné, exigeant, je l'ai éprouvé moi-même, expliqua Jody. Allez le retrouver, Maryann, et réglez votre différend. Mais surtout, chérissez-le. Il mérite d'être heureux et vous aussi.

Maryann avait visiblement du mal à retenir ses larmes.

— Merci, murmura-t-elle.

— Je vous en prie, fit Jody en quittant la pièce.

Le couloir était empli du bruit joyeux des fêtes qui se déroulaient à droite et à gauche. Elle le suivit sans s'arrêter à aucune porte et se retrouva dehors, dans la nuit glaciale, seule, comme tous les soirs depuis la mort de Jeff.

Michelle Madison avait peur. Leah avait passé une grande partie de l'après-midi à son chevet pour la rassurer. Le travail se déroulait normalement.

— Encore combien de temps? demanda Michelle à la fin d'une contraction.

Les mains posées sur son ventre, elle s'efforçait de garder une respiration régulière.

— Ça devrait aller vite maintenant, mentit Leah pour l'encourager.

Michelle était arrivée à la maternité avant que Leah ne prenne son service. Elle était seule et ne voulait prévenir personne. Lorsque Leah survint, le travail avait commencé ; Michelle, effrayée, s'était agrippée à la main de l'infirmière et l'avait suppliée de rester près d'elle.

Il n'y avait pas d'autre accouchement en cours ; aussi Leah put-elle se consacrer à la jeune femme et la guider pas à pas dans le déroulement de la naissance.

— Je suis tellement contente d'avoir mon bébé avec vous, dit Michelle comme une contraction s'annonçait à nouveau.

Elle ferma les yeux et se concentra sur sa respiration tandis que Leah l'encourageait à se détendre et à accompagner la douleur.

— J'étais dans le groupe de femmes enceintes que vous avez accueilli à la salle de travail, reprit Michelle un peu plus tard.

— Je savais bien que je vous avais déjà vue mais je n'arrivais plus à me souvenir en quelles circonstances.

— C'est normal. On était nombreuses et tout le monde vous harcelait de questions. Jo Ann Rossini n'a cessé de vanter votre compétence et votre gentillesse.

— C'est une vieille amie, dit Leah que le compliment embarrassait.

Elle n'accomplissait pas de miracles. Elle se contentait d'accompagner les parturientes dans le travail qu'elles seules enduraient. Et le mot « travail » était entièrement justifié.

Michelle ferma les yeux et se tut le temps d'une

nouvelle contraction. Leah lui serra la main et la félicita à mi-voix.

— Très bien... C'est très bien... Voilà...

— Vous aviez dit que vous n'aviez pas d'enfant, murmura Michelle comme la douleur s'atténuait.

Peu de temps auparavant, cette remarque aurait cruellement blessé l'infirmière. Ce n'était plus le cas. Un enfant, l'enfant de l'amour, s'était niché contre son cœur et se nourrissait de son corps.

— C'est vrai. Pas encore, précisa-t-elle.

Elle consulta l'écran qui contrôlait l'état du bébé. Tout se passait bien.

— Mais vous en voulez?

— Oui. J'en ai très envie.

Un sourire timide se dessina sur les lèvres de Michelle. Leah s'était gardée de l'interroger mais devinait qu'elle avait à peine vingt ans, peut-être moins.

Michelle se caressait le ventre tout en se préparant à la contraction suivante.

— Je ne m'attendais pas à aimer autant ce bébé. Ça doit vous paraître bizarre.

— Bien sûr que non, protesta Leah.

— Quand Lonny a appris que j'étais enceinte, il m'a laissée tomber. Je crois qu'il m'aimait, mais à sa façon. Il n'était pas prêt à assumer tant de responsabilités d'un coup.

— On dirait que vous ne lui en voulez pas.

— Au début, si. Et ensuite j'ai compris qu'il avait raison. Ç'aurait été une erreur de nous marier, si jeunes, sans travail, sans avoir rien connu d'autre.

— Vous êtes très raisonnable pour votre âge.

Leah la regardait avec admiration. Surmonter un chagrin d'amour, garder la sérénité nécessaire au bon déroulement d'une grossesse, beaucoup de femmes plus mûres en auraient été incapables.

— Pendant quelques jours, j'ai vraiment pensé à l'avortement. Et puis, non. Ça m'a paru révoltant, indigne de moi. Le bébé vivait déjà. Je n'avais pas le droit de l'annuler tout simplement. Pourtant, c'est ce que ma mère voulait, et mon père aussi quand on l'a mis au courant.

— Et vous ne l'avez pas fait.

Michelle fit oui de la tête, incapable de parler. Une contraction la parcourut tout entière. Quand son corps s'apaisa, elle reprit posément :

— Je suis contente maintenant d'avoir été jusqu'au bout de ma grossesse. Ça n'a pas été facile, surtout à la fin quand je me suis mise à ressembler à une citrouille. Pour mes parents aussi, ça a été pénible. Les voisins, la famille... Ils m'ont dit et répété qu'ils m'aimaient mais que si je voulais avoir cet enfant, je devais me débrouiller toute seule. Voilà pourquoi personne n'est là aujourd'hui.

— Vous êtes courageuse, Michelle, et forte.

— J'ai pris ce qui m'a semblé être la bonne décision. Mais ce qui me surprend, parce que je ne m'y attendais pas du tout, c'est l'amour que je porte à ce bébé.

— Vous serez une bonne mère, c'est sûr.

— Je veux être la meilleure des mères.

Et elle le serait, songea Leah.

Elle se leva et ôta le drap qui recouvrait le ventre de Michelle.

— Il est temps que je vous examine à nouveau.

Les dernières contractions avaient été plus intenses ; la jeune femme n'allait pas tarder à entrer dans la troisième phase du travail.

L'examen terminé, Michelle se détendit.

— Vous m'accompagnerez dans la salle d'accouchement ?

— Je n'en suis pas sûre. Un autre jour, il n'y aurait pas eu de problème mais, aujourd'hui, j'ai un rendez-vous chez le médecin. En tout cas, ne vous inquiétez pas, je resterai aussi longtemps que je le pourrai ; vous vous débrouillez très bien, je ne crois pas qu'il y ait de problème.

— Bon, fit Michelle d'une toute petite voix. Si vous le pouvez, j'aimerais que vous soyez là. J'ai besoin de quelqu'un.

L'idée de laisser Michelle seule à un moment aussi important de sa vie préoccupait Leah. Ayant vu de nombreux cas semblables au sien, elle voulut la rassurer.

— Vos parents vont sûrement venir vous voir, lui dit-elle en lui tapotant la main. Et ils ne résisteront pas au bébé. Ils l'aimeront, ça sera plus fort qu'eux.

— C'est ce que je pense aussi.

— Avez-vous choisi un prénom ?

Michelle secoua sa tête aux cheveux collés de sueur.

— Non. Je n'ai pas voulu qu'on me dise si c'est un garçon ou une fille. Je me suis dit que je choisirais son prénom plus tard.

Deux heures s'écoulèrent encore avant qu'on emmène la jeune femme dans la salle d'accouchement. Leah l'accompagna. L'anesthésiste, le Dr Leon, et l'obstétricien, le Dr Beecher, les y attendaient. Leah avait travaillé avec eux en de nombreuses occasions.

Michelle se comporta en patiente modèle et, lorsque vint le moment de la naissance, elle poussa un cri de joie.

— Une fille ! Une fille !

Leah pesa le nouveau-né braillard, l'enveloppa dans un lange épais et le posa sur la poitrine de la jeune femme.

— Une fille, sanglotait Michelle. Je suis tellement contente d'avoir une petite fille ! C'est ce que j'espérais mais je n'osais pas le dire, de peur d'être déçue.

— Elle est magnifique, dit Leah.

— Merci. Merci infiniment de votre aide.

Leah emmena le bébé à la nursery. La pendule du hall lui signala qu'il lui fallait se hâter si elle voulait arriver à l'heure chez le Dr Benoit. Elle passa en courant dans la chambre de Michelle.

— Je dois partir tout de suite mais je viendrai vous voir dès mon arrivée demain matin.

— S'il vous plaît, n'oubliez pas.

— C'est promis.

Michelle la rattrapa par la main.

— Sans vous, je n'y serais pas arrivée. Encore merci.

— Le travail dur, c'est vous qui l'avez accompli, protesta Leah en lui serrant les doigts.

Un grand sourire éclaira le visage de la jeune femme.

— D'accord, je n'oublierai pas... Je crois bien que je vais dormir sept jours d'affilée, maintenant.

— A demain, mon petit. Reposez-vous.

Michelle s'endormit avant que la porte ne se referme.

En pleine euphorie, Leah se hâta d'ôter sa blouse et courut vers la sortie. Quelle journée gratifiante ! Elle traversa le parking à toute allure, sauta dans sa voiture et démarra sur les chapeaux de roue.

Une vive impatience l'animait. Elle était sûre qu'elle aurait fort bien pu se passer du diagnostic du Dr Benoit. Aucun doute ne l'effleurait. Cette visite n'était finalement que de routine.

La femme de ménage avait reçu l'ordre écrit de plonger une bouteille de champagne dans le seau à glace et deux gros steaks attendaient dans le réfrigérateur. Ce soir, Andrew et elle feraient la fête. Elle appellerait tout de suite ses parents mais tâcherait d'attendre le lendemain, c'est-à-dire le soir de Noël, pour annoncer la bonne nouvelle à la mère d'Andrew.

Ce serait le plus beau Noël de toute sa vie.

Le Dr Benoit était un médecin charmant, plein d'humour et de gentillesse. Son âge respectable lui avait enseigné une certaine sérénité face aux événements les plus déconcertants. Durant toutes les années d'espoirs et de déceptions qu'avaient traversées les Lundberg, il avait su se montrer rassurant et apaisant. A lui l'honneur de confirmer cette grossesse miraculeuse. Leah avait jugé qu'elle le lui devait.

Il rejoignit la jeune femme dans la petite pièce réservée aux examens cliniques.

— Leah, je suis très content de vous revoir.

Son sourire était chaleureux et sincère.

— Vous aviez raison, dit-elle en lui serrant la main. C'est arrivé. Andrew et moi attendons un enfant.

Comme il gardait le silence, elle enchaîna :

— Kathy a l'air tout excitée.

Kathy était l'infirmière à qui elle avait confié l'échantillon d'urine.

— Asseyons-nous et bavardons un instant, déclara-t-il en lui présentant un fauteuil. Leah, mon petit, vous ne pouvez vous imaginer à quel point tout ceci me chagrine.

— Vous chagrine ? répéta-t-elle. Pourquoi ? Je vais avoir un bébé ! Comment une telle nouvelle peut-elle vous chagriner ?

Le regard du médecin s'emplit de tendresse et de compassion. Il lui prit la main.

— Leah, le test est négatif.

— Il doit y avoir une erreur ! s'écria-t-elle en bondissant sur ses pieds.

— Je donnerais n'importe quoi pour pouvoir faire un autre diagnostic.

— Mais j'ai du retard et j'éprouve tous les symptômes de la grossesse, protesta-t-elle. Il est impossible que je ne sois pas enceinte.

— Le cerveau humain est très puissant. Je doute que la science ait une idée de tout ce dont il est capable. Lorsqu'une femme désire un enfant aussi ardemment que vous, il arrive qu'elle en convainque son corps et celui-ci obéit, offre tous les symptômes souhaités et joue docilement le rôle qu'on lui désigne. C'est, à mon avis, ce qui vous est arrivé.

C'était faux. Une certitude intime s'opposait à ce diagnostic. Mais quels arguments faire valoir ? Leah prit son manteau et se dirigea vers la porte.

— Vous vous sentez assez bien pour rentrer seule chez vous ? s'inquiéta le médecin.

— Je me sens très bien, affirma-t-elle.

« Très bien », plus jamais elle ne le serait.

18

— Tu rentres très tôt, s'étonna Helen Chandler.

Jody ôta son manteau et le suspendit dans le placard de l'entrée.

— Jody, que s'est-il passé ? On dirait que tu as pleuré.

Sa mère la rejoignit dans la cuisine où elle se servait une tasse de café, plus pour s'occuper les mains que pour se désaltérer.

— Où est Timmy? demanda Jody qui s'étonnait de ne pas l'apercevoir, agenouillé devant la télévision, en train de pulvériser quelque sanguinaire seigneur de la guerre.

— Dans sa chambre. Il enveloppe le cadeau qu'il te destine. Il n'a même pas voulu me montrer ce que c'était... Maintenant, dis-moi ce qui ne va pas. Il y a longtemps que je ne t'ai pas vue dans un tel état. Tu as une tête de déterrée.

— J'ai rompu mes fiançailles, dit Jody à mi-voix pour éviter que Timmy n'entende.

Elle l'annoncerait à son fils lorsqu'elle aurait recouvré son calme et pourrait en parler sans trop d'émotion. Ce n'avait pas été une histoire d'amour, néanmoins elle souffrait d'un sentiment de perte et de solitude difficile à maîtriser.

— Mais pourquoi? s'écria sa mère en s'effondrant sur une chaise.

— Je ne l'aime pas.

— Tu ne l'aimes pas! Comment peut-on *ne pas* aimer quelqu'un comme Glen? Avec Timmy et toi, il s'est toujours montré affectueux, sensible, bref c'est un être d'exception. Tu n'aurais pu trouver meilleur mari.

— Tout cela, je le sais, maman. Rien n'est plus vrai. Mais je sais ce que c'est que d'aimer profondément.

Les épaules de sa mère s'affaissèrent.

— Cet amour aurait pu naître un peu plus tard, au fil des jours... Jody, pour l'amour du Ciel, tu dois renoncer au passé.

— Il y a un autre petit problème, reprit Jody. Glen est toujours amoureux d'une autre femme et ce sentiment, je l'ai appris par pur hasard, est réciproque.

Le menton dans les mains, Helen la dévisagea d'un air excédé.

— Et alors tu as joué à l'héroïne au cœur noble et tu t'es écartée... Oh, Jody, qu'est-ce que je vais faire de toi ?

Jody éclata de rire et serra tendrement le bras de sa mère. Cette question lui rappelait son enfance et son adolescence.

— L'expérience a été instructive, dit-elle. Dans mon cœur, je sais que j'ai bien agi. Mais je ne m'attendais pas à en souffrir autant.

— Il n'y a rien de gratuit dans cette vie, commenta Helen Chandler d'un ton désabusé.

Jody hocha la tête.

— Du jour où Jeff a disparu, je me suis cramponnée aux souvenirs brumeux de nos années de vie commune. Les circonstances qui ont entouré sa mort m'ont poussée à construire un cocon autour de Timmy et moi. J'avais terriblement peur d'être à nouveau blessée. Jeff était un très bon mari et je l'ai aimé passionnément mais, ces quelques années, j'en ai fait dans mon esprit l'image même du paradis.

Sa mère redressa la tête.

— C'est ce que je pense depuis longtemps et je me demandais si tu le reconnaîtrais un jour... On dirait que tu as sérieusement réfléchi ces dernières semaines.

— Oui, j'ai réfléchi, admit Jody. Et j'ai compris que je me cramponnais à un verre à demi plein ; dans la crainte de me laisser reprendre cette parcelle de bonheur, j'évitais de tendre la main vers la bouteille pleine posée devant moi.

L'air soucieux de Helen se transforma en panique.

— Je suis complètement perdue avec cette histoire de verre et de bouteille. Nous parlions de Jeff et de toi.

— Maintenant, dit Jody, je suis prête à renouer

avec la vie. Prête à me fier à Dieu et à Sa volonté. Il a sûrement un dessein en ce qui nous concerne, Timmy et moi. Désormais, je vais saisir au vol chacun des petits bonheurs qu'Il nous enverra. Pour la première fois depuis la mort de Jeff, il me semble que j'ai une existence propre. Je n'ai pas non plus l'intention de rester seule. Un homme m'attend, quelque part — un homme qui sera un bon mari pour moi et un bon père pour Timmy. Un homme qui sera un ami, un compagnon de vie et un amant. Il existe. Nous nous rencontrerons.

Helen se mordit la lèvre inférieure.

— Cela fait des années que j'attends cela. J'ignore ce qui t'a ouvert les yeux mais j'en remercie le Ciel.

Elle se leva et embrassa sa fille.

— Je vais te laisser maintenant.

— Merci, maman.

— Je t'en prie. J'adore garder Timmy. C'est un amour.

— Je te remercie pour ça, bien sûr, répliqua Jody, les yeux humides. Mais pour beaucoup d'autres choses aussi. Pour être là quand j'en ai besoin, pour ta patience, pour ton attention, pour ta tendresse. Tu es la meilleure mère du monde.

— Tiens ? Je reconnais bien là la petite fille qui me passait de la pommade juste avant Noël, s'écria Helen dans un éclat de rire.

Elles s'embrassèrent avec émotion.

— M'man ? fit Timmy qui passait la tête dans l'entrebâillement de la porte. Pourquoi grand-mère et toi vous pleurez ?

Elles tournèrent vers lui un visage où se mêlaient rire et pleurs, ce qui acheva de le décontenancer.

— Où est Glen ? demanda-t-il en quête d'un soutien plus ferme que deux femmes éplorées.

— Bon, à demain, fit Helen Chandler en ramassant son sac.

Timmy suivit des yeux sa grand-mère qui montait dans sa voiture.

— Qu'est-ce qui se passe dans cette maison? demanda-t-il, à mi-chemin entre l'inquiétude et l'exaspération.

Un sourire tremblotant sur les lèvres, Jody lui tapota le sommet du crâne.

— Il faut que je te parle.

— J'ai fait quelque chose de mal?

Jody ne chercha pas à élucider l'air coupable que prit soudain son fils. Il avait sûrement quelque chose à se reprocher. Tant pis. Ce serait pour une autre fois.

— Non, dit-elle en l'attirant contre elle. Il ne s'agit pas de quelque chose que tu as fait ou n'as pas fait, mais de Glen et de moi.

— M'man, fit Timmy, adossé contre le mur de la salle de bains comme si ses jambes avaient du mal à le soutenir, faut vraiment qu'on aille à l'église? C'est même pas dimanche.

— Nous en avons déjà discuté, répondit calmement Jody qui, penchée au-dessus du lavabo, donnait une dernière touche à son maquillage. Après l'église, nous irons chez grand-mère pour ouvrir les cadeaux.

— Y aura du chocolat chaud et des bonbons comme l'année dernière?

— Sûrement. La voiture est chargée?

— Ça fait longtemps. J'aimerais bien qu'on se dépêche.

— Nous sommes en avance.

Ce qu'aurait souhaité Timmy, c'est que le temps s'écoule à toute allure jusqu'au moment où l'on ouvrirait les cadeaux. Quant à l'office de Noël, il n'y voyait qu'une corvée inutile qui ne ferait que les retarder.

— J'ai bientôt fini, dit Jody. Mais surtout rappelle-moi d'emporter la tarte au fromage et les biscuits.

— Ah...

Quelque chose dans la voix de Timmy lui fit subodorer un léger problème.

— Eh bien, quoi ? demanda-t-elle en se tournant vers son fils.

— C'est la tarte au fromage.

— Oui ?

Elle rangea ses instruments de maquillage en attendant la suite de la révélation.

— Le jour où grand-mère m'a gardé, j'ai des amis qui sont venus.

— Oui ? répéta patiemment Jody.

— Tout le monde avait apporté quelque chose de bon et tu avais pris presque tous les cookies au gingembre. Comme je préfère la tarte au fromage et qu'il en restait une...

— ... il n'en reste plus du tout, c'est ça ?

Timmy inclina la tête d'un air penaud.

— De toute façon, j'ai pas l'impression que ce sera un bon Noël.

— Tu dis ça à cause de Glen ?

Il haussa les épaules.

— Je comprends pourquoi tu l'épouses pas, et tout ça. Mais je me disais que peut-être il serait d'accord pour passer me voir de temps en temps...

Glen avait vraiment aimé Timmy, plus qu'il ne l'avait aimée elle sans doute. Elle espérait sincèrement qu'il resterait l'ami et le conseiller affectueux du petit garçon.

La sonnette de l'entrée les fit sursauter.

— Qui cela peut-il être, le soir de Noël ? s'étonna Jody.

— Je vais voir, s'écria Timmy en courant.

— Attends-moi.

Elle arriva trop tard. Son fils ouvrait la porte avec enthousiasme comme s'il s'attendait à découvrir le Père Noël.

— Bonsoir ! cria l'enfant avec chaleur.

— Bonsoir, répéta Jody machinalement.

Puis, souffle coupé, elle reconnut l'homme qui se tenait sur le seuil. Son cœur s'arrêta de battre. Les murs se mirent à vaciller autour d'elle. De peur de s'évanouir, elle se raccrocha à la poignée de la porte.

— M'man, qu'est-ce qui se passe ?

— Timmy, murmura-t-elle dans un sanglot étouffé, voici ton père.

Sept années de larmes avaient durci Leah. Elle s'installa dans sa voiture, complètement assommée. Elle était stérile. Aucun enfant ne grandirait dans son sein. Jamais. Et pourtant... et pourtant quelque chose en elle s'obstinait à nier les faits.

Mais la joie l'avait désertée. Une longue vie inutile l'attendait, des jours et des jours de vacuité.

Il ne lui restait plus qu'à l'annoncer à Andrew.

Bien entendu, ils feraient comme si cela n'était pas grave ; ils se mentiraient ; ils garderaient le sourire et traverseraient vaille que vaille les fêtes de Noël. Au sein d'une famille heureuse, elle n'aurait d'autre choix que de simuler le bonheur.

Le trajet s'effectua dans une sorte de brouillard. Elle gara sa voiture et rentra chez elle. Le sapin de Noël se dressait au milieu du salon dans une splendeur agressive.

Le cadeau d'Andrew! Il lui fallait absolument l'ôter avant qu'il ne le trouve. Cette souffrance supplémentaire devait être évitée.

Elle s'accroupit et examina fébrilement chaque paquet. De quelle couleur était le papier? Quelle taille avait la boîte? Elle ne s'en souvenait plus et le cadeau restait introuvable. Les larmes affluèrent, rendant la recherche encore plus pénible. La poitrine soulevée de spasmes, elle jetait violemment de côté les présents choisis et emballés avec amour.

Puis, s'efforçant à plus de sang-froid, elle tria les cadeaux. Ceux d'Andrew et les siens. Ensuite, les mains agitées de tremblements incoercibles, elle déchira les papiers de ceux d'Andrew jusqu'à ce qu'elle tombe sur le hochet en argent.

Elle courut jeter l'objet dans la poubelle de la cuisine. Le champagne trônait dans le seau à glace. Elle s'empara de la bouteille et, laissant un sillage humide sur le carrelage, la jeta aux ordures.

La porte du garage claqua. Andrew était rentré. Ses pas résonnèrent gaiement sur le plancher de l'entrée.

Leah se pétrifia.

Andrew traversa le salon et se dirigea vers la cuisine. A la vue de sa femme, il se figea.

Il comprit sans qu'elle prononce un mot et la prit dans ses bras.

Le lendemain matin, Leah se réveilla, la gorge sèche et la poitrine oppressée. Ses yeux brûlaient des larmes qu'ils n'avaient pu répandre.

— Ne va pas travailler, suggéra Andrew en l'enlaçant tendrement. Moi aussi, je resterai à la maison.

— C'est Noël et la moitié du personnel est en vacances.

— Pour une fois, pense un peu à toi et oublie ce foutu hôpital.

Ce bref mouvement d'humeur était la première manifestation de déception qu'il se permettait. Leah en fut soulagée.

— Dis-leur que tu es malade, insista-t-il.

— D'abord, c'est faux. Et ensuite ça me fera du bien de travailler.

Comme si quelque chose pouvait la soulager de cette souffrance incessante, de cette voix qui lui répétait qu'elle n'était pas vraiment une épouse, pas vraiment une femme.

Malgré les protestations d'Andrew, elle se leva et s'habilla. Elle parvint même à avaler une tasse de café avant de quitter la maison. Andrew l'accompagna jusqu'à la voiture. Il suivait chacun de ses gestes d'un air las et soucieux.

— On se retrouve ici à seize heures ? J'ai promis à maman que nous arriverions à seize heures trente.

Elle le regarda, l'air surpris.

— Nous passons la soirée chez elle, tu te souviens ?

— Oui, bien sûr.

Ce qui était faux. Il lui semblait que son cerveau n'était plus qu'un grand agenda aux pages vierges.

— Tu veux que j'annule ? demanda Andrew en lui caressant les cheveux.

— Non, je ne veux pas la décevoir.

Il hocha la tête et l'embrassa. Après une brève étreinte, il la laissa monter dans la voiture.

Pour une raison inconnue, Leah pénétra dans l'enceinte de l'hôpital par un chemin inhabituel qui l'amena devant la crèche.

La mangeoire était vide. Aussi vide que son cœur. Que ses bras. Elle baissa la tête et ferma les yeux. La bataille était perdue, elle rendait les armes. Une prière jaillit de son cœur.

— J'ignore pourquoi Vous me refusez un enfant, murmura-t-elle, mais je ne peux plus supporter cette souffrance. C'est au-delà de mes forces. J'en viens à douter de moi-même, à ne plus savoir qui je suis ni ce que je fais sur cette terre.

L'aide du Seigneur, elle y avait renoncé des années auparavant. Elle avait préféré ne compter que sur ses propres forces. Et voilà qu'elles s'écroulaient, la laissant en proie au désespoir le plus absolu. Il ne lui restait plus qu'à lever le pavillon blanc et à se rendre. Elle en avait assez de se battre, assez de souffrir. Dieu avait un projet pour elle. Elle l'acceptait, quel qu'il soit.

Sa prière terminée, elle leva la tête et chercha des yeux l'ange d'un jaune passé qui se dressait sur l'étable délabrée.

Le souffle lui manqua.

L'ange resplendissait. D'un doré étincelant, il déployait ses ailes avec majesté. Aveuglée, Leah se détourna et, croyant à une illusion d'optique, elle se frotta les yeux avant de les rouvrir. L'ange était toujours présent.

Regardant à droite et à gauche, elle chercha quelqu'un à qui signaler ce miracle.

— Regardez! cria-t-elle à une vieille femme qui luttait contre les rafales. Un ange!

La femme s'arrêta et examina la crèche.

— Ça fait des années qu'il est là. Même qu'ils auraient pu en racheter un neuf. Il va s'écrouler un de ces jours. Le reste aussi, d'ailleurs.

— Mais c'est un vrai! s'écria Leah.

Levant les yeux, elle s'aperçut que l'envoyé de Dieu avait cédé la place au pauvre personnage à la peinture écaillée.

— Si c'est un vrai ange, le ciel est en plus mauvais état que je ne le pensais, répliqua la vieille femme avec un gloussement.

Le cœur léger, Leah pénétra dans l'hôpital. Ayant quelques minutes d'avance, elle s'arrêta à la nursery pour jeter un œil sur la petite fille à qui Michelle avait donné le jour.

Le bébé, bien emmailloté dans un lange rose, dormait profondément. Un petit nœud rouge de Noël ornait son berceau. Leah s'aventurait rarement dans cette pièce. Son désir d'enfant, si souvent déçu, rendait ces visites très pénibles. Cette fois, c'était différent. Aucun regret ne la torturait. Comme si le fardeau qui pesait sur son âme avait été miraculeusement ôté.

— Te voilà enfin, dit Bonnie en l'apercevant. Ton mari a téléphoné. Il avait l'air anxieux.

— Andrew?

Il ne l'appelait à l'hôpital que pour des raisons graves.

— Je ne savais pas que tu avais plusieurs maris, plaisanta Bonnie. Tu devrais le rappeler. Vu sa voix, il doit être en train de tourner en rond en attendant ton coup de fil.

Leah téléphona aussitôt mais, au bout de quatre sonneries, le répondeur se déclencha. S'il s'agissait de quelque chose d'important, Andrew la rappellerait d'ici peu.

Il n'en fit rien, mais surgit en plein service alors que Leah consultait le rapport de nuit.

— Leah!

Il se rua sur sa femme et la souleva dans ses bras. Les yeux brillants, la respiration haletante, il avait l'air d'hésiter entre le rire et les larmes.

— Qu'y a-t-il?

Il la reposa sur le sol et lui encadra le visage des deux mains.

— Je t'aime, Leah, je t'aime plus que jamais.

Un peu inquiète, elle l'examina attentivement.

— Tu avais raison à propos du bébé. Ce sentiment si fort en toi n'a pas menti. C'est vrai, chérie, nous allons avoir un enfant.

— Mais le Dr Benoit...

— Mme Burchell a téléphoné, tu venais tout juste de partir...

Leah reconnut le nom mais sans pouvoir y mettre un visage.

— La dame de l'agence Un Bébé Dans Votre Vie, précisa-t-il. Elle a un bébé pour nous. Une petite fille qui pourra quitter l'hôpital dès demain matin. La mère a déjà signé les papiers.

— Mais nous nous étions désinscrits ! s'écria-t-elle, abasourdie.

— Il y a quelques semaines, j'ai rappelé Mme Burchell et je lui ai demandé de nous remettre sur la liste. Nous avons un bébé, Leah. Une adorable petite fille.

Monica n'avait pas menti. Elle avait prévenu Chet qu'elle le harcèlerait et c'était exactement ce qu'elle faisait. A peine fermait-il les yeux qu'elle surgissait comme un fantôme et le tourmentait jusqu'à ce qu'il se résigne à regarder une série stupide à la télévision. Une nouvelle tentative et elle revenait, douce et belle, ligotant le cœur de Chet, lui rappelant sans cesse ce qu'il avait refusé.

Il avait passé l'après-midi à contacter des entreprises de déménagement. Chacune posait la même question : « Où allez-vous ? » et la réponse : « N'importe où, du moment que c'est loin de Seattle » ne permettait pas d'établir un devis.

Le barman s'approcha nonchalamment. C'était un nouveau, du nom de Billy.

— Vous voulez une autre tasse de café? demanda le garçon.

— S'il te plaît.

Chet avait renoncé à l'alcool. L'effet recherché n'allait pas sans de désagréables inconvénients. On pouvait y noyer son chagrin, certes, mais le prix à payer était trop élevé. Les gueules de bois à répétition, c'était fini.

— Que pensez-vous de notre nouvelle télévision à grand écran? demanda Billy. Le patron l'a fait livrer ce matin.

— Super, dit Chet sans lever les yeux.

Il n'avait aucune envie de faire la conversation. Seul l'ennui l'avait poussé à entrer. Son appartement disparaissait sous les cartons où s'entassaient les sédiments des trente dernières années. Tout était prêt à être emporté. Restait à savoir où.

Le bar était désert, ce qui était inhabituel. Un couple se dévorait des yeux dans un coin. Des mains aussi, apparemment.

— Où sont-ils, tous? demanda-t-il.

— Chez eux, j'imagine. C'est Noël.

— Ah bon?

Il avait perdu la notion du temps. Il avait bien remarqué les vitrines décorées et l'animation des rues où se pressaient les derniers acheteurs mais sans réaliser l'imminence de cette fête qui, pour lui, ne représentait rien.

— Nous n'aurons pas grand monde ce soir. Des établissements comme celui-ci ne se remplissent guère à cette époque de l'année, commenta Billy du haut de sa vaste expérience.

— Eh oui, fit Chet.

Ne se résignant pas au silence, le garçon restait planté devant lui.

— Lou va sans doute fermer de bonne heure, reprit-il.

Chet but une gorgée de café. Un café noir et épais, de quoi réveiller un mort.

— Lou, fermer de bonne heure? gloussa-t-il. Tu le connais mal.

— C'est vrai. Je ne le connais pas très bien.

Espérant se débarrasser de lui, Chet se tourna vers la télévision. Les informations du soir n'étaient que catastrophes et tragédies. Chet n'en avait nul besoin.

— Ça t'ennuie si je change de chaîne? demanda-t-il.

— Je vous en prie, dit Billy en lui tendant la télécommande.

Chet fit défiler les chaînes. Rien d'intéressant. Même le match de foot avait déjà été retransmis la semaine passée.

— Hé! s'écria Billy. Revenez en arrière, s'il vous plaît. Il y a un de mes copains qui a été sélectionné par les Redskin.

Chet lui tendit la télécommande que Billy se mit à tripoter sans se soucier du mécontentement de son client.

Le match retrouvé, le garçon dévora l'écran des yeux.

Machinalement, Chet se tourna vers la télévision. Voilà donc à quoi sa vie se réduisait désormais : traîner dans un bar désert le soir de Noël, endurer le blabla d'un gamin qu'il ne connaissait pas et n'avait pas envie de connaître et s'abrutir devant la retransmission de vieux matches de foot.

Billy profita de la mi-temps pour aller chercher quelque chose dans la réserve. Sa tasse de café à la main, Chet somnolait, les yeux noyés dans une vague contemplation de l'écran. Le commentateur était l'ancien entraîneur des Raiders de Los Angeles, John Madden.

— Tu devrais avoir honte, Chet Costello, lança-t-il tout à coup.

Chet sursauta. C'était ça, devenir fou ?

— Oui, c'est bien à toi que je m'adresse, continuait John Madden. Comme crétin, tu te poses là, mon vieux.

Chet sauta sur ses pieds. Le gamin lui aurait-il versé une drogue dans sa tasse ?

D'autres voyaient des éléphants roses. Lui, non. Ç'aurait été trop commun. Lui, il lui fallait carrément un sermon en direct de la télévision.

— Tu aimes Monica Fischer et elle t'aime. Alors, où est le problème ? Tu trouves que ton attitude est chevaleresque ? C'est ça ? Tu veux jouer au héros ? Eh bien, non. Tu n'es qu'un imbécile, voilà tout.

Excédé, Chet posa sa tasse sur le comptoir et se dirigea vers la sortie.

— Vas-y, fiche le camp, dit la voix qui semblait être sortie de l'écran et se rapprochait de lui au point qu'un souffle lui effleura la nuque. Te tailler, tu n'as jamais su faire que ça.

— Ta gueule ! cria Chet.

Le couple d'amoureux lui jeta un regard inquiet et Billy, qui apportait des boîtes de bretzels, s'arrêta à mi-chemin.

— Y a quelque chose qui ne va pas ? demanda-t-il.

Chet ne répondit pas et sortit en claquant la porte.

— Merde, merde, merde, grogna-t-il une fois dehors.

Monica ne se contentait pas de bousiller son sommeil, elle s'en prenait à présent à ses journées. Ras le bol !

Il devait mettre un terme à cette folie. Il sauta dans sa voiture et fonça chez la jeune fille.

Les rues avoisinantes étaient bondées. Si le Blue Goose était désert, l'entreprise de Lloyd Fischer tournait à plein régime.

A côté de l'église très éclairée, le presbytère était noyé dans l'obscurité à l'exception d'une lampe au-dessus de l'entrée. L'organiste se défoulait sans retenue sur les cantiques de Noël.

Chet se gara un pâté de maisons plus loin. Le trottoir déversait une foule qui se rendait à l'office. Chet remarqua une famille avec deux petits enfants en file indienne et un couple âgé qui marchait, main dans la main.

Il resta tapi dans l'obscurité. Pas question d'entrer dans l'église, en tout cas. Il réfléchissait à la conduite à adopter lorsqu'il vit Monica sortir du presbytère. Sa silhouette se découpait sous la lumière crue du porche.

Elle paraissait pressée. Il traversa la rue en courant et la rattrapa avant qu'elle ne se mêle à la foule.

Dès qu'elle le vit, elle s'arrêta net. La surprise se dessina sur son visage : ses yeux s'écarquillèrent puis ses lèvres s'ouvrirent pour former un O parfait. Aucun son ne sortit de sa bouche. Sa main pressait sur son sein une liasse de partitions.

Chet éprouvait la même difficulté à s'exprimer. Que c'était donc dur de se retenir de la prendre dans ses bras, de la serrer contre lui, de s'enivrer de sa douceur et de son parfum !

— Je ne sais pas à quoi tu joues, grommela-t-il enfin, sans desserrer les dents. Mais arrête !

— Qu'est-ce que j'ai fait ? demanda-t-elle, ahurie.

— Laisse-moi tranquille une fois pour toutes, gronda-t-il.

La tête inclinée sur le côté, elle attendait une explication un peu plus compréhensible.

— Je ne peux ni manger ni dormir et voilà que j'entends des voix.

— Des voix ? répéta-t-elle avec l'esquisse d'un sourire. Te voilà peut-être en route pour la sainteté. Et que disent-elles ?

— Que j'ai été fou de te repousser.

Le sourire de Monica s'élargit, ce qui la rendit plus belle que jamais. Il avait eu tort de venir. Grand Dieu, comment arriverait-il à s'en aller après l'avoir revue ?

— Je regrette de ne pouvoir revendiquer la responsabilité de ces manifestations, dit-elle gentiment. Papa m'a dit qu'il te soupçonnait de boire un peu trop. A mon avis, c'étaient les voix de l'alcool.

— Pas cette fois-ci, répliqua-t-il. Je n'ai pas bu une goutte de la journée.

— Je suis désolée, je ne vois pas en quoi je pourrais t'aider, reprit-elle d'un ton triste.

Sa main se leva lentement vers le visage de Chet.

Il voulut s'écarter mais ses pieds avaient pris racine et, comme les autres fois, au contact de la jeune femme, une décharge électrique lui parcourut le corps. La douceur de cette peau l'avait marqué à jamais. Il n'y avait pas d'issue. Il pouvait s'enfuir au bout du monde, il ne respirerait plus et son cœur ne battrait que pour elle.

Il lui prit la main et se mit à embrasser sauvagement la paume ouverte.

— Mon Dieu, Monica ! dit-il en l'attirant contre lui.

Il enfouit son visage dans le creux tendre de son cou et soupira.

— Je n'y arrive pas. J'ai tout essayé pour te quitter. Dieu sait que j'ai essayé. Ça ne marche pas.

Elle s'accrocha à lui; les partitions glissèrent et s'éparpillèrent sur le trottoir. Il la sentit trembler dans ses bras, suffoquer d'émotion et bientôt les larmes ruisselèrent, baignant leurs deux visages.

Les yeux fermés, il la berça un long moment.

— Puisque tu le désires, dit-il enfin, nous allons nous marier, mais je crains que tu ne fasses une mauvaise affaire.

19

— Tu es mon vrai papa? demanda Timmy en fixant sur Jeff de grands yeux incrédules.

— Oui, mon garçon, je suis ton père.

Il dévisageait Jody avec un mélange d'inquiétude et de joie.

Luttant contre le vertige, elle tentait de reprendre son souffle. La maigreur de Jeff était impressionnante. Ses joues étaient creuses et ses yeux semblaient aspirés vers l'intérieur. Elle avait de la peine à reconnaître l'homme aimé dans cet étranger.

Le regard de Jeff passait fébrilement de sa femme à son fils comme s'il doutait de leur réalité.

Timmy finit par ouvrir la moustiquaire de la porte et Jeff pénétra dans la maison. Il s'arrêta devant Jody.

Les yeux de la jeune femme demandaient les preuves que tout ceci était bien réel. Un rêve dont elle se réveillerait en sursaut. Lors de la disparition de Jeff, elle avait souvent rêvé d'un moment comme celui-ci; elle en émergeait le cœur lourd pour s'enfoncer un peu plus dans un sentiment de solitude effrayant.

Elle rassembla tout son courage et, d'une main

tremblante, lui toucha le bras. Un bras solide, réel. Chaud et vivant.

Vivant. Jeff était vivant.

— Où étais-tu ? bredouilla-t-elle, la gorge nouée. Pourquoi nous as-tu quittés ? Pourquoi ?

Les questions se bousculaient dans sa tête et c'était la plus futile qui avait jailli la première.

— Si ça ne t'ennuie pas, j'aimerais bien m'asseoir, dit Jeff. Je suis encore un peu faible.

Jody acquiesça de la tête et Timmy emmena son père par la main jusqu'au canapé.

— Tu ne ressembles pas à mon papa, remarqua-t-il en scrutant le visage du nouveau venu. Tu es beaucoup plus vieux.

— J'ai l'impression d'avoir cent ans, répondit Jeff qui lui aussi examinait son fils. Il ne s'est pas passé un jour sans que je pense à vous et prie pour vous. Heureusement, j'avais une photo qui ne m'a pas quitté. Ce sont les souvenirs qui m'ont gardé en vie, je le jure. J'ai pu tout endurer uniquement parce que je m'accrochais au souvenir de ma femme et de mon fils.

— Où étais-tu ? demanda Timmy en se laissant tomber à côté de son père.

— J'étais dans une prison russe, expliqua Jeff. C'est un miracle qu'on m'ait relâché.

— Tu étais en Russie ? s'écria Jody.

— Oui. Mon travail m'avait amené à Berlin et, sur un coup de tête, j'ai décidé de visiter Berlin-Est. J'avais très envie de connaître la vie de l'autre côté du Mur, mais j'ai pensé qu'avec un passeport américain on ne me laisserait pas franchir la frontière. Je me suis donc procuré des faux papiers, ce qui, en fait, est très facile.

— Tu t'es fourré dans un pétrin pareil uniquement par curiosité ?

Jody n'en croyait pas ses oreilles et un début de colère montait en elle. Tout risquer pour jeter un œil de l'autre côté d'un mur ? Quelle ânerie criminelle !

— J'étais jeune et stupide, je l'avoue, dit Jeff d'une voix chargée de regrets. Je parle l'allemand correctement et je me suis dit qu'un petit tour rapide serait sans danger, histoire d'entrer dans deux ou trois magasins et de flâner dans les rues. Le tourisme pépère, quoi. Je revenais vers la frontière lorsque je suis tombé sur deux soldats qui rouaient de coups un adolescent. Ils allaient le tuer. Je n'ai pas pu rester là sans intervenir, et voilà ce qui nous a coûté aussi cher.

La colère de Jody se dissipait. Il avait été étourdi mais généreux aussi. Le prix en avait été élevé, pour lui, pour elle et pour Timmy.

— On m'a emmené pour m'interroger et, aussi sec, on m'a arrêté, reprit Jeff.

— Pourquoi n'as-tu pas contacté l'ambassade ? demanda Jody.

Une petite démarche leur aurait épargné des années et des années de souffrances morales et physiques.

— On ne me l'a pas permis. Dès qu'ils ont découvert que j'étais américain et porteur de faux papiers, mon destin a été scellé. Je ne pouvais être qu'un espion et on m'a jugé comme tel. On ne m'a pas fourni d'avocat et le procès, si on peut appeler ça comme ça, n'a pas duré plus de deux minutes. J'en étais encore à me demander ce qui se passait qu'on me fourrait déjà dans un train et qu'on m'envoyait dans un camp de prisonniers en Russie.

— Ô mon Dieu ! gémit Jody, les mains pressées sur les lèvres.

— J'y suis resté jusqu'au bout.

— Mais comment t'es-tu échappé?

— Je ne me suis pas échappé, reprit Jeff. On m'a libéré. Ils m'ont déposé dans une rue d'Allemagne comme un paquet encombrant et c'est tout. Ces deux dernières semaines, je les ai passées à l'hôpital où toutes sortes d'experts m'ont interrogé et soigné. D'après ce que j'ai pu comprendre, je dois ma liberté à l'effondrement de l'Union soviétique. Un Anglais qui avait vécu à peu près la même expérience que moi a été relâché peu de temps avant.

— Pourquoi n'ai-je pas été prévenue tout de suite? insista Jody.

— Au début, j'étais trop malade. Et les autorités ont pris contact avec ma mère. Ensuite, j'ai appris que tu avais divorcé.

— Je n'en avais pas du tout envie, s'écria Jody. Je ne l'ai fait que pour des raisons financières.

Le visage de Jeff s'éclaira d'un sourire las.

— Mais quand tu as été assez fort pour voyager, pourquoi n'as-tu pas téléphoné?

— Je ne savais qu'une chose : la femme que j'aimais avait divorcé. J'ai appelé ma mère et elle a insisté pour que je me précipite chez toi avant que tu ne te remaries.

— Non, ils ne veulent plus se marier, expliqua Timmy. Ils sont amis, c'est tout.

De nouveau, Jeff eut un sourire de soulagement.

— Les médecins voulaient me garder plus longtemps mais il n'en était pas question. Je n'avais qu'une hâte, te rejoindre et avoir une conversation franche avant qu'il ne soit trop tard. Le miracle n'a pas tant été de sortir de Russie que de trouver une place à bord d'un vol transatlantique. J'étais sur la liste d'attente quand une dame a jailli de l'avion en prétendant qu'une voix dans son écouteur lui ordonnait de renoncer à ce voyage. Le plus drôle, et elle l'a répété plusieurs fois, c'est qu'elle a parfaitement reconnu la voix d'un acteur célèbre, je ne sais plus lequel. En tout cas, j'ai pu prendre sa place.

— Mais tu étais mort! L'identification a été faite grâce aux radios dentaires que mon père a emportées en Allemagne. Nous t'avons enterré. Ce n'est pas possible! Ce n'est tout simplement pas possible!

— Ce n'était pas moi, Jody. Ton père... Je ne comprends pas ce qui l'a poussé à faire une chose pareille.

— Oh, papa... gémit Jody, les yeux fermés. C'était trois ans après ta disparition et je m'obstinais à espérer. Je vivais recluse, comme dans une prison. Le divorce, je ne l'ai demandé que pour des raisons financières. Ta mère ne l'a pas admis et moi, je me sentais coupable. Papa a dû se dire que si nous enterrions un corps, je me résignerais et me remettrais à vivre.

— Eh bien, il n'a plus qu'à fournir quelques explications, remarqua Jeff sans trace de rancœur.

— Il est mort il y a un peu plus d'un an. Très brutalement. Je suis sûre que s'il avait prévu sa mort, s'il avait été malade et avait vu la fin approcher, il m'aurait avoué la vérité.

— Sûrement, dit Jeff.

— Ta mère, elle, ne mentait pas, murmura Jody qui se souvint des coups de téléphone répétés de Gloria Potter.

— Je ne te reproche rien. C'était tellement difficile à croire. Moi-même, j'étais trop malade pour lui parler en personne. Je veux que tu saches que je t'aime, Jody. Je n'ai jamais cessé de vous aimer, Timmy et toi. C'est grâce aux souvenirs de vous deux que j'ai pu sortir de ce cauchemar. Mais je comprends que beaucoup de choses ont pu se produire en huit ans et je ne me mettrai pas en travers de ton bonheur. Je ne demande qu'une chose, voir souvent mon fils.

— Oh, Jeff...

— Maman et Glen ne sont plus fiancés, expliqua vivement Timmy. Il était amoureux de quelqu'un d'autre et elle, elle a jamais pu aimer que toi.

Jeff la sonda du regard, lentement, craintivement.

— C'est vrai?

Elle hocha la tête.

— Je n'ai jamais cessé de t'aimer, pas un seul instant. Et tant que je respirerai, je t'aimerai.

Jeff ouvrit ses bras. Jody bondit près de lui et il enlaça d'un même geste sa femme et son fils.

Tous trois se mirent à pleurer et à rire en même temps.

— Finalement, dit Timmy, le Bon Dieu a répondu à ma lettre. Il m'a rendu mon vrai papa à moi.

— Je t'expliquerai, promit Jody à l'oreille de Jeff.

— Une petite fille, répéta Leah qui craignait un malentendu. Normalement, l'agence prévient les parents adoptifs bien avant la naissance.

— Apparemment, la mère n'a pris sa décision qu'hier après-midi. Le plus fou de l'histoire, c'est que notre enfant se trouve dans cet hôpital. Elle est ici, Leah. Ici. Mme Burchell l'a répété plusieurs fois; elle est née hier dans cette maternité.

Leah en était sûre, une seule petite fille était née le vingt-trois décembre dans ce service, le bébé dont elle avait accompagné la naissance. Celui de Michelle Madison.

— Michelle, murmura-t-elle en fermant les yeux.

Elle revit la très jeune femme qui s'était cramponnée à sa main. Celle auprès de qui elle avait passé tout l'après-midi pour la soutenir durant le travail et l'accouchement.

— Andrew! cria-t-elle, entre le rire et les larmes. Viens! Je vais te présenter à notre fille.

Les jambes mal assurées, elle entraîna son mari vers la nursery. Elle lui fit ôter sa veste et enfiler une tenue stérile, le poussa dans un fauteuil. Puis, le cœur gonflé d'amour, elle souleva le nouveau-né assoupi de son berceau et le déposa dans les bras d'Andrew.

— Elle est minuscule, murmura-t-il en dévorant des yeux le visage rose de leur fille.

— Eh bien, sa mère l'a trouvée bien assez grosse comme ça. Voilà, faites connaissance, tous les deux, je reviens dans cinq minutes.

— Où vas-tu? demanda Andrew, pris de panique.

— Voir quelqu'un. Quelqu'un d'exceptionnel.

— Et si elle crie?

— Une des infirmières t'aidera. Mais ne t'inquiète pas, tout se passera bien.

Et dans leur vie, aussi, tout se passerait désormais très bien.

Michelle était assise dans son lit, calée contre les oreillers. Elle sourit à Leah et lui tendit la main.

— L'agence vous a prévenue?

— Mon mari vient de me mettre au courant, répondit Leah en serrant les doigts de la jeune accouchée.

Son émotion était telle qu'elle craignait de ne pouvoir exprimer sa gratitude.

— Lorsque j'ai décidé de ne pas avorter, commença Michelle, je n'avais pas encore choisi ce que j'allais faire. Une amie m'a parlé d'adoption et on m'a recommandé cette agence. J'ai pris rendez-vous et leurs conseillères ont été formidables.

Jamais elles ne m'ont encouragée dans un sens ni dans l'autre. J'y suis allée plusieurs fois et elles se contentaient d'écouter. Je me disais sottement que pour abandonner mon bébé, il fallait éviter de l'aimer. Et ça, je n'y arrivais pas. Au début, quand Lonny m'a laissée tomber, le bébé ne représentait pour moi qu'un chagrin d'amour mais, plus tard, quand elle a commencé à grossir et à remuer, j'ai découvert que je l'aimais. En même temps, je continuais à me poser la question de l'adoption. Il y a seulement quelques semaines, j'ai lu les profils de plusieurs parents candidats à l'adoption. Votre lettre m'a frappée.

— Pourquoi ?

La lettre datait de plusieurs années et Leah ne s'en souvenait plus du tout.

— Vous disiez que vous étiez infirmière dans une maternité et vous décriviez vos sentiments tandis que vous aidiez les jeunes femmes à accoucher. Il m'a semblé que vous étiez généreuse et droite, et que vous feriez une très bonne mère. Là-dessus, par le plus grand des hasards, le cours que je suivais sur l'accouchement a organisé une visite de cet hôpital et j'ai fait votre connaissance. Bien sûr, je ne me souvenais pas de votre nom de famille mais je n'avais oublié ni le prénom ni ce que vous aviez écrit. J'ai interrogé Jo Ann et elle m'a dit que vous n'aviez pas d'enfant. J'en ai déduit que vous étiez l'auteur de la lettre.

— Et c'est pourquoi vous avez choisi cette maternité pour accoucher ?

— Oui, mais le hasard seul a fait que vous soyez de service au bon moment. Je n'avais toujours pas décidé si je garderais ou confierais mon bébé à quelqu'un d'autre. Et puis, hier, vous avez dit quelque chose qui m'a aidée à prendre ma décision.

— Moi, j'ai dit quelque chose de ce genre ? s'étonna Leah.

— Oui, vous m'avez dit que je serais une bonne mère pour mon bébé. Et j'ai compris. Ce n'est pas parce que je ne l'aime pas que je l'abandonne. C'est l'inverse. Je l'abandonne parce que je l'aime. Mme Burchell m'a raconté qu'une mère avait changé d'avis à la dernière minute et que vous n'aviez pas eu l'enfant que vous attendiez depuis plusieurs mois. Ne vous inquiétez pas, ça n'arrivera pas. Je suis convaincue que c'est Dieu qui nous a fait nous rencontrer et que vous êtes le couple idéal pour élever mon enfant.

— Comment pourrai-je jamais vous remercier ? chuchota Leah, en larmes.

— En aimant ma petite fille, en l'élevant, en la guidant dans la vie pas à pas. Quand elle sera grande et qu'elle vous interrogera sur sa vraie mère, racontez-lui comment Dieu nous a réunies, dites-lui qu'Il a choisi sa famille et me l'a désignée.

— Promis, fit Leah qui sanglotait sans retenue.

Les deux femmes s'embrassèrent tendrement puis, s'essuyant le visage, Leah regagna la nursery. Andrew berçait sa petite fille sans la quitter des yeux. Il avait glissé un doigt dans une petite main qui s'était refermée. Le nouveau-né se cramponnait à son papa.

— On dirait que vous vous entendez à merveille, tous les deux.

— J'ai encore du mal à croire qu'elle est notre fille.

— En tout cas, moi, je n'en doute pas une seconde.

— As-tu choisi un prénom ?

La réponse fusa.

— Oui. Angel.

Un jour, elle parlerait à son mari et à sa fille de l'ange qui lui était apparu au-dessus de la crèche de Noël. Pas maintenant. L'ange avait été un signe que Dieu lui avait adressé personnellement. Pour lui confirmer qu'Il exauçait sa prière. Un présent exceptionnel qu'elle chérirait toute sa vie.

— Angel ? répéta Andrew. Je croyais que tu avais choisi trois prénoms et je ne me souviens pas de celui-ci.

— Moi, ça me plaît beaucoup. Tu n'es pas d'accord ?

— Angel Lundberg, articula-t-il pour en apprécier la sonorité. Oui, ça va. Angel Lundberg. Très bien.

— Maintenant, c'est à mon tour de la tenir, déclara Leah.

Andrew lui céda sa place et posa le bébé dans ses bras. La petite fille se trémoussa, s'étira puis se nicha confortablement contre le sein de Leah comme si c'était bien là sa place. Après quoi, Angel Lundberg se rendormit profondément.

— Tu veux m'épouser ? s'écria Monica, incrédule. Mais pourquoi as-tu changé d'avis ?

— Parce que je sais que tu as raison. Toute ma vie, je regretterai de t'avoir laissée partir. Je t'aime, Monica. J'ai entendu une voix me traiter d'imbécile et comme ça ne pouvait pas être un effet de l'alcool... Bon sang, je n'imaginais pas qu'on s'intéressait à moi, là-haut.

— Je t'aime, Chet Costello. J'ignore d'où vient cette voix mais, en tout cas, moi, je rends grâce à Dieu.

Avec un sourire, il l'embrassa tendrement.

— Je te promets deux choses, reprit-il. Un : nous

aurons plusieurs enfants. Deux : j'irai régulièrement à l'église.

Le paradis sur terre, songea Monica.

— Serais-tu assez gentil pour te taire et m'embrasser à nouveau ?

Il la serra dans ses bras, avec délicatesse et respect, comme si, de sa vie, il n'avait rien touché d'aussi précieux, comme si chaque seconde avec elle méritait d'être savourée.

Monica inclina la tête pour le regarder bien en face.

— Je t'aime tant, murmura-t-elle.

— Pour m'accepter, il faut que tu m'aimes, effectivement.

— Arrête, fit-elle en posant un doigt sur ses lèvres. Je ne prétends pas connaître la Bible à fond, mais je sais qu'Il a promis Son pardon à tous ceux qui le Lui demanderaient. Si c'est la paix de l'esprit que tu recherches, elle est à ta portée.

— A l'église.

— Non, fit-elle en posant la main sur le cœur de Chet. Ce n'est pas dans un bâtiment que tu trouveras ce que tu cherches.

— J'ai tué un homme, lui rappela Chet. Ce n'est pas une peccadille.

— Crois-tu être le seul au monde à avoir commis quelque chose qu'il regrette ? Cet homme a essayé de te tuer. Ce que tu n'as pas l'air de comprendre, c'est que, d'une certaine façon, il y est parvenu. De la tombe, il t'étrangle, corps et âme.

Monica voyait en Chet un homme dont la vie avait été déchirée par le remords et le désir de vengeance.

— Le temps de la haine est fini pour toi. Tu peux cesser de te châtier.

— Le temps de l'amour commence.

— Oh oui, dit-elle en lui caressant la nuque. Bon... tu parlais de mariage, il me semble ?

— Exactement. Et pour bientôt. J'ai déjà trop attendu. Je n'en peux plus.

Elle sentit ses joues s'embraser.

— Moi aussi, j'ai hâte. Je doute qu'il existe une autre femme plus impatiente que moi.

Ils s'embrassèrent avec fougue. Leur amour et leur désir étaient tels qu'un scandale aurait sûrement éclaté si le père de Monica n'avait surgi fort à propos.

Un grattement de gorge obligea les deux corps à se séparer.

— Papa, souffla Monica. Oh, papa, tu ne devineras jamais ce que...

Chet lâcha Monica et tendit la main au pasteur.

— Révérend Fischer, marmonna-t-il le plus bravement possible.

— J'en déduis que les félicitations sont à l'ordre du jour, dit doucement l'homme de Dieu.

— Si vous n'y voyez pas d'objection, j'aimerais épouser votre fille.

— D'objection ? répéta le père de Monica en riant.

Il envoya une grande tape dans le dos de Chet.

— Je suis enchanté pour vous deux, s'écria-t-il. Me permettez-vous d'annoncer cette nouvelle durant l'office ?

Chet regarda Monica puis son futur beau-père.

— J'en serai très heureux.

Tous trois se dirigèrent du même pas vers l'église d'où montaient des chants joyeux.

Shirley, Charité et Miséricorde se tenaient dans la tribune du chœur et observaient la foule des chrétiens qui se réjouissaient de la naissance du Christ.

— Vos efforts ont été récompensés, déclara la voix aérienne de Gabriel.

Les trois anges se retournèrent brusquement. Gabriel n'avait pas voulu les prendre par surprise mais, enchanté de leurs succès, il n'avait pu attendre leur retour. Il se rendait rarement sur terre et uniquement pour les grandes occasions. Cette nuit-là en était une.

— Pour Noël, fit fièrement Shirley, Timmy a reçu son papa. Ça n'a coûté qu'une légère manipulation au détriment de la passagère d'un avion.

— Oui. Et d'ailleurs, nous en reparlerons, dit Gabriel en prenant un air courroucé.

Il craignait que Shirley n'ait pris de mauvaises habitudes auprès de ses deux amies.

— Que va-t-il arriver à Jeff et à sa famille?

Seul un petit nombre d'élus pouvait lire dans l'avenir. Gabriel décida qu'à titre de récompense il pouvait en offrir un rapide aperçu à ses jeunes messagers.

— Jeff et Jody auront un autre enfant, mais pas avant deux ans. Ce sera une petite fille. Comme tu peux l'imaginer, ils doivent d'abord se réadapter l'un à l'autre. Huit ans, ce n'est pas rien.

— Et Timmy? insista Shirley. C'est un petit garçon très intéressant.

— C'est vrai. Timmy Potter va devenir un lanceur de premier ordre et passera professionnel. Il sera bon chrétien et une foi solide le soutiendra toute sa vie.

— Et Chet et Monica? s'écria Charité.

Gabriel fut tenté de commenter la dernière incartade de Charité avec l'écran de télévision du Blue Goose. Il s'en abstint. Les méthodes de Charité étaient peu orthodoxes mais s'étaient montrées particulièrement efficaces. Chet était allé droit du bar à Monica.

— Voilà un couple qui sort de l'ordinaire, dit Gabriel en regardant les deux intéressés qui, main dans la main, suivaient l'office du premier rang. Chet retournera dans la police. Ce travail lui convient et il y excelle. Monica lui donnera quatre filles, de saintes terreurs. Il faut dire que l'hérédité joue son rôle. Pour eux aussi, la vie commune exigera des compromis. Ce sont deux fortes personnalités mais leur amour l'emportera sur toutes les dissensions.

» Ce soir, Leah et Andrew ont pu emmener Angel chez eux et l'installer dans la chambre amoureusement préparée. La petite fille était en excellente santé et les médecins n'avaient aucune raison de la retenir à l'hôpital. Tu seras surprise de ce que l'avenir leur réserve.

L'apparition de Miséricorde au sommet de la crèche l'avait fortement irrité mais, au moins, cette fois-ci, il ne s'agissait pas de courses de grues sur un quai et aucun veilleur de nuit n'avait eu d'infarctus.

— Pourront-ils adopter un autre enfant?

— Non, mais dans trois ans, Leah sera enceinte et elle aura des vrais jumeaux, deux petits garçons se ressemblant à s'y méprendre.

— Des jumeaux, répéta Miséricorde avec ravissement. C'est merveilleux.

— Je suis fier de vous trois, dit enfin Gabriel qui ne savait pas mentir. Vous avez bien travaillé et vous vous êtes bien entraidées.

— « La charité et la miséricorde vous accompagneront tous les jours de votre vie », dit Charité en citant la Bible. C'est vrai, nous formons une bonne équipe.

— Pourrons-nous recommencer, Gabriel? s'écria Shirley.

— Bientôt, s'il vous plaît ? renchérit Miséricorde.

— Je trouve que la prochaine fois nous devrions aller faire un tour à Los Angeles, suggéra Charité. J'ai l'impression que la cité des anges a bien besoin de nous.

Elles fixèrent sur Gabriel un regard suppliant.

— Je ne ferai aucune promesse, dit-il.

Et d'un grand mouvement d'ailes, il hissa les trois anges vers le royaume céleste où l'on n'attendait plus qu'eux pour célébrer Noël.

REMERCIEMENTS

Écrire *Des anges passent* a été une expérience passionnante. Inutile de le dire, j'ai reçu beaucoup d'aide, parfois dans des endroits tout à fait surprenants.

D'abord et surtout, ma sincère gratitude s'adresse à Bonnie Ballew pour la photographie d'un ange bien vivant qu'elle m'a offerte et qui depuis illumine mon bureau. C'est ce jour-là que tout a commencé.

Viennent ensuite Irene Goodman, Karen Solem et Carolyn Marino dont la foi en ce projet m'a permis d'écrire ce livre angélique.

Merci aussi à mes amies Linda Lael Miller et Jo Ann Algermissen qui m'ont redonné confiance quand j'en manquais. Quant à Wayne, mon mari, il mérite une médaille pour la patience avec laquelle il m'a écoutée lire et relire chaque paragraphe de chaque chapitre jusqu'à ce que j'en sois satisfaite.

Quelle meilleure logistique un écrivain peut-il souhaiter ?

Enfin Shirley, Charité et Miséricorde ont droit à mes remerciements. Elles se sont présentées à moi, parées pour l'inspection, et ont insisté pour que je fasse savoir au monde l'intérêt que nous porte Quelqu'un, là-haut.

Composition Euronumérique
Achevé d'imprimer en Europe (France)
par Brodard et Taupin à La Flèche (Sarthe)
le 18 juillet 1995. 1126M-5
Dépôt légal juillet 1995. ISBN 2-277-23987-9

Éditions J'ai lu
27, rue Cassette, 75006 Paris
Diffusion France et étranger : Flammarion

3987